中国社会科学院创新工程成果
国家社科基金重大委托项目

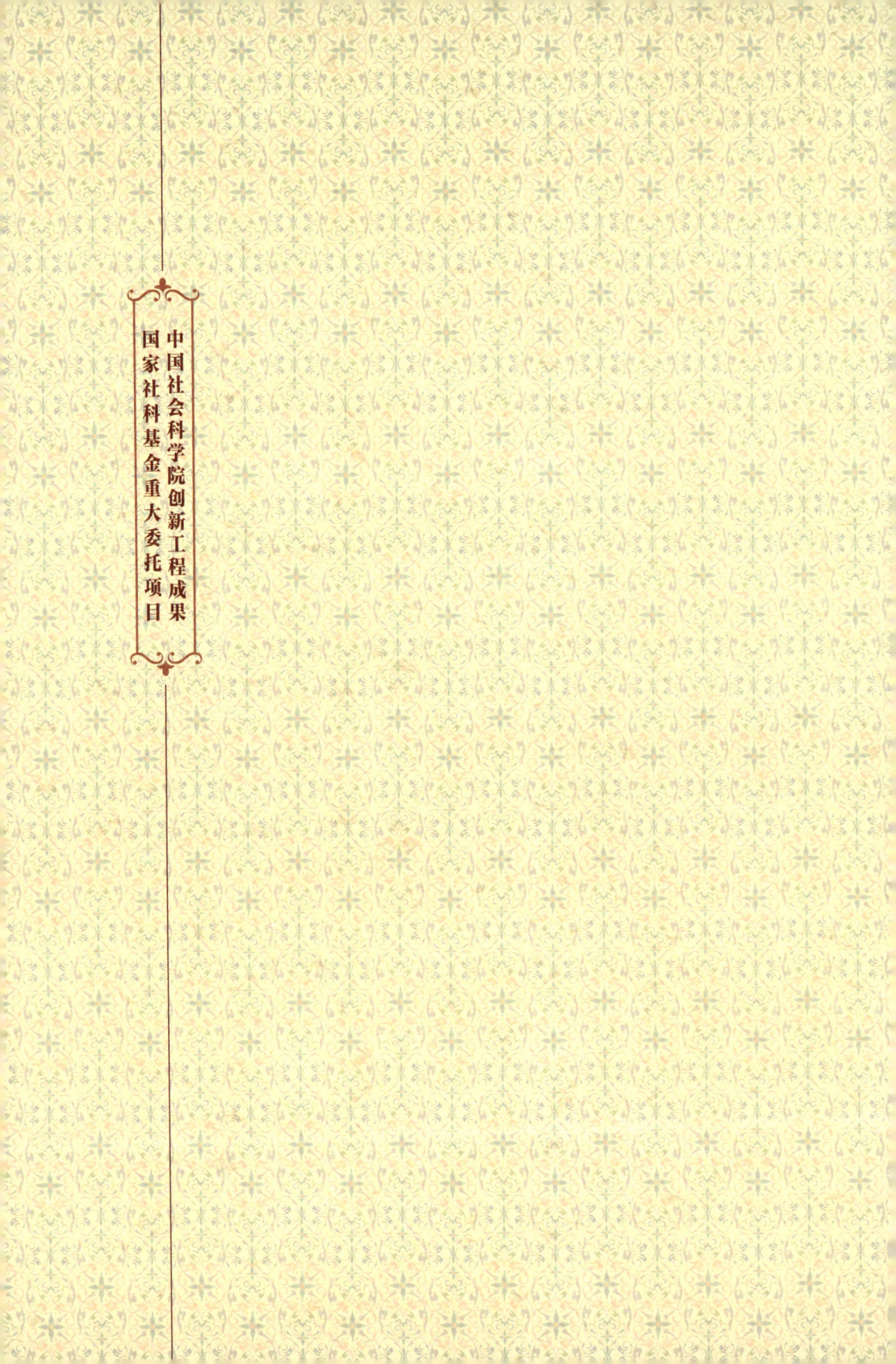

鄂温克语民间故事

朝克 编著

社会科学文献出版社

目　录

前　言 …………………………………………………………… 001

əmʉhidʉ　bəy ootʃtʃi aretaŋni ʉnʉgʉl
第一部分　人与动物的故事 ………………………………… 001

1. **əteggən bəydihi əyələm inig baldisaniŋ**
   熊和人分家的故事 ……………………………………… 001

2. **ərihi ʉt**
   青蛙儿子 ………………………………………………… 003

3. **əteggən gʉrʉŋ**
   熊国 ……………………………………………………… 005

4. **uunaŋ atʃtʃaŋni domor**
   维纳河的传说 …………………………………………… 009

5. **ʤahoŋ unaadʒ ootʃtʃi ilaŋ ninihin**
   八个姑娘及三条狗 ……………………………………… 010

6. **aya ʤeleʃi tooli**
   善良的兔子 ……………………………………………… 013

7. **honnoriŋ giltariŋ ʤʉʉr mʉdʉri**
   黑白两条龙 ……………………………………………… 015

8. **iʃiil gʉrʉŋ**
   蜥蜴之国 ………………………………………………… 018

9. aʃitʃtʃaŋ bəy howiltʃaniŋ

   老鼠变成人的故事 ………………………………………… 020

10. bəyuʃeŋ huluhu solohiwi ʃiikkəsəniŋ

    猎人惩罚了偷吃肉的狐狸 ………………………………… 022

11. torohiwo bəyuʃisəniŋ

    猎人和野猪 ………………………………………………… 027

12. bəyuʃeŋ ootʃtʃi tasug

    猎人和老虎 ………………………………………………… 029

ʤuuhidu   ayawuŋ ootʃtʃi ʤuu uriрəŋni unugul

第二部分　爱情和家庭的故事 ………………………………… 031

1. saalbaŋ mooni unugul

   桦树恋人的传说 …………………………………………… 031

2. alti ukkəhəŋ

   男子汉阿拉提 ……………………………………………… 035

3. aŋaʤiŋ ukkəhəŋ

   孤儿的爱情 ………………………………………………… 041

4. huhitʃtʃi gumdusoniŋ

   炫富带来的悲哀 …………………………………………… 047

5. səəŋdətʃtʃi gəmrəsəniŋ

   考验老婆的代价 …………………………………………… 049

6. hadam abaniŋ huhiŋbi ʃinʤim iʃisəniŋ

   父亲对儿媳的考验 ………………………………………… 051

7. alaar boh ootʃtʃi saaʤige

   齐啬的老头子 ……………………………………………… 053

8. honnoriŋ moriŋʃi nandahaŋ unaaʤ

   骑黑骏马的美丽姑娘 ……………………………………… 057

ilahidu məggəŋni unugul
第三部分 英雄的故事 ··· 068

1. saadʑige haaŋ
喜鹊王 ··· 068

2. dʑurani məggəŋ
英雄的卓日尼 ·· 069

3. mogdor məggəŋ
英雄的莫格杜尔 ··· 076

4. altani məggəŋ
英雄的阿拉塔尼 ··· 078

5. məggəŋ aŋadʑiŋ ut
英雄的孤儿 ·· 090

6. hurəltu ootʃtʃi altaani ahiŋ nəhuŋ
呼日勒图与阿尔塔尼兄弟 ··· 095

7. məggəŋ uhaŋdʑi ʃikkulwu tirisəniŋ
英雄用智慧征服了阴险的妖魔 ··· 108

8. naaway məggəŋ
英雄的那崴 ·· 109

9. maŋgiswa tirisəniŋ
征服妖怪的英雄 ··· 113

digihidu samaaŋ ootʃtʃi bokkoŋni unugul
第四部分 萨满信仰和神仙的故事 ······································· 115

1. samaaŋni tuŋkuni unugul
萨满神鼓的传说 ··· 115

2. nisaŋ samaaŋ
尼桑萨满 ·· 117

3. ʉrni bokkoŋ
   山神的故事 …………………………………………… 123

4. owoni unʉgul
   祭祀敖包的传说 ……………………………………… 124

5. bulha nisaŋ ʤʉʉri bəyni yəttəntʃiwə iliwusaniŋ
   布拉哈与尼桑创世的神话 …………………………… 129

6. ʃigʉŋ unaaʤ
   太阳姑娘神的神话 …………………………………… 130

7. ʉgigʉ bokkoŋni unaaʤni sʉnsʉniŋ
   天神的女儿之灵魂 …………………………………… 134

8. dagini bokkoŋbo tahisaniŋ
   祭祀达嘎尼神 ………………………………………… 136

参考文献 ………………………………………………………… 138

后　记 …………………………………………………………… 140

前　言

　　《鄂温克语民间故事》历经五年时间才得以完成，由于鄂温克语已进入严重濒危的前期阶段，所以用母语讲本民族语民间故事和神话传说的人越来越少，就是会讲的人也都整体迈入了老年。在这一现实面前，通过田野调研搜集整理鄂温克语民间故事是一件十分艰辛的工作，好多故事的情节和内容都变得很不完整或模糊不清，甚至有的变得支离破碎。还有的老人说母语时，会用数量可观的借词。比如说，在用母语讲的民间故事中大量使用蒙古语、达斡尔语和汉语等，进而讲的故事不像鄂温克民间故事，反而更像其他民族语故事。还有一种现象是有的鄂温克族老人讲本民族语故事时，会和其他民族的相关民间故事串起来或混合起来讲。这种现象，更多地出现在受汉族和达斡尔族语言文化影响比较深的鄂温克族农村，以及受蒙古语文化影响较深的鄂温克族牧区。为了克服这些问题，课题组多次深入偏远农村牧区，深入鄂温克族的家庭和生活区域，深入他们传统意义上的民间故事世界，尽量搜集整理用鄂温克语讲述的、纯粹的鄂温克语民间故事。尽管如此，现在要搜集整理出一个完整且完全用鄂温克语讲的故事已变得十分困难。从这个意义上讲，鄂温克语已经进入严重濒危的前期阶段是毋庸置疑的事实了。

　　感到庆幸的是，自20世纪80年代初笔者在鄂温克族生活的农村牧区进行语言学口语资料调研时起，收集到一定数量的鄂温克语民间故事。不过，那时是为了鄂温克语口语语音、词汇、语法研究而搜集整理的资料，所以只考虑鄂温克语研究时的使用和参考，基本上没有想过还要整理转写成鄂温克族民间故事等问题。正因为如此，那时搜集整理的鄂温克语民间故事中很多都不全面，或者说不是很完整。特别是对于那些长篇故事来讲，一般情况下录音或搜集整理到一半左右就基本可以得到所需的语音及语法资料，关于词汇资料的搜集整理有专门设置的词汇调查表。当时的调查方法，给后来整理民间故事资料造成了一定困难和麻烦。这就需要再次到鄂温克族集中生活的农村牧区，从民间文学的视角进行重新调研和搜集整理。尽管如此，20世纪80年代以来，从语言学层面所做的民间故事搜集整理工作及当时获取的第一手资料，对我们研究鄂温克语民间故事确实发挥了极其重要的作用。

就如前文所说，鄂温克语口语已经全面进入严重濒危的前期阶段，许多民间故事和神话传说变得支离破碎，由此出现缺了开头部分，或忘掉后面的结尾部分，或将中间的重要内容丢失的情况。所有这些，给"鄂温克族濒危语言文化抢救性研究"的子课题"鄂温克语民间故事"的抢救性搜集整理工作带来很大不便。经过五年来艰苦不懈的努力，不放弃任何一个可以搜集到民间故事的机会，笔者终于如愿以偿地搜集整理到37篇比较完整的民间故事及神话传说，并根据它们的内容划分为（1）人与动物的故事，（2）爱情和家庭的故事，（3）英雄的故事，（4）萨满信仰和神仙的故事，共四个部分。其中，在第一部分人与动物的故事中搜集整理了《熊和人分家的故事》《青蛙儿子》《熊国》《维纳河的传说》《八个姑娘及三条狗》《善良的兔子》《黑白两条龙》《蜥蜴之国》《老鼠变成人的故事》《猎人惩罚了偷吃肉的狐狸》《猎人和野猪》《猎人和老虎》12个故事；在第二部分爱情和家庭的故事中包括《桦树恋人的传说》《男子汉阿拉提》《孤儿的爱情》《炫富带来的悲哀》《考验老婆的代价》《父亲对儿媳的考验》《吝啬的老头子》《骑黑骏马的美丽姑娘》8个故事；在第三部分英雄的故事里纳入了《喜鹊王》《英雄的卓日尼》《英雄的莫格杜尔》《英雄的阿拉塔尼》《英雄的孤儿》《呼日勒图与阿尔塔尼兄弟》《英雄用智慧征服了阴险的妖魔》《英雄的那崴》《征服妖怪的英雄》9个故事；在第四部分萨满信仰和神仙的故事中搜集整理了《萨满神鼓的传说》《尼桑萨满》《山神的故事》《祭祀敖包的传说》《布拉哈与尼桑创世的神话》《太阳姑娘神的神话》《天神的女儿之灵魂》《祭祀达嘎尼神》8个故事。考虑到鄂温克语语音系统的复杂性，以及更准确、更完整、更全面、更加实事求是地反映该语言语音本色，在转写鄂温克语民间故事时，使用了特别选定的国际音标记音系统。比如说，元音音位包括 8 个短元音 a、ə、i、e、o、u、ɵ、ʉ 以及 8 个长元音 aa、əə、ii、ee、oo、uu、ɵɵ、ʉʉ，辅音音位则包括 18 个辅音 b、p、m、w、d、t、n、l、r、s、ʤ、ʧ、ʃ、j、g、k、ŋ、h 和 12 个复辅音 nt、nd、rt、rd、lt、ld、ŋʧ、ŋʤ、ŋg、ŋk、jk、jg 以及 14 个重叠辅音 bb、mm、nn、dd、tt、rr、ss、ʤʤ、ʧʧ、ʃʃ、gg、kk、hh、jj，而且尽量保留了原来的发音形式及语音结构特征。

由于整个项目成果搜集整理的民间故事及神话传说均用特别选定的国际音标记音系统转写完成，所以下文利用一定篇幅，将 37 篇民间故事及神话传说的主要内容，或者说核心部分一一进行简要说明。

一 人与动物的故事

1. ətəggəŋ bəydihi əyələm inig baldisaniŋ 熊和人分家的故事

在远古时期，熊和人生活在一起，结果他们之间总是遇到无法沟通的矛盾，问题主要出在熊的身上。熊一直认为，人老是欺骗它们，看不起它们。所以常和人对着干，人这么说了它们就反着说，人要这么做它们必定反着做。有一年，熊和人合伙种的土豆获得丰收，这时人就问熊："你们想要土豆地的哪一半？"那些熊听后相互商量后说道："什么这一半那一半的？！我们想要土地上面的部分，地底下的部分归你们！"鄂温克族农民听了感到很可笑，给它们怎么解释都不管用。在熊看来，土豆田里长得十分茂盛的茎叶肯定很好吃，而长在土地里的土豆肯定不好吃。就这样，鄂温克族农民还没有动手收割农田之前，熊就把田地里长出的绿油油的土豆茎叶全部收割拿走了，只留下土里的土豆给鄂温克族农民。结果，由于熊将收割拿走的土豆茎叶全部放入洞穴里，没多久就烂掉了，它们没有吃上几口。再说，土豆茎叶也不好吃，熊也不怎么喜欢吃。到了严冬，没能够充分储存脂肪，加上根本就没有什么可吃的东西，熊险些被活活饿死。

第二年，熊和人一起在去年种土豆的农田地上种了谷子，到了秋天收割粮食的季节，鄂温克族农民又问熊："你们想要农田粮食的哪一半？"那些熊想："去年我们要了农田的上面部分吃了亏，今年怎么也不能要农田的茎叶，要就要地里的根须。"熊商议后逼迫人们把农田的上面部分收割走，最后它们才把埋在土地里的根须一个没留地拔走了。这一年冬天，熊又差一点饿死。

第三年开春耕种时，熊怎么也不愿意跟鄂温克族农民一起种田了，它们认为总被鄂温克族农民欺骗，却不从自己身上找原因。就这样，熊与鄂温克族农民分开过日子，到茂密的山林里过上了四处流浪的生活。不过，每当它们想到鄂温克族农民欺骗了自己，就时不时地到农民经营的农田里，毁坏农田或偷吃已成熟的粮食，以此满足自己打击报复的目的。

2. ərihi ʉt 青蛙儿子

很早以前，老头老太在湖边以捕鱼为生，有一天老头在湖边抓到一只十分可爱的青蛙，就把它带回家里养了起来。由于老两口没有孩子，就把这只可爱的青蛙当儿子来养。很有意思的是，这只青蛙还能够听懂老两口说的话。这更加拉近了青蛙和老两口之间的关系。老两口把青蛙当亲生儿子养了 18 年，有一天老两口商量给青蛙儿子找个媳妇，并请媒人去富人家求婚。富人家听说穷人家的青蛙儿子来求婚，想娶自己的宝贝女儿为儿媳，富人气得差点晕了过去。富人又气又恨又觉得很奇怪，这家怎么会有一个青蛙儿子呢？他们的青蛙儿子怎么会听懂人话？怎么会胆大包天地妄想娶我的宝贝女儿？这里还有什么神不知鬼不觉的神秘东西吗？想到这些，富人就对媒人说："如果想给自己的臭青蛙儿子娶我家女儿，就让他们拉来十车金子和十车银子。要是拉来了，我就把自己的宝贝女儿嫁给他的青蛙儿子。"媒人回去后就讲了富人嫁女儿的要求，老两口听后觉得这段婚姻没戏了。可是，站在旁边的青蛙儿子却频频点头。老两口不理解青蛙儿子点头是什么意思，就带着懊丧入睡了。到了第二天，他们起身出门时，就如梦一般地看到了十车金子和十车银子。他们也不知道这是这么回事，认为是上天给他们恩赐的礼物。他们带着礼物来到富人家，富人家里见了十车金子和十车银子，无可奈何地答应了这门婚事，并谈妥了举行婚礼的具体日子。眼看就到大喜之日，老两口又着急又伤心，身无分文的他们该怎样办婚礼呀?! 举办婚礼的那一天，当老两口醒来时，却睡在十分漂亮的游牧包内。而且，他们已经搬到了富人家门口。就这样，按照富人家的要求，老两口为青蛙儿子办了一场十分体面而隆重富贵的婚礼。婚礼结束后，青蛙儿子就带着媳妇，跟着父母回到了自己生活的地方。第二天早晨醒来，媳妇看到身边还在睡梦中的青蛙丈夫变成了皮肤白嫩、浓眉大眼、英俊潇洒的小伙子。她再注意看时，丈夫身边放着一张青蛙皮，她赶紧拿起青蛙皮扔进火堆，将青蛙皮烧成了灰烬。从此往后他们就过上了十分幸福、美好、富裕的生活。后来人们才听说，青蛙是上天龙王的儿子，龙王看到老两口很穷，又没有孩子，过着十分贫困而痛苦的生活，就让自己的小儿子变成青蛙来帮助他们过上好生活。

3. ətəggən gurun 熊国

熊国说的就是熊的国家。很久以前，有一对年轻夫妇以狩猎为生，生活在遥远的西海岸山林里。有一天，他们准备好长途跋涉的粮食和衣物，为了寻找幸福美好的生活从西海岸骑着马向东出发了。他们一路跋山涉水、越过山林草原，终于在有一年的冬天来到了长满高大树木的山林。在白雪覆盖的无边无际的山林里，飞翔着各种鸟类，到处是奔跑的野兽，真是一片美丽富饶的山林。再说，山林里虽然长满各种树木，但以松树和白桦树为主，特别是高大笔直的白桦树看起来真美。小两口一边欣赏着在远方的西海岸根本看不到的美景，一边一直往东走，走着走着看见了白桦林里冒出的一缕炊烟。小伙子就跟美丽的妻子说："你就在这儿等我，我过去看看，如果我没按时回来，你不要去找我，更不要在这里等我，你就继续往东走，不要停下来！"说完，小伙子就策马驰向炊烟升起的地方。他走了很长一段路，才看见一个用白桦树皮搭建的仙人柱，也就是人们曾说的桦树皮帐篷。他走进一看吓一跳，原来门口左右两边各拴着一头体形巨大的黑熊和老虎。黑熊和老虎看见来了个人，就惊天动地地吼叫起来。这时，从桦树皮帐篷里走出一位体形庞大的小伙子。他看了看来客，轻轻拍了几下黑熊和老虎，它们就不叫了。小伙子把年轻猎人请进了屋。进屋后年轻猎人发现，屋子中央的大锅里煮着肉，屋子北侧的大厚皮垫子上坐着老头和老太。老头听说年轻猎人是从遥远的西海岸来的十分高兴，就请他吃煮好的手抓肉。年轻猎人吃了一口觉得不对劲，就把嘴里的肉趁老两口不注意吐进长靴筒里。过了一会儿，年轻猎人辞别他们，快马加鞭地赶向妻子等候的地方。然而，他没走多远，体形庞大的黑熊和老虎就追了过来，年轻猎人用猎箭把它们先后射死。可是，不到一会儿工夫老两口儿的猎狗又追杀了过来，猎狗也被年轻猎人的神箭射死。当他来到跟妻子约定见面的地方时，妻子已经不见了。后来他就沿着妻子的马蹄印来到了一条非常广阔的大河河边，看见年轻美丽的妻子被几个野人绑架在一艘桦树皮船上划向河的上游。年轻猎人又气又急，最后用神箭射死了那几个蹂躏和掠夺他妻子的野人，把妻子救了出来。可是，由于过度恐惧，妻子没多久就死在了丈夫的怀里。年轻猎人把美丽妻子的遗体埋葬在大河岸边朝阳的高山脚下，自己在安葬妻子的地方直至终老。后来的人们讲，那深山老林的老头老太和他们的儿子，都是由黑熊演化而来的妖精，它们在锅里煮的手抓肉是人肉。或许正因为如此，鄂温克族早期猎人都十分敬畏黑熊，认为黑熊个个都是体形庞大、身体强壮、力大无比、智慧超人的野生动物。

4. uunaŋ atʃtʃaŋni domor 维纳河的传说

很早以前，深山老林里一个很有经验的猎人打伤了一头正在奔跑的梅花鹿，后腿严重受伤的梅花鹿钻进桦树林里就不见了。有经验的猎人就顺着梅花鹿滴血的痕迹寻找，很快走到一口喷涌而出的泉眼前。他感到很奇怪的是，梅花鹿滴的血到泉眼边就不见了，他顺着泉水流动的方向走了一会儿才看到梅花鹿的足印。他十分纳闷，后腿受了重伤的梅花鹿，怎么跳进喷涌而出的泉眼伤口就马上得到愈合，连血都不流就恢复了原来的健康，就这么跑掉了呢。他越想越想不通，觉得奥秘可能就在泉水上，他把刚才在桦树林里打猎时被树枝划破的手用泉水洗了一下，没有一会儿工夫伤口就愈合了，皮肤完全恢复了原样。从此往后，该泉眼及泉水的神奇名声就传开了，成为家喻户晓的神奇泉眼和泉水。人们将它称为"维纳阿尔山"，也就是"维纳河矿泉水"，也有人解释为感恩的"矿泉"或"感恩泉"。后来，不论是谁骨折受伤，甚至是患皮肤病、关节炎、风湿病、气管炎、眼病、胃病等，都到这"感恩泉"来治疗。

5. dʑahoŋ unaadʑ ootʃtʃi ilaŋ ninihin 八个姑娘及三条狗

传说八个姑娘为追求美好生活历经磨难，在三条神狗的帮助下征服了追杀她们的狠毒妖婆，从此过上了幸福美好的生活。八个姑娘中的老大、老二、老三，还如愿以偿地嫁给了三条勇敢神狗的三个主人，各自建立了幸福美满的家庭。

6. aya dʑeleʃi tooli 善良的兔子

据说古时候，深山老林里生活着一对没有孩子的老夫妻，他们一年四季都以狩猎为生。然而，老猎人猎获的食物只能够勉强维持生活。这一年的冬天风雪很大，老猎人一连打了几天猎，连野生动物的毛也没看见，每天空手出门空手回来。眼看就没有什么吃的了，老婆婆看他什么也拿不回来，再看袋子里的食物也所剩无几，就把老猎人从家里赶了出去把门死死地从里面拴住。老猎人想进也进不来，没有办法只能背起狩猎工具上山，走了大半天还是什么也没有打着，他心想回去也进不了屋，一气之下索性就躺在雪地上，心想冻死就冻死吧！不过没多久来了一只小兔子，转圈看了半天，知道是猎人就跑掉了。没待一会儿又来了只小兔子，又是围着老猎人转了两圈，心里想了想觉得有些不对劲也跑掉了。没过多少工夫，跑来第三只小兔子，它看了看老猎人就要冻死的样子，赶紧跑回去叫来许多朋友，就把老猎人扛在肩膀上送回了家。小兔子们发现老猎人的屋门紧闭，就使劲敲门。在屋里睡懒觉的老婆婆被急促的敲门声惊醒，赶紧跑到门口一看，一大群小兔子肩膀上扛着她老伴。她欣喜若狂，赶紧把门打开，让小兔子们把老猎人抬进屋来。小兔子们还没把肩上的老猎人放下，猎人的妻子就把门"啪"地一声关得严严实实。就在这时，假装冻死的老猎人也跳了起来，拿起棍子和老婆婆一起把那些善良的小兔子全部打死，做成盘中美餐吃了小半年。

7. honnoriŋ giltariŋ ʥuur muduri 黑白两条龙

据说很久以前，有个很厉害又很聪明的年轻猎人，在深山老林里打猎时掉进了一个伸手不见五指的深坑。年轻猎人觉得浑身疼痛，他想从深坑里爬出来却怎么也找不到出口，就忍着疼痛顺着坑洞走，走了半天才见到一丝光线。他走近一看，才看清楚微弱的光线下坐着一个穿白色长褂的年轻人，全身用粗牛皮绳捆绑得严严实实。那个浓眉大眼的年轻人很英俊，看见年轻猎人就哀求道："猎人哥哥祈求您赶快给我松绑，否则等一会儿黑心的黑龙来了就会杀死我！"年轻猎人立刻拿出猎刀将捆绑住他的粗大牛皮绳切得七零八落，给穿白色长褂的年轻人松绑。这时，穿白色长褂的年轻人跪下来感谢年轻猎人，告诉他自己是天神的儿子，叫白龙。他和阴间的黑魔鬼王的黑龙儿子争斗时，由于没有打过黑心的黑龙被抓回来关进这个黑洞坑里，如果年轻猎人没有及时来救他，他就会在今天夜里成为黑龙全家的盘中餐，因此他特别感谢猎人哥哥！另外，他还告诉年轻猎人跟他一起被抓来的还有他的一些随从侍女。年轻猎人在白龙的领路下，从黑深坑里把那些被关押的女孩也都救了出来。这时,穿白色长褂的年轻人一下子复原了自己的白龙身躯,并让年轻猎人和女孩子们骑在它身上,飞向黑深坑的出口处。他们刚刚飞出黑洞坑就遇上了黑心的黑龙,黑龙看到他们都跑了出来十分生气,就想用手里的魔刀砍死白龙。就这样,它们打得天昏地暗,打得难分胜负。不过,渐渐感觉到,白龙的实力不如黑龙,白龙慢慢陷入被动挨打的尴尬局面,就在这最危险的关头年轻猎人拿出神箭对准黑龙的双眼,正好射中了黑龙的双眼。白龙在年轻猎人的帮助下,很快打死了黑心的黑龙。然后,白龙让那些美丽的女孩和年轻猎人骑在自己身上飞回了天堂。白龙回到天堂的家里,向父母述说了自己与黑龙争斗并被它关进黑洞坑差点被杀死的经历,是好心的年轻猎人把自己救了出来,还帮助自己消灭了黑龙等一切经过。白龙的父母听了非常感谢年轻猎人,打算给他一大堆金银财宝。年轻猎人听从白龙弟弟的话,只要了他们家里的小白獾子。

年轻猎人抱着小白獾子从天堂回到了家。第二天,他还是和往常一样上山打猎,可回到家却发现饭桌上摆着美味佳肴,他感到十分奇怪,看了看他的小白獾子,它好像什么都没有看见似地趴在木床上。年轻猎人也没想那么多,把美味佳肴吃完就躺下睡了。第三天,吃完前一天准备好的早餐,年轻猎人又去山上打猎了。然而,他今天提前偷偷回到家里,想看个明白究竟谁给他在准备晚餐。他回家后偷偷从窗缝里往里看。结果,果然不出所料,是他从天堂白龙家抱回来的小白獾子变成了美丽如画的少女正在给他准备晚饭。年轻猎人看到后又兴奋又高兴,趁美丽的少女出门拿柴火的工夫,从窗户一跃跳进屋子里,把放在木床上的白色獾子毛皮扔进火炉子里给烧了。美丽的少女看到这一情景流下了哀伤的眼泪,并对年轻猎人说:"您太着急了,再等两天,一周后我就会自然变成永远的女人,就永远不会离开您,和您幸福生活一辈子。可现在就很难说了。因为还没到时间,您就把我的毛皮烧掉了,这就很难保证我会成为一个真正的女人,也许有一天我会变回原样飞回自己在天堂的家,不然我就会死在这里。"年轻猎人听后也流下了后悔的眼泪,但一切都晚了。他们俩就这么小心翼翼地、安安静静地生活着。第二年春天,美丽的少女给他生了一个白白胖胖的漂亮儿子。就在他们一家享受天伦之乐之时,突然有一天晴天霹雳,浓浓的白云带着暴风骤雨飞滚而下，一直下到猎人家门口。这时，白云间走下来老白龙，对着年轻猎人说："本来想把爱女嫁给你，可你犯了天法，违了天忌。没有办法，我只能把女儿带走，否则她就会死在这里！"说完就带着宝贝女儿乘白云而上，消失在天边。

8. iʃiil gurun 蜥蜴之国

有一位叫木和尔汗的年轻猎人乘坐一艘木船，在海上漂泊了好多天才来到岸上。这里有一个幸福的小村庄，村庄里洋溢着浓厚的生活气息，人们长得都不高，牛羊猪也比他见过的要小得多。他走进村里的一户人家，见到了两位老人。两位老人见了他，十分惊奇地问："你是从西国来的小伙子吧！"木和尔汗点了点头，没有吱声。两位老人看了看小伙子，长得英俊，人又老实，就动了心。两个人叽咕了几句，就对木和尔汗说："我们家正好有一张空床，你就住我们家吧！"木和尔汗欣然答应了。过一会儿，他俩又对木和尔汗说："我们俩有一个宝贝女儿，如果不嫌弃的话，我们就把女儿嫁给你吧。"听了这个，木和尔汗虽然感到有些突然，但反过来想自己还没有结婚，他们的女儿虽然个子小，不过长得还很可爱很漂亮。他就答应了这门婚事，过两天就办了婚宴。婚宴上，全村人几乎都来了，不过身子都长得一样高，都比较矮小。这时，参加婚宴的一些小孩对木和尔汗感到十分好奇，都主动要求以后要跟着他一起去打猎，他也答应了孩子们的要求。眼看就快到冬天了，天逐渐变得寒冷，木和尔汗就准备去打猎了。当他去找那些想和他去打猎的孩子们时，谁也不答应一起去了。他没有办法，只能独自出发。就在他准备好一切正要出门去打猎时，老太太走过来对他说："你这一走是否很长时间啊，最好明年三月以后再回来"。木和尔汗听了感到很奇怪，心想："为何非让我明年三月后才回来，莫非他们烦了我，在赶我走，不让我再回来了？"后来他又想："不管他们，争取过年时回来！"想到这里他就走了。

时间过得很快，眼看就到春节了，木和尔汗背着不少猎物回到小村子。让他百思不解的是，村里的每一人，包括所有牲畜都拉着个长鼻涕一动不动地冻成了冰人和冰物。看到这一切，木和尔汗越看越难受，他怎么也搞不清楚这是为什么，对这里的一切感到既熟悉又陌生。他看到自己妻子的长鼻涕，觉得怎么也看不下去，就动手拿下了从她鼻子里流下来的冻成长条的鼻涕，然后带着几分忧伤和几分疑惑离开了村庄。到了三月，春暖花开的季节，木和尔汗想起岳母让他三月回来的嘱托，重新回到了村庄。不过，让他再一次感到奇怪的是，村庄里所有的生命又回到了往日的热闹，似乎根本就没发生过人人冻成冰人的事情。他走进自己过去生活的屋子，老两口一见他就埋怨道："看你好心办了坏事，你把妻子冻成长条的鼻涕拿下来她就死了。到了冬天，我们就靠它过日子，没有它谁也活不下去。"木和尔汗觉得很奇怪，便问他们是什么人，他的岳父说："我们属于蜥蜴之国，到了冬天我们就会冬眠。"这时，木和尔汗才搞清楚了一切，背上所有行囊离开了蜥蜴之国，继续向东方前进。

9. aʃiʧʧaŋ bəy howilʧaniŋ 老鼠变成人的故事

很早以前，有一位工作人员到工作室时，看到工作室里坐着四个跟自己长相完全一样的人，他感到很害怕，问他们的时候，他们什么也不说。他怕极了，赶紧跑到皇上那里汇报，皇上听了也感到很奇怪，就令他在三天内要搞清楚他们是什么人？来这里究竟要干什么？结果过了三天，他什么也没有问出来，也没有搞清楚他们来自哪里，要去向何方。皇帝看他没有完成任务，就下令砍掉了这个人的脑袋。皇上连续派了三个人，都没有搞清楚，结果都被皇上处死了。轮到第四个人时，他明知道自己也很难搞清楚并处理掉这四个怪人，所以到工作室之前偷偷来到把一百多岁的老父亲藏起来的山洞，并给父亲带来了一锅他爱吃的饭菜。看着年老的父亲吃得很香，小伙子就深深地叹了一口气。父亲问他为什么叹气，儿子向父亲一五一十地讲述了工作室里发生的事情。父亲听完沉默了片刻，就跟儿子说："你去时，怀里揣着家里的大白猫。那些人有可能是由老鼠变化而来的怪物。如果处理不干净，到了时候就会祸害人类。"儿子听了老父亲的话，怀里揣着大白猫进了工作室，结果他还没有反应过来，大白猫就从他怀里跳出来，转眼工夫将恢复本来面貌的四只大老鼠叼在了嘴里。皇帝听了这事，感到万分惊奇，就问小伙子怎么知道这四个怪人是从老鼠变来的？小伙子把实际情况都说给了皇上。从此，皇上撤回了人到百岁后就杀掉的命令，开始尊敬上了年纪的老人，还把小伙子过了百岁的老父亲供养了起来。

10. bəyʉʃeŋ huluhu solohiwi ʃiikkəsəniŋ 猎人惩罚了偷吃肉的狐狸

一位十分诚实而善良的猎人，一天狩猎时看到一只快要饿死的小狐狸，他就把可怜的小狐狸揣在怀里带回了家。善良的猎人把小狐狸当作宠物养了起来。在善良猎人的精心养护下，小狐狸一天天幸福长大。有一天猎人跟小狐狸说，为了寻找新的猎场需要搬家，还要走很长的一段路。他还安排小狐狸乘坐最后一辆驯鹿雪橇，拜托它看好鹿皮袋子里烤干的驯鹿肉和猎获的干肉。可是，自从他们出发后，小狐狸就钻进鹿皮袋子里偷吃干肉，它把烤干的驯鹿肉和干肉吃得精光就跑掉了。猎人到了目的地，见自己精心养活的小狐狸不见了，再看袋子里的干肉也没了。这时他才明白，自己精心养的小狐狸是一个忘恩负义的小偷。他心想，一定要找到它，好好惩罚它。猎人从鹿皮袋子里找到小狐狸的门牙，他判断是小狐狸啃干肉时弄掉的，变成了豁牙子狐狸。猎人心里很难受，自己精心养活的小狐狸连一块干肉都没留下，吃得干干净净就跑掉了，他感到又饿又气，什么也没有吃就和衣而睡了。第二天他到处找自己养活的小狐狸，结果从狐狸群里找到了缺一颗门牙的小狐狸，猎人毫不留情地将它杀死，用小狐狸的皮毛制作了一顶帽子戴在头上。

11. **torohiwo bəyuʃisəniŋ** 猎人和野猪

曾经有两位猎人到山上狩猎，结果没走多远就遇到了一头很大的公野猪。这头公野猪十分猖狂，见到猎狗就扑上猎狗，见到猎人就扑上猎人。有一位猎人就差点被公野猪锋利的獠牙捅死，好在猎人反应快及时躲过了公野猪锋利的獠牙。当被公野猪吓破胆的猎人不知所措时，另一位猎人提醒他开枪，此时他才醒悟过来，想起自己身上的猎枪，拿下猎枪扣动扳机打死了那头凶狠可怕又疯狂的公野猪。从此猎人们都说，在面临任何危急关头，都不能够手忙脚乱，一定要稳住情绪和心态，这样才能够打到凶狠可怕的猎物。

12. **bəyuʃeŋ ootʃʃi tasug** 猎人和老虎

据说，有一次宫廷的一位高官领着一帮随从到山上狩猎。他看到漫山遍野的野兽十分高兴，就下令强迫山民们每年上交数量十分庞大的珍奇兽皮和山珍野味。到了年底，几乎所有山民都按宫廷的要求或多或少交来了珍奇兽皮和山珍野味，只有一位19岁的青年什么也没有送来，宫廷官员得知后就让他一人到深山老林里去打猎，打不着猎物就不允许他下山回家。当晚寒风呼啸，深山老林里弥漫着一种难以想象的恐怖气氛。恰在此时，突然小伙子感觉到一股凉飕飕的风从背后袭来，他回头一看差点晕了过去，是一头体形庞大的老虎站在背后。他瞬间感到大难临头，就闭上眼睛等待死神的降临。结果等了一会儿，却没有任何动静。他再睁开眼睛看时，那头老虎却像一条家养的狗似地静悄悄地躺在他身边，不断举起它那左前腿示意他。年轻猎人认真看时才看明白，在老虎左前腿的爪子里深深扎着一根木刺。他费了很大工夫才给它拔掉那根扎得很深的木刺。然后，年轻猎人怕老虎的腿感染，又用自治草药给它涂上。老虎点头示意，向他表示了深深的感谢，然后就离开了。快到天亮时，老虎背来许多珍奇兽皮。就这样，年轻猎人骑在老虎身上下山了。这时，那些宫廷官员还在村里强迫人们上缴野生动物皮毛，他们看到年轻猎人骑着大老虎下山都吓了一跳，不知怎么办才好。年轻猎人从老虎身上跳下来，把貂皮和珍奇兽皮分给了那些穷人，那些穷人又将这些都作为贡品交给了宫廷。这时大家想，宫廷官员还不如野生老虎善良，懂得感恩。

二 爱情和家庭的故事

1. saalbaŋ mooni ᴜнᴜɡᴜʟ 桦树恋人的传说

一户猎人家里有一位十分美丽的姑娘，谁看了都喜欢她，大家都日夜祈福她能有一个童话般美好幸福的未来。有一年，父亲领着美丽可爱懂事的女儿去探望远处的亲戚，结果没有想到亲戚家英俊善良智慧的小伙子爱上了表妹。就这样，两个年轻人谈上了恋爱，美丽的姑娘和爸爸离开那里时，英俊善良的小伙子把自己珍藏多年的玉手镯给了表妹，并和表妹约定了时间和地点，在额尔古纳河岸边见面。表妹走后，表哥每天都惦念表妹，眼看就到见面的日子了，小伙子简单准备了行装就独自出发了。他日夜不停地奔向和表妹相约见面的额尔古纳河。然而，此时姑娘村里的一位萨满看上了美丽的姑娘，决心要娶她为妻。姑娘的父亲也不敢得罪萨满，就被迫答应了这门婚事。萨满不管美丽的姑娘答应不答应，就招来一些妖魔帮他准备婚姻宴席。眼看和表哥相约见面的日子就要到了，美丽的姑娘就征得家人同意，以到额尔古纳河边捡韭菜的名义，历经磨难来到额尔古纳河边。当她来到约定的地方，看到的是已经饿死的表哥。美丽的姑娘用双手挖了个坑，把自己和表哥一起埋葬在相约见面的地方。到了第二年，在埋葬他们的地方长出两棵白桦树，后来又长出许多的白桦树。人们说，兴安岭的白桦树都是那两棵最早长出来的白桦树的孩子们，也就是那两位恋人的孩子。再后来，就变成了兴安岭一望无际的白桦林。

2. alti ʉkkəɲ 男子汉阿拉提

阿拉提是一位远近闻名的英雄和智者，他为了娶陶克奇王的美丽女儿，历经艰辛来到陶克奇王的王宫。赛马、射箭、摔跤三大比赛均获第一名好成绩的阿拉提，如愿以偿地娶到了陶克奇王美丽、聪慧的女儿。当阿拉提从王宫回来后，却看到父母和家产被十五头恶魔抢走的悲惨场面。勇敢的阿拉提气得怒火冲冠，骑上神马快马加鞭地来到十五头恶魔生活的地方，用谋略杀死了十五头恶魔，拯救了父母，要回了所有财产回到家乡和美丽的妻子过上了幸福的生活。

3. aŋadʑiŋ ʉkkəɲ 孤儿的爱情

过去有个孤儿，他的生活历经磨难，一直想过上美好生活的他每次接近目标，都会遇到想象不到的灾难。比如说，为了吃到一顿饱餐，他答应给一家富人在天黑前砍完一大堆柴火，可是偏偏在太阳落山前留下那么一根木柴没有砍完，结果一口饭也没有吃上；他承包地主的农田，说是到了秋天按照约定给地主交粮，然而就在收割的前一天夜里下了一场残酷的冰雹毁了他即将丰收的农田，故此也没有得到自己应该分得的土地；他还给一家牧主当牧马人，精心经营了一段时间，牧主马群数量明显增多，等到了合同约定时间牧主答应给他一匹小马驹，可恰巧当天夜晚牧主给他的小马驹被狼吃掉了，结果同样是什么也没有得到。没有办法，孤儿每天独自在河边钓鱼过日子。有一天他却从河里钓到了一位美丽如画的姑娘，他把美女带回家，娶为妻子过上了新的生活。

但是当地牧主的儿子看上了孤儿的美丽妻子，就琢磨着怎样把她弄到手。那臭小子把自己的贪心告诉了父亲，父亲顺着儿子的想法把孤儿叫到家里，让他给他们去找来一块天宫的玉石，否则就把他打死。孤儿回到家里，将此事告诉给了妻子。妻子跟他说："这都是那个坏家伙的坏想法，目的是想把你弄走，再把我抢走。"所以你必须快去快回，妻子告诉丈夫怎么到她天堂的家里拿到他们想要的玉石，又告诉他如何回来等所有办法。孤儿就按照妻子说的办法拿到玉石回到了家，并在岳母天神的帮助下惩治了恶霸牧主，拥有了牧主的所有财产，过上了幸福美好的生活。

4. hʉhitʃʃi gumdusoniŋ 炫富带来的悲哀

在一个小小的村庄里，生活着一个十分有钱的富人，同时也生活着一个十分穷的穷人。有一天，富人为了在穷人面前显耀自己的富有，就请穷人来家里做客。穷人到富人家一看，炕上摆放的饭桌腿底下各垫着一个大大的银宝，把他吓一跳，怎么也没有想到，世界上还有这么有钱的人，再想想自己连个温饱问题还解决不了，勉强过着日子。他越想越难受，结果一口饭都吃不下就回家了。穷人的妻子见丈夫低着头很懊丧地回来，就问他怎么回事，他就把自己看到的和难受的心情讲了。穷人妻子听了之后，就安慰他说："这又会怎么样呢，明天咱们也请富人到我们家里做客。"穷人听从妻子的话，第二天就来到富人家请他到家里做客。富人欣然答应，心想这么穷的人还用什么来接待我呀，去看看。富人心想，跟着穷老头来到了他家。富人见到穷人家的炕烧得热乎乎的，但没有摆放任何桌子和饭菜。没一会儿工夫，穷人家的四个儿子在母亲的指挥下，每人抓着一把桌子腿，把一张摆放粗菜淡饭的桌子抬了进来，并就那么抬着桌子站在富人面前，让富人和爸爸用筷子夹着桌子上的饭菜用餐。看到这一情景，没有孩子的富人心里特别难过。他心想，自己没有孩子，就没有自己的子孙后代，即使有满屋子的金银财宝又有什么用呢。他越想越难受，结果没有一点心思吃饭，就托词家里有事回去了。他回家后，特别伤心地跟妻子说："人家虽然穷，但将来有四个儿子养活他们，可我们有满屋子金银财宝，死后却没有人继承我们的家业，多么的悲伤呀！"这就是富人在穷人面前炫富带来的悲哀故事。

5. səəŋdətʃʃi gəmrəsəniŋ 考验老婆的代价

猎人有两个老婆，近日来他时不时听说两个老婆中的一个偷偷出轨的事情，不过谁也没有告诉他此事的真假，或哪个老婆有出轨行为等实际情况。有一次，他去狩猎回来的路上，突然想考验自己的两个老婆哪个对自己忠诚，哪个不忠诚。为此，他就跟同行的猎人说："你先到我家里，和我两个老婆说我已不幸死了，看她们哪个对我忠诚。"同行猎人就按照他说的，先到他家里对两个老婆说："你们的丈夫狩猎时突然患重病死了。"听了和丈夫同行猎人的话，又看了他的表情，大老婆说："非常感谢你送来的消息，我都知道怎么回事了，谢谢你！"可是小老婆又哭又叫地晕了过去。从她们那里出来后，朋友赶紧跑到躲在别处的猎人身边，把看到的情况一五一十地全部讲给了他。猎人听后气得一口气跑回家里，不问青红皂白地要将大老婆赶出门。大老婆却十分冷静地给他讲了两个小故事。第一个故事是一个母亲出门回家看到婴儿旁边的家猫满嘴都是血，以为猫咬了婴儿，一棒子将多年养的爱猫给打死了。不过，没有想到的是，猫的爪子却紧紧地抓着一只黄鼠狼。这时她才明白自己冤枉了好心的爱猫，误杀了忠诚的好猫。第二个故事是一个猎人带着自己喜爱的小鸟去打猎，天热口渴得不得了的时候，就想用双手接下从石缝里滴下来的水喝。好不容易接下来的水还没到嘴里，就被小鸟的翅膀击打洒在了地上。猎人一气之下把自己的爱鸟给打死了，然后再去接滴下来的水，要放入嘴里解渴时，觉得有点不得劲，就抬头看了一下水源处。这时，他才明白那是从毒蛇嘴里滴下来的毒水。他十分后悔在没有搞清楚缘由之前，就将自己忠诚的小鸟给打死了。听了这两个故事，猎人还是让大老婆赶紧滚开。

　　大老婆就这样被丈夫赶走了，大老婆被赶走后，小老婆精心照顾丈夫的态度，让猎人更加自信赶走大老婆是对的，心里对小老婆十分感激和满意。有一天，小老婆突然对他说："你头发都脏了，我给您洗头吧！"丈夫听了感到很奇怪，怎么有事没事突然要给我洗头呢？并以头皮有破伤为由没让她洗。同时，他对小老婆说："想洗头，你就洗自己的头发！"小老婆虽然不想洗，但又怕得罪丈夫使自己心事被发现，就用准备给丈夫洗头的水洗了自己的头发。结果到了夜晚，有一个手持长刀的男人摸黑进来，先是偷偷摸了一下小老婆丈夫的头，没有摸到洗头的湿气就去摸小老婆的头，发现是湿的就拿刀砍下脑袋赶紧跑掉了。被吓晕过去的猎人醒来看见小老婆没脑袋了，这时他才明白小老婆为什么突然要死乞白赖地给自己洗头。同时，也明白了大老婆给自己讲的两个故事的实际意义，他想只有大老婆才对自己忠诚，也为赶走忠诚的大老婆而十分后悔。

　　6. hadam abaniŋ hʉhiŋbi ʃiŋʤim iʃisəniŋ 父亲对儿媳的考验

　　一个老头和两个儿媳生活在一起，有一天两个儿媳要回娘家，老头想考考两个儿媳的智商，就给她俩各七尺布，要求每个儿媳做一件衣服、一条被子、一块抹布。后来，大儿媳就对二儿媳说："根据咱爸的要求，用这七尺布我们要做一件身上穿的时候是衣服、晚上盖着是被子、擦桌子就是抹布的多种用处的东西就可以。"就这样，她俩很好地完成了老头交给的任务。还有一次，老头要去钓鱼，他走前又跟小儿媳说："你给我纸里包着火，手提篮里放上水给我送来。"小儿媳在发愁时，嫂子告诉她："你把火柴用纸包好，再把倒入水的小水桶放入篮子里拿过去就可以了。"老头见了小儿媳就知道这个主意肯定是大儿媳告诉她的，但他什么也没有说。邻居家的一个老头，见他总有事没事考验儿媳的智商，就想治一治这个老头。有一天邻居家的老头就跟他说："中午想到他们家里做客，希望他用牤牛奶熬一锅奶茶等他。"听了邻居家老头来家里做客，他很高兴，但他心里烦的是牤牛怎么能挤出奶呢，所以根本就不可能有牤牛奶熬奶茶的事情。他心急之下，把此事跟头脑机灵的大儿媳说了，大儿媳说："就不用熬奶茶了，邻居老头来时你就躺在被窝里。"到了中午，邻居老头来到家里，看见老人躺在被窝里感到很奇怪，就问老头的大儿媳："你爸怎么了？"她就跟他说："他怀孕了。"他感到很奇怪地问："男人还怀孕？！"大儿媳马上就说："您也好好想一想，牤牛怎么会挤出奶呢？！"就这样，邻居老头什么都没说，奶茶也没有喝上就回家了。从此往后，这家的老头也不以考儿媳智商的想法折腾两个儿媳了。

7. alaar boh ooʧʧi saadʑige 吝啬的老头子

　　有一位十分自私的老头跟老伴生活在河边，有一天老头牵着唯一的牲畜花牤牛到河边去饮水。这时，一只喜鹊飞落到花牤牛头上影响了它喝水，老头一气之下就拿起斧子想砍死喜鹊，可万没有想到机灵的喜鹊飞走了，老头没有砍死喜鹊反而砍死了自己唯一的花牤牛。善良温顺的老太太听了这些也没有说什么，只是心里难受。可没有想到的是，吝啬自私的老头把花牤牛的肉收拾干净后都拿到游牧包里，把内脏留给老太太后把游牧包的门从里面捆绑得死死的，独自享用花牤牛的肉。老太太无奈就背着花牤牛的内脏去找自己生活的地方，她走了很长很长的路，一路上碰见许多野生动物跟她要吃的，从不吝啬的老太太拿出一部分花牤牛的内脏分给可怜的野生动物们。这天傍晚，老太太又遇见了一头饥肠辘辘的老虎，老虎向她乞求一点内脏，老太太没有多想，眼看老虎快要饿死了，就把身上所剩无几的内脏都扔给了老虎。老虎吃完跟老太太说："请您骑在我身上，我把您送到一个好地方。"老太太没怎么细想，就骑在老虎身上。老虎飞快地奔跑着，不一会儿就到了一个游牧包的旁边，然后对老太太说："就在这里，您下来吧！"老虎把老太太放在游牧包门口就跑掉了。老太太打开门进了游牧包，里面就有两个大木箱子，她打开第一个木箱一看里面都是人的头骨和四肢骨头，别的什么都没有。她再也不敢打开第二个箱子了。就在这时，游牧包外面出现了东西走动的声音。她走到门口偷偷往外看，吓得出了一身冷汗，原来是游牧包的主人——三头六眼的妖怪手里牵着一个小姑娘赶着一群羊回来了。老太太吓得差点晕了过去，但她知道事到如今只有拼老命了，否则就会被妖怪吃掉。她想了想，再仔细看了看游牧包里面，发现木箱子上面放着三个铁钉子，他知道妖怪进屋后肯定要坐或躺在它那铺在地上的毡垫子上，就把箱子上的三个铁钉子拿下来钉子朝上放在毡垫子下面。老太太还想到妖怪肯定会点火取暖，就把随身带来的盐撒在炉子里的烧柴上面，然后就静悄悄地躲在大木箱后面。不一会儿，妖怪牵着吓得半死的小女孩进了游牧包，一进屋就嚷嚷哪来的活人味呀？说着四周巡视了一下，没有看到什么，以为是小女孩身上的，就一屁股坐在了有三个大铁钉的毡垫子上面，结果把屁股扎出三个窟窿眼，痛得它呜哇乱叫。它想点燃炉火治治从屁股流出的绿血，没有想到还没来得及用火烤屁股，从炉火里迸出的盐火把它三头上的六只眼睛都给炸瞎了。就在妖怪痛得满地打滚的时候，老太太从木箱子后面跑出来，用自己随身带的猎刀砍死了妖怪，紧接着领着小女孩清理了游牧包，这时才发现第二个木箱里装满了金银财宝。就这样，老太太拥有了妖怪所有的财产和牛羊马，和小女孩过上了富裕美好的生活。

但老太太心里还是想念自己那个自私吝啬的老头，她想回去看看老头，毕竟跟他生活了半辈子。她赶着牛车，驾着装满金银财宝的马车，领着小女孩踏上了回家的路。走了好多天，才回到自己原来生活的游牧包。这时她看到了快要饿死的老头。老头吃了老婆带来的食物，看到老婆带来的金银财宝和牛羊马，感到十分高兴，为自己当初的自私和吝啬感到非常惭愧。老头的忏悔得到了老太太的宽恕和原谅。从此以后，他们把小女孩当作自己的女儿来养，一家人过上了美好的生活。

8. honnoriŋ moriŋʃi nandahaŋ unaaӿ 骑黑骏马的美丽姑娘

在美丽富饶的兴安岭山脚下生活着一家人，这年家里生了个胖乎乎的儿子，爷爷、爸爸和妈妈都想给他起一个好名字，可是想了好多天还是没有想出来。他们家里有一些牛羊和几匹马，日子过得还算可以。老头经常领着儿子去打猎，儿媳在家里一边照顾刚刚出生的儿子，一边照顾家里的牛羊。有一天，丈夫额海和老爷子出去打猎回来得早，就替妻子去放牛羊。太阳快要落山的时候，额海正准备赶着牧场上的牛羊回家，此时从西边有位美丽的姑娘骑着黑骏马奔驰而来。快要到牛羊旁边时，那位美丽的姑娘从黑骏马上滚了下来，额海赶紧跑过去扶起美丽的姑娘，问她伤着骨头了没有。那位美丽的姑娘慢慢睁开眼睛，向他表示谢意后，艰难地起身骑上马驰向西边的山林。额海站在原地动都不动地看了半天，才赶着牛羊回到家。回家的他，总想念刚刚见到的美丽姑娘。

第二天，额海跟父亲去打猎，没多久就赶回家，又赶着牛羊来到昨天遇见美丽姑娘的牧场，同样是在太阳落山前见到了骑着黑骏马的美丽姑娘。从此往后，他俩几乎每天都在太阳落山前见面。有一天，额海邀请美丽姑娘到家里做客。她听到家里还有老人、妻子和刚生不到半年的婴儿特别高兴，不过她提出去做客前要他必须杀掉羊群里萨满给的神羊。听了这个话，额海马上就说不行，就是他同意了，父亲和妻子也不会同意。美丽姑娘立马表现出不高兴的样子，并说如果不杀神羊，就不去他们家！没有办法，被姑娘的美丽迷住灵魂的额海就答应杀死神羊，并和姑娘约定第二天太阳落山的时候来他们家做客。那天晚上，额海就跟妻子说了家里明天来客人，想准备杀神羊来招待。听了额海的话，妻子十分生气，死活也不同意杀死神羊。

那天，老头想领着儿子去打猎，儿子拒绝了。儿媳也没跟老头说家里来客人的事。等老头一走，额海就跳进羊圈杀死了神羊，准备招待美丽的姑娘。太阳刚刚落山，骑着黑骏马的美丽姑娘就来了，额海的妻子擦干为神羊而流下的眼泪，和丈夫到门外迎接美丽的姑娘。就在美丽的姑娘抬脚进屋的瞬间，妻子看到美丽的姑娘的长袍底下露出一小点狐狸尾巴。这时，她完全明白这是一只经千年成精的老狐狸。她想找个机会告诉丈夫，但完全被狐狸精的美丽外表迷昏了头脑的丈夫根本不理她。无奈之下，额海的妻子以屋里太闹孩子睡不着，把孩子送到外面的游牧车上睡觉为由，抱着孩子出去了。这时，额海已被狐狸精灌得酩酊大醉、不省人事。别说让他出来，就是站都站不起来。额海的妻子出来后，赶紧备好马带着刚刚打猎回来的父亲和孩子，快马加鞭地驰向自己的娘家。

到了娘家，她才将家里发生的一切事情一五一十地告诉了家人。安顿好年幼的儿子和年迈的父亲，自己又骑上马返回家里去救丈夫。回到家里，她看到了丈夫的白骨，狐狸精却不见了。她决心要给丈夫报仇，拿上丈夫的神箭，骑上马去追赶狐狸精。她追了三天三夜，才在狐狸精的洞口用丈夫的神箭杀死了刚刚复原自己本来面目并要钻进洞的狐狸精。妻子给丈夫报了仇，从此往后，她就跟儿子和父母过上了安宁的生活。

三 英雄的故事

1. saadʑige haaŋ 喜鹊王

过去，鄂温克族生活的地方有一个叫喜鹊的国王。人们叫他喜鹊王是因为他每天把自己打扮得很美，身上和头上用各种美丽的羽毛装饰，在人们看来就像喜鹊一样美丽。不过，喜鹊王十分善战，经常领着索伦国的人打胜仗。特别是与妖魔鬼怪的斗争中，喜鹊王打了许多胜仗。有一次，他领着索伦国的人与十分强势的妖魔鬼怪打仗，由于妖魔鬼怪在数量上占绝对优势，又充分占据了有利地形，就打败了索伦国的鄂温克人。喜鹊王败走的时候，跟索伦国的鄂温克人讲，从此往后我们索伦国的鄂温克人，无论何时何地都要戴用狍子头制成的帽子，以此区别其他王国的人。后来，喜鹊王经几年苦战，终于将索伦国的妖魔鬼怪全部打败，不过从此以后喜鹊王也没了影踪，不知去向。此后，索伦国的许多人，无论走到哪里都要戴狍子头做的帽子了。

2. dʑurani məggəŋ 英勇的卓日尼

英雄卓日尼过去生活得很苦，几乎过着流离失所的贫困生活。有一天他碰见了一只狐狸，那只狐狸看着卓日尼垂头丧气、无精打采的样子，就跑过去问卓日尼为什么显得如此可怜、如此贫穷。卓日尼告诉狐狸自己一穷二白，谁也不接受他，所以只能够过着漂泊不定的生活。狐狸告诉他，它可以帮助卓日尼发家致富。后来，在狐狸的精心设计和安排下，卓日尼娶了天神的女儿，获得荣华富贵，过上了富裕的幸福生活。

3. mogdor məggəŋ 英雄的莫格杜尔

莫格杜尔是一位闻名天下的英雄。这一天，他们的部族决定要迁徙到新的地方。莫格杜尔的妻子等了三天，出去打猎的丈夫还是没有回来，只好带着两个儿子先去追赶部族。走了几天，母子仨还是没有赶上自己的部族。就在这时，母子仨看到前面有一个游牧包，母亲趁卸车准备做饭的工夫，让两个孩子到那个游牧包里看看，如果有什么吃的先吃点东西赶紧回来。她的两个儿子进到游牧包后，看到一位老太婆坐在游牧包的中间，见了两个活泼可爱的孩子，老太婆就招呼孩子们过来。孩子们过去后，老太婆就说他们的肉又嫩又肥。听了这话，孩子们咬了一口老太婆的手，赶紧跑回母亲身边。他们把遇到的事情告诉母亲，母亲知道那个老太婆肯定是妖魔。当他们正准备赶紧离开此地时，莫格杜尔终于赶过来了。妻子说了他走后的一切情况，以及刚才两个儿子在前面的游牧包遇到的事情。莫格杜尔听后十分生气，独自走到女妖婆那里将她和她的孩子全部杀死，带着妻儿去找自己的部族了。

4. altani məggəŋ 英雄的阿拉塔尼

很久以前，一对老夫妇生活在草原上。他们的生活虽然很富裕，但他俩没有孩子，为此老两口很伤心，觉得生活没有什么希望。于是，他们商量去祈求天神。他们在高处的一棵大树下，点上香火祈求天神赐给他们一个孩子。有一天，天神从天上路过老两口生活的地方时，闻到了香火味道，靠近香火时才明白，没有儿女的老两口向他乞求孩子。天神回到天堂后，就派手下人给老太太送来了一粒很小的神丸。天神的使者来到老两口家里，看他俩都在睡觉，就将那粒神丸放在老太太的嘴边，老太太无意间就把神丸吞了进去。当天夜里，老太太梦见红老虎来到家里抱着她睡觉。果然不出所料，从那天起老太太的肚子逐渐大了起来。九个多月后，老太太就生了个小胖儿子。老两口就给儿子起名叫阿拉塔尼，意思就是金孩儿。阿拉塔尼很快长大成人，成了十分有名的英雄。为了实现自己的美好梦想，他还用深海的宝柱和天鸟的宝羽制成弓箭，杀死了称霸一方的蟒蛇鬼，解救出给它当家奴的人们。他为了赢得天王西勒特宝贝女儿的芳心，参加了天王为选女婿而举办的射箭、赛马、摔跤三大比赛，阿拉塔尼用自己的谋略、智慧和勇敢取得了比赛的第一名。天王不是十分满意阿拉塔尼当自己的女婿,所以又提出了一个新要求,要阿拉塔尼从天王鸟手里抢来九匹神马才能够把小女儿嫁给他。阿拉塔尼为了迎娶天王西勒特的宝贝女儿,答应了天王西勒特的最后一个条件,并在神马的支持下,杀死了天王鸟,救出了天王西勒特的九匹神马。最终,阿拉塔尼用生来具有的勇敢、智慧和谋略赢得了天王西勒特宝贝女儿的芳心,阿拉塔尼娶她为妻,回到年老的母亲身边,过上了神话传说般的美好生活。

5. məggəŋ aŋadʑiŋ ʉt 英雄的孤儿

勇敢的孤儿骑着父亲留给自己的神马打猎时,遇上一头飞快奔跑的梅花鹿,他快马加鞭地用神马赶上梅花鹿,并用自己远近闻名的神箭射死了它。然而,他的一举一动都被正在打猎的国王看得一清二楚。国王领着随从来到勇敢的孤儿身边,蛮横不讲理地抢走了他射死的梅花鹿和他骑的神马。没有办法,勇敢的孤儿只好以徒步打猎为生,但他始终没有忘记向罪大恶极、杀人不眨眼的狠毒国王报仇,他一直等待着各种机会,不断提升自己的射箭技术。有一天,他走到一个小村庄,看见七兄弟抱成一团在哭泣,他走过去一问才明白,七兄弟唯一的美丽妹妹刚刚被恶霸的国王抢走了。勇敢的孤儿就安慰他们,还说一定要为他们报仇,把美丽的妹妹给他们抢回来。听了勇敢的孤儿的话,七兄弟十分高兴,同时把父母死前留给他们的一顶宝贝帽子送给了他,说是这顶宝贝帽子只要戴在头上谁也看不见他。勇敢的孤儿向七兄弟道别,拿上宝贝帽子走了。又走了一些天,在一个小屯子里,勇敢的孤儿又碰见一对老夫妻在哭泣。勇敢的孤儿走过去,安慰两位老人时才明白,他俩唯一的美丽女儿也刚刚被恶霸的国王抢走了。两位老人听说勇敢的孤儿要给他们报仇,还要将宝贝女儿抢回来交给他们十分高兴,就把他俩珍藏的宝贝鞭子送给了他,告诉他这是一件宝贝,无论指向哪里能很快把人送到。勇敢的孤儿感谢了老两口,揣上宝贝鞭子离开了他们。又走了一些天,他看见一个小村子里,仨兄弟互不相让地抢一个破袋子,他走过去十分好奇地问仨兄弟,为什么抢这么一个破袋子。仨兄弟告诉他,父母去世时把家产都很公平合理地分给了仨兄弟,就这破袋子没有说清楚到底给谁。仨兄弟还解释说,这是一个神奇的袋子,里头装多少东西都能够装下,而且背着走就像没有装东西似的,特别轻。勇敢的小伙子想自己能够用得着这个袋子，就说他要去杀横行霸道、无恶不作的国王，所以借用这个神奇的袋子。听说要去收拾坏国王，仨兄弟就欣然答应了，就把神奇的袋子借给了勇敢的孤儿。

勇敢的孤儿在宝贝鞭子的协助下一溜烟工夫来到了国王的宫殿，在宝贝帽子的协助下找到了被国王抢来的美丽的姑娘们，他把美丽的姑娘们和国王的所有财产都装入神奇的袋子里，骑上刚刚找到的日夜思念的神马，用宝箭射死了罪该万死的坏国王和他的随从。勇敢的孤儿先来到七兄弟家，把他们的美丽妹妹和宝贝帽子还给了他们。七兄弟为了感谢他，就把神帽作为礼物送给了他。勇敢的孤儿又来到老夫妻身边，把美丽女儿还给他们的同时，想把宝贝鞭子也还给他们。老两口为了感谢他，把宝贝鞭子送给了他。勇敢的小伙子又来到仨兄弟中间，打开袋子把袋子里的金银财宝、牛羊马和坏国王的所有财产都分给了贫穷的国民，与此同时他想把神奇的袋子还给仨兄弟，仨兄弟没有接受还是送给了他。大家十分感谢勇敢的孤儿杀死了鱼肉百姓、无恶不作、罪大恶极的坏国王，还推举勇敢的孤儿当上了国王。

6. hʉrəltʉ ootʃʃi altaani ahiŋ nəhʉŋ 呼日勒图与阿尔塔尼兄弟

呼日勒图与阿尔塔尼是双胞胎，出生在人妖混战的艰难岁月。他们俩出生没几天，当时作为东海之王的父亲呼热勒图，与西北九头妖王闫和勒太连战三年，父亲后被妖王所征服，同妻子和家产一起都被妖王掠夺而去。在东海之王的家乡，除被妖王毁于一旦的废墟，只留下刚刚出生的双胞胎兄弟，以及父母偷偷留给他们的两匹马。双胞胎兄弟从小相依为命、历经磨难、吃尽苦头，艰难维持生命。他们长到风华正茂的少年时，找到了父母留给他俩的两匹马。有一天，他俩骑着各自的爱马，在东海岸边打猎时遇见了穿一身黑衣的黑海之王哈日勒太。后来，他俩成了哈日勒太王的将领，还受哈日勒太王的指派去找他那被三头妖蛇抢走的两个宝贝女儿。兄弟俩按照妖魔鬼怪都生活在西边的说法，选择了西方。他俩走了几天，有一天看到一个孤独的游牧包，进去后发现，里面住着一位萨满。他俩就求萨满给他们看看，他们正在寻找的黑海之王的两个女儿究竟在什么地方？萨满给他们看后就说，可能在位于西北的冰雪覆盖白山头上。他俩就直奔西北的白山头，走到白山头脚下，牵着马往山头爬行。然而，快要爬到山头时，呼日勒图连人带马从山上滚了下来。无奈之下，阿尔塔尼独自往白山头爬，爬到白山头发现有一个很深的山洞，他就下到洞底，在那里见到了黑海之王哈日勒太的两个宝贝女儿。阿尔塔尼杀掉了三头妖蛇，解救出妖洞中的所有女孩及哈日勒太王的两个宝贝女儿。

过了几年，阿尔塔尼为了从九头妖王闫和勒太身边解救自己的父母，又独自向西北方向出发，同样经过极其艰辛的努力和勇敢无畏的搏斗，最终杀死了九头妖王闫和勒太，把自己的父母救了出来，从此以后过上了安宁、祥和、美好的生活。

7. məggəŋ uhaŋʥi ʃikkɯlwɯ tirisəniŋ 英雄用智慧征服了阴险的妖魔

很久以前，在一个美丽的地方生活着一个幸福的家庭。有一天，丈夫为了获取更多的猎物，向着太阳升起的地方去打猎，家里就留下美丽贤惠的妻子和两个胖乎乎的儿子。那天傍晚，贤惠的妻子在门口点燃炉火正准备给两个儿子做饭，锅里的水面上露出了一个可怕的鬼脸，她回头一看，原来身后站着一个可怕的恶魔。她虽然心里很害怕，但她为了鼓励两个小儿子，就装作一点也不害怕的样子，趁恶魔不注意给俩儿子手里放了恶魔最怕的马嚼子和马龙头。恶魔虽然想吃胖乎乎的两个小男孩的嫩肉，但看到他俩手里的马嚼子和马龙头就不敢靠近，没有办法只能吃妈妈的肉了。恶魔走到妈妈身边，正要动手抓妈妈时，她就把身边一桶水倒在了自己身上，这时善于模仿人的恶魔也拿起另一个桶，将桶子里的油误以为是水全部倒在了身上。这时，妈妈又装作用手拨弄炉火的姿势，恶魔也学着将手伸向炉火，可它手上的油遇见炉火"噗"的一声燃烧了起来。恶魔被火烧得四处乱跑，结果不小心脚踩空，掉进万丈深坑死了。这就是英雄用勇敢和智慧征服恶魔的故事。

8. naaway məggəŋ 英雄的那崴

过去，有一位叫那崴的英雄。有一天，他听到人的哭泣声，就走过去，看到一位老太太在哭，并得知老太太的村庄常年受熊瞎子的迫害，简直到了无法生活的地步。那崴决心处死这个作恶多端的熊瞎子，大家听了他要杀死熊瞎子都吓一跳，在他们看来熊瞎子力大无比，又十分狡猾阴险，没有人能够战胜它，好多人都成了它的盘中餐。这时，一位萨满走到那崴身边，十分认真地对他说："你根本就战胜不了它，你去就是给它送肉。再说了，熊瞎子是我们人类的祖先，你如果杀了它，也对不起自己的祖先呀。"那崴反过来问萨满："如果熊瞎子是我们人类的祖先，它为什么每天吃子孙后代的肉？"为了说明熊瞎子是人类的祖先，萨满还给那崴讲了这么一个故事："说是很早以前，人们到深山老林里打猎，由于受不了冬季的寒冷，就找到一大山洞避寒。结果，人们醒来时才发现自己都变成了熊瞎子。这是天上的神仙怕人们冻死就给他们披上了黑毛皮子，从此我们的祖先就变成了熊瞎子，只是留在村里的部分女人和孩子没有变成熊瞎子。正因为如此，熊瞎子能够像人一样直立行走，还有许多与人相同的生活方式和动作行为。"那崴不信这些说法，就独自背起弓箭上山打熊瞎子去了。

跨过许多河流，越过许多山头，走过许多森林，那崴还是没有见到那头杀人不眨眼的熊瞎子。快天黑时，他就点燃一堆篝火取暖，就在此时飞来一只小鸟告诉他，这座山的对面就有熊瞎子，它看见有人点火就会过来。那崴听了赶紧熄灭篝火，直奔山的对面。没多久真的看见了熊瞎子，他就用神箭向它射去，中箭的熊瞎子一下子倒在地上，那崴又连射了几箭，箭箭射中。那崴以为熊瞎子已被他射死，刚要走近时熊瞎子却一下子又站了起来，拼命向他扑了过来。那崴吓得赶紧爬上一棵又粗又高的大白桦树，熊瞎子也很能爬树，很快赶上了那崴。这时，那崴从上往下射了一箭，正好击中了它的前爪，熊瞎子痛得从树上滚了下去。不过，不一会儿工夫，熊瞎子又顺着树干爬了上来。而且，越来越近，此时那崴才看明白狡猾的熊瞎子全身抹了一层松树油，所以猎人的箭或刀根本刺不进去。穷凶极恶的熊瞎子用满是流血的前爪折断了那崴脚下的树枝，那崴从高高的白桦树上摔了下来，熊瞎子跟着跳下了白桦树。那崴吓得围着粗大的白桦树跑，熊瞎子在他后面拼命追，追得那崴晕头转向，扑通一声倒下了。熊瞎子张大嘴正要咬他的脖子，那崴从腰间抽出长长的猎刀捅进了它那张开的大嘴。熊瞎子痛得受不了，就放下那崴到处乱跑。在这关键的时刻，不知从哪里来了一位猎人，拿起猎枪向熊瞎子的胸脯连开几枪，才把嘴里插着长长猎刀的熊瞎子给打死了。那崴在那位猎人的协助下，把它的尸体拉回村子里。大家一起唱起歌、跳起舞，共同祝贺杀死熊瞎子的英雄。据说，从此以后鄂温克人就可以狩猎熊瞎子了。

9. maŋgiswa tirisəniŋ 征服妖怪的英雄

本来很宁静的村子里，不知从哪儿跑出来一个妖怪，时不时地跑进村子吃人，弄得满村子人都过着惶惶不可终日的日子，谁也不敢去对付这个可怕凶恶的妖怪。看到这个情景，一位老人对妻子说："我上山和那个妖怪较量。我这么大岁数了，就是被它吃掉了也没什么遗憾的。"说完就拿起弓箭跑到山上。妖怪起初见有人过来十分高兴，认为这是白白送来的肉。但听说老头是来杀它的，感到十分奇怪又有几分恐慌，就对老头说："你有什么本事来杀我？"老头说："我一使劲喊，你的头就会四分五裂！"妖怪说："我喊叫你的头也会变得四分五裂！"老头接着说："那我俩比试比试吧！"妖怪答应后，先喊叫了起来。老头将耳朵用衣服堵得死死的，然后把头塞到空的树洞里。结果在妖怪的喊叫声中粗大的树木都被劈成两半，差一点把老头给震死了，老头好不容易坚持到它的喊叫结束。现在是该老头喊叫的时候了，老头说："我喊叫的声音比你的声音大，怕你被喊叫时发出的强有力的风吹到天上，所以为了保护你，我要把你紧紧地捆绑在这棵粗大的松树上！"妖怪听后信以为真，就答应了。就这样，老头用带油的树皮把妖怪捆在粗大的松树上绑得死死的，妖怪别说要动就是呼吸都成了问题。但是为了不被风吹走只能不吱声，任由老头摆布。老头捆绑好妖怪后还对它说："你把眼睛闭上，否则我喊叫时，你的眼睛会从眼眶里蹦出来！"妖怪闭上眼睛后，老头拿出弓箭射进它的脑袋，把它射死。从此往后，村庄又回归了往日的宁静，老头的勇气、智慧和谋略也得到了大家的认可和尊敬。

四 萨满信仰和神仙的故事

1. samaaŋni tuŋkuni ʉnʉgʉl 萨满神鼓的传说

据说，过去的世界就如拳头那么大，高山和大海就像米粒儿一样小，大河就如线那么细。后来，萨满不断敲打神鼓，使世界的海江湖泊、高山峻岭、草木森林变成了如今的样子，随后又诞生了人类和动物。有一天，敲打神鼓的萨满累倒了，并抱着神鼓睡了过去。这时，一直嫉恨萨满神奇本事的喇嘛从洞穴里跑了出来，从萨满怀里偷走了神鼓，把萨满的双面神鼓弄坏为单面神鼓扔进了深谷。不知过了多少年，当萨满从睡梦中醒来时，发现神鼓不见了，他找了好多年才从深谷里找到了神鼓。这时，喇嘛又大摇大摆地从洞穴里走了出来，对悲伤万分的萨满说："我把你的双面神鼓弄坏为单面神鼓，现在你还有什么本事？"萨满听后，差一点晕了过去，但他坚定地说："我同样可以用单面神鼓惩治你这个坏家伙！"说完他就使劲敲打单面神鼓，结果没多久喇嘛就在神鼓声中晕死过去。从那以后，萨满背起单面神鼓回到了自己的老家，萨满的双面神鼓也变成单面神鼓。同时，萨满神鼓也失去了造世和造世间万物的神奇功能，只能起到预测福运灾祸、招魂驱鬼的作用了。

2. nisaŋ samaaŋ 尼桑萨满

故事中讲述了尼桑萨满帮助人类消灭妖魔鬼怪时遇到的诸多磨难。尼桑萨满最后因得罪了阎王而被弄死。然而，尼桑萨满死前吐出的口水均变成了一个个很厉害的萨满。他那十分神奇的双面鼓也被破坏成了单面鼓，由此失去了杀死妖魔鬼怪和让人起死回生的神力，只留下赶鬼招福的功能。

3. ɯrni bokkoŋ 山神的故事

很久以前，有一群猎民跟随首领到山上打猎。经过几天的围猎，他们终于把周边山林的野兽都围困在某一座高大的山头上，到夜晚，他们才放下猎枪就地休息。当吃晚餐的时候，紧跟首领走的这部分猎民，边吃晚餐边聊了起来。这时，首领问那些精明强干的优秀猎民："你们知道不知道，我们在这座山头上究竟围住了多少猎物？谁人有先觉之明或预知功能，能猜得出来？"猎民们你看着我、我看着你，琢磨半天谁也说不出来。正在这时，突然从森林里走出一位白发老人，他见了大家"哈哈"大笑着对猎民们说："我不仅清楚地知道你们究竟围住了多少头猎物，而且还知道有多少种猎物及每一种猎物的具体数量。"说完，白发老人就一个个地讲，连兔子有多少只都说得一清二楚。当大家还不知道怎么回事时，白发老人就不见了。猎民首领派人到山林里找这位智慧的老人，却都没有找到。第二天，山上的围猎完，大家统计猎获的猎物种类和数量时惊奇地发现，猎民们所猎获的猎物种类和具体数量跟那位白发老人说的完全一致。打完猎，猎民首领再次派人到山林里找那位智慧超然的白发老人，但还是没有找到。这时他们才明白，他就是山林的主人，是管理和支配山林中所有生命的山神。猎民们为了感恩，同时也为了获得更多猎物，每次到山林里打猎时都要祭祀山神，祈求山神恩赐更多猎物。

4. owoni ʉnʉgʉl 祭祀敖包的传说

在一个美丽的地方，有一个美丽的村庄，在这里生活着一位美丽的姑娘。人们都为她的美丽而倾慕，村里的人也都为了她感到骄傲和幸福。再说，在这美丽的村庄上，还有一位十分英俊的小伙子，他很勇敢很有智慧。村里的人都为他们的美好未来而祈福。他们经常在村边的小河边约会，谈情说爱，谈论他们共同的美好未来。时光过得很快，眼看就到了谈婚论嫁的时候。但谁也没有想到，就在这幸福来临的时刻，灾难也不可回避地降临在这个美丽的地方、美丽的村庄和美丽的姑娘身上。

有天傍晚，美丽的姑娘就在自家边的伊敏河里洗澡。此时，一个臭名昭著而杀人不眨眼的恶魔，偷偷靠近正在洗澡的姑娘，它先将姑娘放在河边的衣物拿到手里，然后就让姑娘走过来拿衣物。姑娘听到恶魔的声音，又看到拿着自己衣物的恶魔，就晕了过去。但她醒来时，已经一丝不挂地躺在了恶魔的妖洞里，恶魔看到她醒来，就长牙舞爪地向她扑了过来。姑娘机智地躲过恶魔，用头撞破石墙结束了自己美丽的生命，也结束了一个美丽的梦想。姑娘家看女儿没有回来，到处去找也没有找到。后来，村里的人们听到这个消息后，都行动起来一起去找她。最后，英俊的小伙子想到了恶魔，就领着村里的人来到恶魔生活的妖洞。结果，果然不出所料，连续几天吃了姑娘嫩肉的恶魔，凸起大肚子正在妖洞门口睡懒觉。英俊而勇敢的小伙子领着村民冲了过去，同恶魔展开了殊死搏斗，最后在大家的协助下，英俊而勇敢的小伙子终于杀死了罪大恶极的恶魔。人们跑进妖洞里，看到姑娘了的白骨。人们为了怀念美丽善良的姑娘，将她埋在村边伊敏河岸边那棵大树下。

在往后的日子里，人们为了怀念她，也是为了祭祀她的在天之灵，每逢清明节，人们就聚集到姑娘的墓前进行祭祀活动，还怕她着凉经常给她的坟墓上添加新土。就这样，美丽姑娘的墓越来越高，变成了远近闻名的土葬包，后来人们就叫土山包，也就是土敖包。与此同时，村里的人们把罪大恶极的恶魔尸体抬到山脚下，埋入深深的山坑里，上面就用石头严严实实地盖上。从此往后，不论是谁走过埋压恶魔的石头包都会加上几块石头，就怕日后恶魔跑出来再伤害村民和人们的美好梦想。石头越积越多，石头山越来越高，自然变成了人们惩治罪恶、镇压邪恶、征服黑暗的象征之地，久而久之这里就成为人们所说的石头敖包。

5. bulha nisaŋ ʤʉʉri bəyni yəttəɲtʃiwə iliwusaniŋ 布拉哈与尼桑创世的神话

早时候，人类生活的地球别说是人类，连动植物的影子都看不到。看到这一寂寞的情景，布拉哈神在尼桑萨满的帮助下，处罚了阻碍他造世的坏蛋阿尔丹巴依尔鬼，用金土和银水创造了人类和世上的万物。

6. ʃigʉŋ unaaʤ 太阳姑娘神的神话

神话传说讲述了太阳神姑娘历经磨难千辛万苦给漆黑冰冷的世界，以及在这死亡的世界里生活着的人们，带来光明和温暖的故事。同时，用夸张手法讲述了太阳神姑娘如何用智慧说服守卫太阳神之门的门卫们的极其复杂的情节。最后，还讲述了太阳神是如何惩治了不守规矩、心术不正、好吃懒做，经常阻碍太阳神女儿给黑暗世界送光明和温暖的坏门卫，给女儿打开了畅通无阻的光明之门的美好故事。以此讴歌了人类光明而美好的生活来之不易，呼吁人们珍惜来之不易的光明而美好的生活。

7. ʉgigʉ bokkoŋni unaaʤni sʉnsʉniŋ 天神的女儿之灵魂

据说很早以前，有一个叫索道的富人，有一天他的宝贝女儿突然患了重病，索道到处派人请来萨满给女儿看病，都没有看明白女儿究竟患的是什么病？也没有办法给她治病，更不用说治好病了。就在索道万般无奈的时候，他手下的一位仆人告诉他，听说他们这里来了一位算卦的神人，不行就请他来给女儿看看病。索道欣然答应了，就赶紧派人请来了那位算卦的神人。算卦的神人来到富人索道家，经过花园往里走时，突然花园里的一朵大黄花跟他讲："这家旁边有一个泉眼，泉眼里有一条大鱼，那条大鱼的后背上扎着一根冰穿子，你去把那冰穿子拿下来，再用泉眼里的泉水灌满泉眼边的九个小洞口。这时，从那九个洞口里会跑出来一条狐狸，把那条狐狸用冰穿子打死的话，索道女儿的病就会治愈。"算卦的神人就按大黄花说的去做了，结果治好了索道姑娘的疑难病。索道看到被病魔折磨险些丧命的宝贝女儿康复后十分高兴，就摆了几天几夜的宴席来盛情款待算卦的神人。算卦的神人要走的时候，索道问他需要什么东西作为礼物。他说："就要花园里的那朵大黄花。"后来人们才搞明白，那朵大黄花是天神女儿的灵魂，有了这朵大黄花，也就等于有了天神女儿的灵魂。这位算卦的神人有了这朵大黄花就成了能够听懂人和动物与植物语言，乃至世间一切生命语言的大萨满。

8. dagini bokkoŋbo tahisaniŋ 祭祀达嘎尼神

很早之前，山上生活着兄弟仨。有一天，他们中的老大在山上狩猎时，见到一位如花似玉的美丽姑娘，那位姑娘很热情地跟仨兄弟的老大打招呼。但老大在心里想，她肯定是山中的妖怪，要么怎么会一个人在深山老林里瞎转悠，还跟不认识的人随便打招呼呢?！所以，老大没理会她，回到了家里，跟两个弟弟说了此事，两个弟弟也认为她肯定不是什么好东西。仨兄弟坐在一起，商量如何将她杀死。这时，老大称自己就能够收拾她，根本不用两个弟弟费心参与。第二天，老大就拿着锋利的猎刀上山了，还是在昨天的那个地方在那个时间，他是遇见了那位美丽的姑娘。结果二话没说，老大就砍下了她的脑袋。很有意思的是，老大把她脑袋砍下来扔到野外回来时，她竟然什么事都没有发生似的坐在老大家里。老大见了更是怒火冲天，更加认定她是妖怪。就这样仨兄弟把她紧紧捆绑在牛车的大车轱辘上，想将她活活绞死。这时，美丽姑娘就跟他们说，真想把她弄死，应该把她捆绑在大轱辘上，在水里不停地搅动她就会死去。兄弟仨就按照她说的去做了，结果她真的死掉了。可是，她死后，仨兄弟的妻子经常患重病，甚至达到致命的程度。这时，兄弟仨就请来了萨满。萨满说："你们可能招怒了天神，可能把天神的仙女给弄死了，所以天神在没完没了地折磨你们的三个妻子。你们应该赶紧祭祀天神的仙女，就能够避免妻子遭受病魔折磨的灾难。"从此，这里的人们就有了祭祀仙女的习惯。很有意思的是，这以后兄弟仨的妻子也没有什么病了。兄弟仨感到十分后悔，常常在上天面前祈求宽恕和原谅。特别是他们的女儿嫁人时，兄弟仨会用十分隆重的仪式向天神和仙女表示忏悔，并祈求神明保佑女儿平安、幸福。

从以上搜集整理的人与动物、爱情和家庭、英雄人物以及萨满信仰和神仙的37篇民间故事及神话传说，讲述了鄂温克族在漫长的历史进程中，义无反顾而坚定不移地追求真善美，追求幸福的生活和光明美好未来的梦想。同时，从中也能够清楚地看出，鄂温克族仇视假恶丑，憎恨封建社会和地主恶霸，反抗一切剥削与敌对阶级，抵抗一切黑暗势力的决心，也可以看出他们为此奋斗不止、战斗不息的信心。在鄂温克族的民间故事中将一切美好的和充满真善美的生命、思想及其心灵都比作神圣不可侵犯的神灵、神者、神仙、上帝、天神，与此同时将一切黑暗与假恶丑及违背人性的东西都视作妖魔鬼怪、人类的敌人。鄂温克族人民在漫长的历史进程中，在自身的文明发展道路上，就是用这些美好而深刻的故事传说，唤醒人们的思想和良知，鼓舞了人们的士气，激励了人们为了美好生活奋不顾身、英勇无畏、坚定不移地去奋斗。从这个意义上讲，这些民间故事和神话传说就是鄂温克族的文学书、教科书、文化书、历史书，是他们从幼儿时期，也就是从他们懂事时期接受教育的最重要的启蒙素材。鄂温克族先民就是用这些民间故事和神话传说教育了一代又一代人。每当阅读鄂温克族这些充满正能量、充满真善美的民间故事与神话传说，读者总会情不自禁地被故事情节感染，被追求真善美的精神鼓舞，同时更加憎恨那些与人类文明进步背道而驰的假恶丑，进而更加珍爱今天来之不易的幸福美好、和平安宁的生活。

əmʉhidʉ bəy ootʃtʃi aretaŋni ʉnʉgʉl
第一部分 人与动物的故事

1. ətəggəŋ bəydihi əyələm inig baldisaniŋ
熊和人分家的故事

ayitti əriŋdʉ ətirgəŋsəl bəydʒi əmʉndʉ inig baldim bisə gʉnəŋ. tatʃtʃal bəyni ʉgdʒini gəbbəyə gəbbələm bisə gʉnəŋ.

əmʉŋ aneni nəlki, bəysəl ətirgəŋsəldʒi əmʉrəttə əmʉŋ ʉrni əŋŋə nandahaŋ ɵwərdʉni dʒaluŋ haltoʃigba tarisa gʉnəŋ. əri ane dandi aya nandahaŋ ane ootʃtʃi, tarigaŋniŋ uggasawani iʃim tatʃtʃilsal sʉtdʒiwəl addam, sʉtdʒiwəl uruuttaŋ tarigaŋbal ittʉ uusalditte gʉnəhəŋ həwʃeldisə gʉnəŋ. əmʉŋ əthəŋ ətirgəŋsəldihi:

"sʉ haltoʃigni iggʉ hatʃtʃiwani gammi gʉŋdʒirtʃʉne?" gʉnəhəŋ aŋudʒihi ətirgəŋsəl əmʉŋ həsər paagildıtaŋ:

"əri tarigaŋni latʃtʃiniŋ naaŋ ayadʒi uggasa oordulini miti gagare."

"ʉnəŋ tannagaŋ, miti əri tarigaŋni nogoŋ bitʃtʃi ʃittər uggasa latʃtʃiwani gagare!"

"beysəl yəddiwi haltoʃigni latʃtʃiwani ərʉ antanʃi bitʃtʃi dʒimmi əʃiŋ oodo gʉnər ɵntə gi! tatʃtʃal əʃigini dʒittə miti dʒiggərə, tatʃtʃal ʃirattanʃi niintəwəni dʒiggine!"

"miti tannagaŋ pəŋtʃiŋ yʉʉgʉm əri ʉrni ɵwərdihi boŋgoŋ boŋgoŋdʒolo ootʃtʃi moowu ʤugʉm nuudasate ʤaha, latʃtʃiwani gakkiti ʤohiraŋ" gʉnөhөŋ ʤinʤildiʤir doolohini aaɲihaŋʤir sadde ətirgəŋniŋ yʉʉm əmətʃtʃi：

"ʤohiraŋ, bʉ latʃtʃiwani gadamune! sʉ niintəwəni gahaldune!" gʉnөsө. noogutte əthəŋ：

"bʉ sʉniwʉ ələəhʉʃidʑir bayta өntө, haltoʃigni ʤittər yəəməniŋ niintənəniŋ kʉŋ. latʃtʃiwani ʤimmə əʃiŋ oodo." gʉnөhөŋ oohihot ʤiŋʤim bʉʉsө ʤaariŋ ətirgəŋsəl：

"əʃiŋ oodo, sʉ mʉniwө eehat əʃiŋ saar gʉnөhөŋ өlөөhөʃim gʉnөʤitʃtʃʉŋ. ʃirittaŋ doolo naaŋ oondi ʤittər yəəmə uggur bisə. uggusawihit ʤaariŋ oondi antaŋʃi yəəmə biʃir bisə, sʉ ayawukki ʤikkəldʉne. bʉ latʃtʃiwani gadamune." gʉnөtʃtʃi bəyni udirbani əmi gollir, tari iniŋniŋti haltoʃigni latʃtʃiwani eehata aaʃin ootʃtʃi oohin haditʃtʃi, ʉkkʉdʉwөl ʉr nəgəəŋ uruusa. tootʃtʃi boŋgoŋ huda oom, latʃtʃiniŋ mandi antaŋʃi nəgəəŋ bodowutʃtʃi, adi inig gʉdʉgwʉl həwətʃtʃi oohiŋ ʤitʃtʃə gʉnөŋ. adi inig ooʤihini latʃtʃiniŋ sʉt mʉnʉtʃtʃi, ʤittərni paaya aaʃin ootʃtʃi, ətiggəŋsəl ʤittər yəəməʤi abaltʃa. tootʃtʃi tari tʉgniŋ bəyni ayaʤini ʤogni oroottoʤi bahaldisa gʉnөŋ.

guʃeŋ aneni nəkki bəysəl mətər ətirgəŋsəlʤi əmʉrəttə tari bogduwol haŋta ʤəəttəyə taritʃtʃii, mətər ayaʤi uggusa gʉnөŋ.

bəysəl tarigaŋbal hadidihi noogu mətər ətirgəŋsəlʤi ittʉ uusaldirbal həwʃeldisə gʉnөŋ. tiŋaŋ tarigaŋni ʉgidө latʃtʃiwani gatʃtʃi ottog təgəsə ətirgəŋsəl, əʃi ʤaawal tarigaŋni niintəwəni gadamuni gʉnөhөŋ bəysəlʤi hərʉldisə gʉnөŋ. uʤiduni tatʃtʃalni tənərniŋ gʉggʉltʃi, bəyni udirbanihat əmi gollir, haŋta ʤəəttəni niintəwəni ʉləəm ʃiwarteni irotʃtʃi ʉlisө gʉnөŋ.

tari tʉgniŋ ətirgəŋsəl ominardawal paaya aaʃin goddo ʉr ʃittər ʃigeli ʃeŋgem, həwərni oroottoyo tewem ʤimmə bisə gʉnөŋ.

taduhi amiʃihi ətirgəŋsəl dahi ʉrdihi əwəm əsə əmər, tariʤiwi bəydihi əyələm inig baldisa gʉnөŋ.

2. ərihi ʉt
青蛙儿子

ayitte ərindʉ əmʉŋ dooni əwərdʉ əthəŋ sadde ʥʉʉri oshoŋ ʥawam inig baldim bisə gʉnəŋ. əmʉŋ inig əthəŋnin oshoŋno ʥawaʥitʃtʃi ərihiyə baham əmʉtʃtʃi, ʥʉʉri ʉt aaʃindʉ ʉt gʉnəhəŋ iggisə.

ʉnʉgʉl gʉnəsəʃi udaraŋ gi gə. ərihi ʉt iʃiʥiləhini ʥaaŋ ʥahoɲʃi ooso. tooddʉloni əthəŋ saddewi:

"mitini ʉt ʥaaŋ ʥahoɲʃi ooso. ʉtdʉwəl hʉhiŋ ʥinʥim bʉʉgərə!" gʉnətʃtʃi giltariŋ morinduwi ugʉtʃtʃi, ʃipʉ əthəndʉlə nənisə. tootʃtʃi ʥʉʉdʉni iim ayaya bahalditʃtʃi se imosa.

"bi ʃiniwʉ amigʉ ʉrni əwərni bayinni unaaʥwani ʉtdʉwi ʥinʥim bʉʉnde gʉ gʉnəhəŋ əməsʉ!"

ʃipʉ əthəŋ doolditʃtʃi doolowi "ʃini tari ərʉ ərihidʉʃi awʉ unaaʥwi bʉ ʉʥigə. ohoŋkot ʥaariŋ bi əthəŋʥi aya aha nəhʉŋ bitʃtʃi naaŋ bəyni ʉrʉlni baytadu ʉttʉlim bʉʉkki buyin ooʥigo gʉ!" gʉnəhəŋ bodotʃtʃi daayalam gasa .tootʃtʃi ʃipʉ ətəhəŋ ʥʉʉr botoŋ akkiya əwərlətʃtʃi tari bayinnidu nənisə gʉnəŋ.

ʃipʉ əthəŋ bayinnidʉ iitʃtʃi ayawal bahalditʃtʃi, seya imosa. tootʃtʃi əmʉŋ botoŋ akkiwi naɲitʃtʃi bayindʉ ʥawam, ʥʉʉr hiirt imom dookkoso. ʃipʉ əthəŋ ʥʉʉhe botoŋbo naɲitʃtʃi bayindʉ mʉggʉm ʥawasa. tooddu bayindʉ unaaʥwaʃi gələəm əməsʉ gʉnəsədʉni, bayiŋ tariwa:

"ʃi ʃi sottosoʃi gi? ənnəgəŋ nasuʃi bəy biʥiləhiwi minidʉ ohoŋ gʉnəhəŋ mʉggʉnde." gʉnəhəŋ əsə saar nəgəəhəŋ ʥinʥisa gʉnəŋ.

"minidʉ mʉggʉr bayta biʃiŋ." gʉnətʃtʃi, ʃipʉ əthəŋ əmʉhe ʉrʉŋkʉwi ʥawatʃtʃi, ʥʉʉhe ʉrʉŋkʉwi ʥawardʉwi dahi naaŋ:

"ʥʉligʉ dooni əwərdʉ əmʉŋ əthəŋ sadde ʥʉʉri biʃiŋ. tatʃtʃaldu əmʉŋ ərihi ʉtʃi. əthəŋ sʉnidʉ əmʉŋ nasundu eʃesa unaaʥ biʃiŋ gʉnəŋ. tootʃtʃi miniwʉ sʉnidʉlə ʉlihəɲtʃə." bayiŋ doolditoŋ, əthəŋni ʥawasa akkiwaana əsə gada. tari doolowi:

"unaadʒwi ohoŋ gʉnəhəŋ ərihidʉ bʉʉr bisʉ gə! ottuga gələʃeŋsəlwʉ ayadʒi mogogogte." gʉnəhəŋ bodotʃtʃi:

"oodoŋ. dʒaaŋ təggəəŋ altaŋ dʒaaŋ təggəəŋ mʉgʉŋ bələgyə əmʉm bʉʉkkisʉni, sʉnidʉ unaadʒwi bʉʉme." gʉnəsə.

tootʃtʃi ʃipʉ əthəŋ musum, əthəŋ saddela nənitʃtʃi:

"bʉtʉrbəʃi bʉtʉsə, tosoowi dʒaariŋ hudasuni dʒaaŋ təggəəŋ altaŋ dʒaaŋ təggəəŋ mʉgʉŋ bələgyə gadam gʉnədʒirəŋ." gʉnəsə. toodʒihini əthəŋ saddeni iisal maŋgelduni yʉʉtʃtʃi:

"miti nəgəəŋ ottuga ular dʒaaŋ təggəəŋ altaŋ dʒaaŋ təggəəŋ mʉgʉŋbə dʒiŋdʒir baytaya aaʃiŋ. uʃitta nəgəəhəŋ altaŋ mʉgʉŋbə naaŋ iləhi bahar bisəte?" gʉnəhəŋ dʒiŋdʒisa. gənəthəŋ ʃipʉ əthəŋ ərihi ʉtniŋ toŋgur toŋgur oohiŋ delawi dohidʒirwana iʃitʃtʃi tatʃtʃaldu:

"hʉy! sʉni ərihi ʉtsʉni baham ətəm gʉŋdʒirəŋ." gʉnətʃtʃi dʒʉʉrdʉwi nənʉsə gʉnəŋ.

timaaʃiŋ əddəniŋ sadde nəəriŋ oor əriŋdəli se ələəm gʉnəhəŋ yʉʉsə. mʉʉ oottoyo gadam gʉnəhəŋ tʉllə yʉʉsəʃi dʒʉʉniniŋ dʒəəŋgʉdəliniŋ dʒaaŋ təggəəŋ mʉgʉŋ baraŋgudalini dʒaaŋ təggəəŋ altaŋ dʒabbiwutaŋ bisə. sadde ohoŋbi mʉʉ oottowi gadar bisə?! uutam dʒʉʉdʉwi iitʃtʃi əthəŋbi səriwʉm yʉʉgʉsə. əthəŋ tʉllə yʉʉtʃtʃi iʃisədʒiwi bəldiirniŋ bogdu əʃiŋ eʃer addam, attaddi əddəli yoohoŋ ʃipʉ əthəŋdʉlə həəwə oom nənisə. tootʃtʃi ʃipʉ əthəŋbə gələəm dʒaaŋ təggəəŋ altaŋ dʒaaŋ təggəəŋ mʉgʉŋbi bayiŋdu iraahanam hʉrəhəŋ taakkanar inigwi naaŋ tottogoso gʉnəŋ.

tootʃtʃi əmi udar hʉrəhəŋ taakkanar inigniŋ eʃem əməsə. ʃipʉ əthəŋ ərihi ʉtwə murina uguwutʃtʃi hətlətʃtʃi hadamalam nənisə. ətʃtʃəlwə atʃtʃakkam əməsə ular iʃitʃtʃi, hʉrəhəŋniŋ hariŋ amigu dʒʉʉr bəldiirdʒiwi amigu bʉhʉggʉwi hatʃtʃitʃtʃi, dʒʉligə dʒʉʉr bəldiirdʒiwi dʒʉligə bʉhʉggʉwi hatʃtʃisa moriŋ ərihi bisə. tatʃtʃal doolowol doroŋ aaʃiŋ bisəwəl dʒaariŋ ədʒiŋniŋ hʉrəhəŋbi gʉnəhəŋ taatʃtʃa dʒaha paaya aaʃiŋ dʒʉʉdʉwəl solim iigʉsə. ərihi ʉt hadam amiŋ əniŋdʉwi mʉggʉm yoso dorwi ooso gʉnəŋ. tootʃtʃi ʃipʉ əthəŋ hodani inigyə bahatʃtʃi, ərihi utwi mətər hetletʃtʃi mususo.

iisal nindər ʃiddəŋdu hodanini inigniŋ ʥuukkeŋ honor oom əthəŋ sadde ʥuuri:

"mitə eehat aaʃiŋ ittootte?"

"mitə ittu hodaniwol ʥulidədu nuuggim nənitte?" gunəheŋ ʥinʥildirduni ərihi utniŋ gohuŋ gohuŋ gunəheŋ delawi dohim biʥisə gunəŋ.

timaaʃiŋ əddəniŋ əthəŋ saddeni yuurduni nandahaŋ oddoŋdu aaʃinam biʥisə gunəŋ. talar tullə yuutʃtʃi iʃisəʃi əmuŋ baraaŋ looʥiŋ gəbbəʃeŋ ʥuu huriganbani arukkuwam, adoŋ iŋilim, uhur meerem, honiŋ meeram biʥisə gunəŋ. ətʃtʃəl aaʃiŋtʃaʥawal bayiŋni ʥulidəduni nuuggim nənitʃtʃi, naaŋ boŋgoŋ bayiŋ ootʃtʃi nəəsə.

bayiŋ əddə yuutʃtʃi ʥuliyəʃihi məndisəʃi, məənithini əddug bayiŋ uriəŋ ʥulidəduni əmətəŋ bisə. bayiŋ tootʃtʃi looʥiŋbi ulihenem iʃiwuhəŋtʃəʃi hariŋ hodaniŋ bisə.

tootʃtʃi tiimaʃiŋ inig hodanini inigniŋ ooso. əthəŋ sadde ʃipu əthəŋ əddug hodaʥi solim hodaya oom huhiŋbel gaʥawum əməwusə. tootʃtʃi ilaŋ inig ilaŋ dolob neerlatʃtʃi tarasa gunəŋ.

timaaʃiŋ inigni əddə yuutʃtʃi ədewi məndisəʃi hariŋ nandahaŋ ukkəhəŋ ootoŋ aaʃinam bisə. dəbbəniniŋ dagalani boŋgoŋ ərihini nanda bisə. tari amakkaŋ ərihini nandawu gam daggatʃtʃi, ədiwi səriwusə. əri ərihi ut bikkiwi hariŋ muduri haaŋni ilahe utniŋ bisə gunəŋ.

ərihi ut tootʃtʃi təʥi bəyduwi musum gikkiʥiwi amiŋ əniŋbəl hendeləm nandahaŋ inig baldisa gunəŋ.

3. əteggəŋ guruŋ
熊国

əddə noogu əriŋdu ur hadarni əgudu əmuŋ bəyuʃiŋ gikkiʥiwi ʥuuri bayin əlbər nandahaŋ ʥiggam əggə igʥisə gunəŋ.

tari ʤuuridu bəyuʃirdu ugur saaral ootʃtʃi bor ʤuuri morinʧi bisə.

tari ʤuuri bikki nor bərwi iinnim inig tanin ur hadar, həwər tal bogduli bəyuʃim dolobduwi numur bogli aaʃinam ulikkiʃe.

əmun inig tari ʤuuri urni oroondoni yuusədu nannardu toggasa goddoʃitʃtʃi ʃige moo uggum, miin nənnikkunnin gunətʃtʃi bəyni humuliggithi bonɡon bitʃtʃi sugurnin əʃin iʃiwur bisə.

ʃigun ʃingər ərindu gənəthən giltarin tətʃtʃi yuum imanda imanam əəkkəsə. əri ərindu ʃigeni doolohi giltarin sanan somol somolʤi manaram əmərbəni iʃitʃtʃi, əri dakke urirən biʃirbəni saasa.

tootʃtʃi bəyuʃeŋ gikkiduwi：

"ʃi ədu əmun honor amratʃtʃi, miniwu alaaʃim bihə!" gunətʃtʃi saaral morinbi ugum ulisə.

giltarin sanathahi uligeer oohiʃino ur hadarba yuusəwə əʃin saar. gənəthən iʃirdu urni əgduni mooni talaʤi ooso owohe iʃiwusə.

uʃiʤi uyiwusə ətəggən ootʃtʃi tasuh ukkuni ʤuur oldonduni hədərləm huləəʃiʤisə.

owohethi hayratʃtʃi təti tətisə, bogni iigiʃi aawuŋ aawulasa əmun ʤalu yuum əmətʃtʃi tasuh ətəggənbi hurim iliwurdulə bəyuʃeŋ təlin morinbi uyitʃtʃi owohedu iinəsə.

owohe doolo busun səttətʃtʃi, iihəduwi uldu ələəm bisə.

busun diilə təgəʤir ətiggən atiggan ʤuuri əri ʤaluwu iʃiʤigləwi：

"ʤalu utwi əwəʃihi təgəhə!" gunəsə.

bəyuʃeŋ ʤalu：

"amihan aya biʃinde ge?" gunəhən ənəntəm ədi aʃe ʤuurdu aya məndəniwi yoswoni ooso.

əri ərindu tari ʤalothahi：

"iləhi ittihi oondi baytaʤi uliʤinde?" gunəhən anusaduni, bəyuʃeŋ ʤaluʤinʤiran：

"bi baranɡu daleni ʤahadihi bəyuʃir bogwu gələəm uliʤime, su tuslatʃtʃun ge?"

əthəŋ tari ʤaluthahi:

"amar təgəhə! amar təgəhə! goro tagguwʉ ʉlim law ʤəmʉŋʤitʃtʃʉŋ ba? tadu ʉldʉ bʉʉm ʤikkəŋkə!" gʉnəhəŋni ʉtdʉwi gʉnəsə.

ilaʃi ʉldʉwʉ əməwʉm nəəsədʉ bəyʉʃeŋ iʃitʃəʃi, toohi bogni ʉldʉ ənt ə, ətəggəŋ olgeŋni ʉldʉ naaŋ ənt ə oorduni, ʉldʉ ʤittər yaŋʤiʃi naalladuwi ʤawatʃtʃi, tayyasalni əʃiŋ iʃir ʤəligdʉni ʉʉtʃtʃildʉwi taam untəniwi əgredʉ ʃitʃtʃim təgərəŋ.

əri əriŋdʉ nanna attaddi oom tʉllə imanda imanamla biʤir ʤaha:

"amihaŋ! ənihəŋ! bi ʤitʃtʃi ələsʉ, bi əʃi ʉligte!" gənəsə,

"tannagaŋ uutatʃtʃi ohoŋ oonde? ore ooso, mʉnidʉ aaŋatʃtʃi ʉlihə" gʉnətʃtʃi atiggaŋ ətiggəŋ ʤʉʉri bəyʉʃeŋbə ʉldərʤi hurisa.

"əʃime! bi əmʉŋdʉ ʉliʤir gutʃʉwi gələəm nənime."

"tookki tarawu ʉlihəŋkəldʉne!" gʉnətʃtʃi, əthəŋ məəni ʉtdʉwi:

"tariwu aldagga aaʃiŋ amigiʤini iisal tokkom iʃidəsʉne!" gʉnətʃtʃi iisal ʤiwi saahaŋtʃa.

atiggaŋ, bəyʉʃeŋ ʉlirwəni gənəthəŋ saatʃtʃi:

"monor amitaŋ! tannagaŋ nandahaŋ ʤaluwu ohoŋ gʉnəhəŋni tiim ʉlihəŋtʃə ʃe?!"

"ʃi ohoŋ saande səkkəŋ təgəʃihə!" gʉnətʃtʃi, əthəŋ ʉtdʉwi:

"tarini uʤiwoni ayaʤi əʤim gah!" gʉnəhəŋ ʃilbasa.

bəyʉʃeŋ ʤalu saaral moriŋduwi ugutʃtʃi, gappasa nor nəgəəŋ tiinəhəŋgeer ʤʉʉr deni daŋga taanar ʤəligdʉ aʃeniwi dagalani eʃenasaʃi, aʃeniŋ aaʃiŋbisə.

moo taŋgurdu ʉlʉsə suura həəmənin naaŋ əhʉddihəŋ bisə, tooddoliŋ aʃewi ʉlitʃtʃi əsə goroldowono saatʃtʃi bʉhʉl hataŋʤi ʤʉʉrəl amma həəmələtʃtʃi aʃeniwi moriŋni uʤiʤiŋ amigiʤiŋ nəhəəldəm ʉlisə.

ʉligeer bigeer moriŋni uʤiniŋ imandadʉ tiriwʉtʃtʃi, uʤiwoni əmi bahardooni oldoŋdu ʤele oom iliʃisa.

tari doowu yʉʉrdʉ ʤolo nuudam iʃitʃədʉ dooni mʉʉniŋ sonto bisə.

toosowi ʤaariŋ tari megaŋbi iliwum saaral moriŋbi:

"təŋhəwi saaha!" gʉnətʃtʃi moriŋbi ʃisugdam doowo yʉʉsə.

dooni saagila yᵾᵾrdᵾ, bəy amitaŋni ud͡ʑi aaʃiŋ bisə. it͡ʃt͡ʃi ʃige uggusoniŋ bəywᵾ ᵾnəŋ nəələwᵾhənəŋ.

"mini amigid͡ʑi tayyasal asat͡ʃt͡ʃi əməkki ittoome? bi əməkkəŋ bəyni ᵾldᵾwᵾ d͡ʑittər tasuh ətəggəŋ d͡ʑᵾᵾri eʃem əməkkini ittoome!" gᵾnət͡ʃt͡ʃi, bəyᵾʃeŋ d͡ʑalu bodod͡ʑirduni amigid͡ʑini əʃhᵾtte tasuh ətəggəŋ d͡ʑᵾᵾri wakkirar delagaŋbani dooldit͡ʃt͡ʃi, bəyᵾʃeŋ boŋgoŋ mooni gardu nor bərwi bəlhəm bid͡ʑirdᵾ, bəywᵾ gələəd͡ʑir tasug əri əriŋdᵾ gəntᵾhəŋ yᵾᵾm əmərdᵾ, bəyᵾʃeŋ d͡ʑalu gappasadu tasuh wakkirageer bᵾsə.

tarini amigid͡ʑi ətəggəŋ doowo yᵾᵾm əmət͡ʃt͡ʃi, bəyniwi mᵾᵾwəni laʃim iliʃid͡ʑirdᵾ həŋgərniniŋ giltariŋ nᵾᵾttᵾwəni taw gappasadu bogdu hᵾbbᵾm hᵾləd͡ʑihini, dahiŋ əmᵾŋ gappasadu əggəniŋ tᵾʃigsə.

miiŋ mudandu tasuh ətəggəŋ d͡ʑᵾᵾrni əd͡ʑiŋniŋ, baraaŋ ninihinbi aaŋiham əmərdᵾ, dahiŋ nord͡ʑi gappasaʃi oondihot dilgaŋ aaʃiŋ oosodu, aʃewi dahiŋ gələəm ᵾlisə.

oohi inig honorwo nᵾt͡ʃt͡ʃihənəm, oohi bogwu ᵾlisəwə əʃiŋ saara.

əmᵾŋ saardu imanda əmət͡ʃt͡ʃə ᵾunᵾm, orootto moo həhərəm, hᵾyᵾhəŋ dəgi d͡ʑaandasa nandahaŋ əriŋ ooso bisə.

tari gələəm bigeer aʃeni bor moriŋni ʃidərləwᵾt͡ʃt͡ʃi, orootto d͡ʑittərwəni iʃim bahat͡ʃt͡ʃi addasa.

toosowi d͡ʑaariŋ aʃewi əsə iʃim baharduwi, pəlid͡ʑiwi wakkiram əərisəʃi musuhaŋt͡ʃa alduur aaʃiŋ bisə.

tala dəttihi doolo immə oot͡ʃt͡ʃi hayʃiniŋ aaʃiŋ ooso.

bəyᵾʃeŋ moriŋbi uutam ugut͡ʃt͡ʃi, mᵾᵾni əgdᵾ iʃinasaʃi mᵾᵾni doliŋduli əmᵾŋ tala d͡ʑewidu aʃe bəy təgət͡ʃt͡ʃi:

"əggəwi yᵾᵾgᵾhə! əggəwi yᵾᵾgᵾhə!" gᵾnər dilgaŋbani dooldisoʃi hariŋ tarni aʃewani d͡ʑawat͡ʃt͡ʃi timsəm əlbᵾd͡ʑirniŋ tari bisə.

aʃeniŋ ədiniwi dilgaŋbani dooldim bahat͡ʃt͡ʃi, səməkkəhəŋd͡ʑi ʃilgoŋ oot͡ʃt͡ʃi hayʃiwi yᵾᵾgᵾm, tala d͡ʑewiwu saŋaallasadu, tala d͡ʑewi mᵾᵾdᵾ tiiŋgim iinərdᵾ ərᵾ ular nəələm ᵾttᵾlisə.

bəyᵾʃeŋ aʃewi yᵾᵾgᵾsəwi d͡ʑaariŋ, aʃeniŋ mandi nəələsə oordᵾwi dəmi əsə udar bʉsə gʉnəŋ. bəyʉʃeŋ əddʉgʤi guniwum oyratʃtʃi, ʉrni ʃigʉŋgidə bogdu aʃeniwi giranda ootʃtʃi tarini ugum bisə bor moriŋʤini əmərət ooʃiso gʉnəŋ.

4. uunaŋ atʃtʃaŋni domor
维纳河的传说

əddə noogu əriŋdʉ əmʉŋ bəyʉʃeŋ bisə gʉnəŋ.

əmʉŋ inig ʉrdʉ bəyʉʃeŋ ʉligeer, əmʉŋ uunawa gappam bəywəni gʉyʉnthəŋtʃə gʉnəŋ.

uuna ʃihhaniwi əhʉʉddidʉni səətʃtʃiwi soggihaŋgeer ʃigedu iitʃtʃi aaʃiŋ ooso gʉnəŋ.

haʃir bəyʉʃeŋ uʤiʤiŋ uʤigeer, owoʃi orooŋni amigu bəyli əwərdʉni əshutti uuna takkaŋ əggiləhi hokko totʃtʃanam ʉttʉlisə gʉnəŋ.

haʃir bəyʉʃeŋ uunani hokko totʃtʃanam ʉttʉlisə bogduni eʃem, əmʉŋ nəərikkʉhəŋ bular ʉrni hommedihi mʉʉ ʉyiʤir nəgəəŋ burgidom yʉʉʤisə gʉnəŋ.

əri bəyʉʃiŋ uunani yuusə bogniniŋ dagali eʃetəŋ, uʤiwani ashuŋ uʤisaʃi, uʤiniŋ biʃirdʉhi ənte səətʃtʃi sadarasa bog aaʃiŋduni əddʉgʤi geeham:

"aa! əri miiŋ bolar ənte biʤigə! hariŋ atʃtʃaaŋ biʃir magdaya aaʃiŋ! ʃihhaʃi uuna law əri atʃtʃaaŋdihi imom əbbəʃitʃtʃi təŋkərəm ʉlisə biʤigə ba!" gʉnəhəŋni ammaduwi bʉmbʉrerdʉni gənəthəŋ aŋkagga eʃerdu, bolarni mʉʉdihi naallawi bʉtʉləm gam mohotʃtʃi:

"iisa nandahaŋ antaŋʃe!" gʉnəhəŋni ithəm, əri atʃtʃaaŋba baham saasaduwi addageer bəyʉʃeŋ bəyʉʃem ʉlisə gʉnəŋ.

əri domorni alduurʤi ularsal əggəni atʃtʃaaŋtʃi domordu yʉʉsə. uunani gəbbiʤi uunani atʃtʃaaŋ gʉnəhəŋ gəbbiləsə gʉnəŋ.

5. ʤahoŋ unaaʤ ootʃtʃi ilaŋ ninihin
八个姑娘及三条狗

əddə noogu əriŋdʉ, nisʉhʉŋdihiwi aŋaʤiŋ ʉlisə ʤahoŋ unaaʤ ʤogolwol iʃim goʃitta namattawi awam əggə iggim biʤisə.

əmʉŋ inig ʤahoŋ unaaʤni əddʉgniŋ nəhʉŋnərhahiwi:

"əri bogdu miti baltʃa əŋtʃəŋ gʉnөhөŋ, ahiŋ nəhʉŋ gʉnөhөŋ sʉt aaʃiŋ, bʉ məəni ahiŋ nəhʉŋnelwəl gələəm nənigərə! oodoŋ gi?" gʉnərdʉni nəhʉsəlniŋ sʉt:

"oodoŋ!" gʉnөsө.

timaaʃiŋniŋ ashuŋ yəəməwəl gatʃtʃi, goro təggʉwʉ ʤawam ʉligeer ʉligeer əmʉŋ giltariŋ өggə ʤʉʉ iʃiwʉsə.

talarni ʤʉʉdʉ iinərdʉ əmʉŋ ʤalu tulgaduwi tog ilam ʉldʉ ələəm bisə.

ʉnaaʤsal tayyaʤi aya ərʉwi saaldim təgəʤigilən ʤalu:

"iʃirdʉ sʉ goro bogdihi ʉliʤirtʃʉne ba,ʤəmʉʤʉtʃtʃʉŋ gi? ʉʉʃihi təgəm ʉldʉ ʤikkəldʉne!" gʉnөsө.

ʉldʉdihiniŋ ʤimmi təgəʃirdʉ ʉkkʉli əmʉŋ giw giltariŋ ninihin iim əmərdʉ əddʉg unaaʤniŋ uutam əmʉŋ girandaʃi ʉldʉwi ninihindu ʤoldom bʉʉsө gʉnөŋ.

tayya ʤəludihi unaaʤsal ʉyim, saaʃihi goro təggʉwəl ʤawan ʉligeer əmʉŋ battaʃi bogdu eʃenarduni, əmʉŋ aʃe ʃikkʉl tatʃtʃathahi təggʉ aaŋim atʃtʃanam əmətʃtʃi:

"ʉtsʉlwi! sʉ ilə nəniʤitʃtʃʉne?" gʉnərdʉ:

"baldisa əŋtʃəŋbəl gələəm ʉliʤimʉne." gʉnərdʉ aʃe ʃikkʉl guʤəye ʃirawi yʉʉgʉm:

"minidʉ ʉril ʉt gʉnөhөŋ əməkkəŋ aaʃiŋ, sʉ mini ʤʉʉdʉwi nənim təgəhəldʉne!" gʉnөsөduni, ʤahone əddʉgʤi addam ʤʉʉdʉni nəniso.

aʃe ʃikkʉl əmʉŋ inig əddʉg unaaʤwi əərim:

"unaadʒwi əməhə!" gʉnɵhəŋ delawani bilgʉm:

"ʃi hʉŋkətsəʃi, bi ʃini delaniʃi hʉŋkəwəni dʒawam bʉʉgte!" gʉnɵtʃʃi ənəŋ diiləwi delawani əggəʃihi tirim əmʉŋ nʉʉttʉ taanakkiwi, tari saŋaaldihi səətʃʃiwəni ʃimim bisə. əttoogeer unaadʒ bʉhʉlniwi nʉʉttʉni saŋaaldihi səətʃʃiwəni ʃimigeer talarni ʃeraduni səətʃʃi aaʃiŋ giltem haltʃim əmərdʉni, talar təŋkəyə naaŋ aaʃiŋ oosowol iʃitʃʃi məən məəŋbəl geeharaŋ.

tootʃʃi əddʉg unaadʒiniŋ nəhʉnəldʉwi:

"miti ədʉ udaŋ təgəʃim əʃiŋ oodo, aʃe ʃikkʉlni dolob aaʃiŋtʃa amila amar ʉttʉlim ʉligɵre!" gʉnɵhəŋ dʒiŋdʒisa. tottootʃʃi əhiŋniŋ əniŋniwi ʉldəm bʉʉsə bilʉhʉ ootʃʃi iddoŋboni əwərləm dʒahone ʉttʉlisə gʉnəŋ.

talarni ʉttʉlisɵwəni aʃe ʃikkʉl saam bahatʃʃi:

"ohoŋ gʉnɵhəŋ ʉttʉlim ʉlitʃʃʉne? bi sʉniwʉ baldiisa əŋtʃəwʉsʉni gələəm bʉʉgte!"

gʉnɵhəŋni wakkiram nəhəəldəm əmərdʉ baraaŋdʒiwa:

"əʃi ittootte!" gʉnɵhəŋ uutam bidʒirdʉ əddʉg unaadʒniŋ əniŋniwi ʉldəm bʉʉsə bilʉhʉwəni gənəthəŋ bodom bahatʃʃi:

"əniŋniwi ʉldəm bʉʉsə bilʉhʉniŋ mʉnidʉ tosolaha!" gʉnɵhəŋ wakkiratʃʃiaʃe ʃikkʉlni atʃʃathahi dʒoldosodu sonto dale ooso gʉnəŋ.

ʉnaadʒsal dalethahi əggim məndisədʉ, aʃe ʃikkʉl dalewu əlbəʃim əmərniŋ iʃiwʉsə.

talar uutam dʒʉliʃihi ʉttʉlirdʉ, mətər əmʉŋ giw giltariŋ ɵggɵ dʒʉʉ iʃiwʉrdʉni baraaŋdʒiwi dʒiŋdʒildim ədʉ əʃikki iinər miti hokko dʒawawutte gʉnɵhəŋ dʒʉʉdʉ ʉttʉlim iinəsədʉ, əmʉŋ dʒalu ʉldʉ ələəm təgəʃirəŋ.

tadʉ iinətʃʃi aya məndəwəl aŋuldim təgədʒirdʉ dʒalu:

"gʉdʉgsʉni dʒəmʉŋdʒirəŋ ba, ʉldʉdihi dʒikkədʉne!" gʉnɵtʃʃi, ʉldʉwi urem bʉʉtʃʃi, dʒikkənərdʉni ʉkkʉli əmʉŋ giw giltariŋ ninihin ilm əmərdʉ, əddʉg unaadʒniŋ girandaʃi ʉldʉwi dʒoldom bʉʉtʃʃi ninihindu dʒikkəŋtʃə.

əri dʒʉʉrdihi ʉyiʃir dʒele yʉʉtʃʃi, uutam yʉʉtʃʃi ʉlidʒirdʉni, aʃe ʃikkʉl dalewu yʉʉtʃʃi əmərniŋ iʃiwʉrdʉni, əddʉg unaadʒniŋ:

"əniniwi bʉʉsə iddoŋniŋ dəglir dəgi dəglim yʉʉm əʃiŋ ətər ʃigdər ʃige oogine!" gʉnөhөŋ aʃe ʃikkʉlthahi ʥoldoso gʉnөŋ, toosoʃi əmʉŋ annardu tolso ʥakka aaʃiŋ ʃitʃtʃi ʃige ooso gʉnөŋ.

əʃi aʃe ʃikkʉl yʉʉm ətərbi udiso gʉnөhөŋ addaldim ʉlirʥirdʉni, ʥʉlidөdʉni əmʉŋ giw giltariŋ өggө ʥʉʉ iʃiwʉsө. ʥahone addam uutam ʉligeer əri ʥʉʉdʉ eʃem, ʥʉʉ doolo iinəsədʉ ʉldʉ ələʥir əmʉŋ ʥalu tulganiwi oldoŋduni tog noŋim təgəʃiʥisө.

"sʉʃi gorodihi ʉliʥir bəysəl ba! guʥəyə ʥogom ʉliʥitʃtʃʉŋ ba? ʉʉʃihitəgəm ʉldʉ ʥikkəldʉne." gʉnөr ʥəligdʉni, əddʉŋ unaaʥni ʉldʉwөni ʥawaʥilahiniŋ ʉkkʉlini əmʉŋ giw giltariŋ ninihin iinəm əmərdʉ, tari naallani ʉldʉwi ninihin atʃtʃaathahi ʥoldom bʉʉsөdʉni, tayya ninihin ʉldʉwөni ammanandur ʉttʉlitʃtʃi yʉʉsө.

tatʃtʃil əri ʥʉʉdihi sampal yʉʉtʃtʃi, əmʉŋ dolob əmʉŋ inig əmʉŋ dʉrʉŋʥi tʉggʉŋ ʉligeer, nəhʉŋsəlniŋ mandi usunom, hiir amrakki oodoŋ gu? gʉnөhөŋ amiʃithahi məndisəʃi, əshʉnətti aʃe ʃikkʉl ʃitʃtʃi ʃigewu araŋ gʉnөhөŋ yʉʉtʃtʃi, tatʃtʃilni amigiʥini nəhəəldəm əməʥirniŋ iʃiwʉsө. əhiŋniŋ:

"nəhʉnelwi! aʃe ʃikkʉl əməʥirəŋ, amar ʉttʉligөre!" gʉnөhөŋ ʉttʉlildirdʉni ʥʉlidədөni naaŋ dale yʉʉm əməsə.

"əʃi ittootte? miti aʃe ʃikkʉldʉ ʥittəwʉr əriŋ ooso." gʉnөhөŋ baraaŋʥiwal soŋoldim iliʃirdu aʃe ʃikkʉl dagattam əmətʃtʃi:

"ilə ʉttʉlirtʃʉne!" gʉnөtʃtʃi wakkirardʉni, aʃe ʃikkʉlni amidadu gənəthəŋ əddʉg toorol dəddəm burgirboni unaaʥsal iʃitʃtʃi:

"ʃikkʉl! ʃikkʉl! ʃini amilaʃi ohoŋ əməʥir yəm? amakkaŋ iʃihə!" gʉnөrdʉni, ʃikkʉl amiʃihahi əggim iʃitʃtʃi nəəlim uutam:

"bi sʉniwʉ ʥawam ʥittəm gʉnөhөŋ nəhəəldəm əməsəwi əri! əʃi bʉdʉr əriŋbi iʃisa." gʉnөtʃtʃi, daledu totʃtʃanam iinətʃtʃi iʃiwʉrbi udiso.

toosoʃi, amigiʥini nəhəəldəm ʉliʥir ilaŋ ninihin eʃenam əmətʃtʃi, soŋtʃem təgətəŋ gʉnөsөniŋ bikkiwi:

"aʃe ʃikkʉl daledu iinəsəwi ʥaariŋ dahiŋ yʉʉm əmərəŋ, ənnəgəəŋ oorduli miti tayywa daledu iinəm ʥawam əʃikki gad əʃiŋ oodo!"

gʉnөtʃtʃi, daledu iinərdiwi:

"muni muudu iinətʃtʃi, daleni muuniŋ urgildokki sʉ soŋoholdune! daleni muuniŋ urggigga aaʃiŋ ookkini soŋorbi udiholdune!" gʉnəsə gʉnəŋ.

tatʃtʃilni soŋorduni daleni muuniŋ urgilniŋ aaʃiŋ oom, talar nəttəhəʃirduni əmuŋ ninihin ʃikkulni deladihiŋ ammanam, ɵntə ʤuur ninihinniŋ guur naalladihiniŋ əmuŋtəl hihim iram yuugusə. tootʃtʃi ninihinral:

"miti tayyawa waasamune, dahiŋ suniwu ʤogogor yəəmə aaʃiŋ ooso." gʉnəhuŋ gʉnəʤihiləni, ʤahoŋ unaaʤ ilaŋ ninihinni nihamdihi humulim soŋorniŋ soŋom, nəttərniŋ nəttərdu, baraŋgiiʤi ilaŋ ɵggə ʤuuni ʤalu digiŋ təməgəŋ həəlgeer eʃem əmətʃtʃi gʉnəsəniŋ:

"əri ninihinsal aaʃiŋ bisə bikkiwi miti sut aʃe ʃikkulwu tirim əʃitti ətərə. miti suniwu ahiŋ nəhuŋ baltʃa əŋtʃəŋduʃi eʃewugare! su ʤuur ʤuurʤiwəl əmuŋ təməgəŋdu uguholdune!" gʉnətʃtʃi, hɵtlɵm ulɨʤɵrduni ilaŋ əddug unaaʤniŋ ilaŋ ʤaludu ʤeleʃi ooso gʉnəŋ.

unaaʤsalni nəniɾəŋ gʉnəsə bogdu eʃewusa. tootʃtʃi taduhi amila ilaŋ unaaʤ ilaŋ ʤaluʤi ʤiŋʤildimaʃisaniŋ:

"miti əddə ore aaʃiŋ bəydu yuurəŋ gʉnəsɵhɵt ʤaariŋ, iləhi suni nəgəəŋ aya bəywu gələəm bahamuni gə! əttoor ooddi miti ilane su ilaneʤi hoda oogore! oodoŋ ge?!" gʉnɵrduni, ilaŋ ʤalu əddugʤi addəm:

"əmi oodo gə! tookkiwi miti ʤuubbi nuuggihɵm əmugtmune" gʉnəsə.

əri bogdu ilaŋ ʤalu hoda əddugʤi oom, uʤiduni urul utʃi oomi ʤiggam nandahaŋʤi əggə iggim təgəsə gʉnəŋ.

6. aya ʤeleʃi tooli
善良的兔子

noogu əriŋdu, ur ʃige mooni doolo əmuŋ atiggaŋ ətiggəŋ ʤuuri əggə iggim bisə gʉnəŋ.

ətiggəŋniwi bəyudu yuur taŋiŋbi ottug hoosoŋ əməggirbəni iʃitʃtʃi atiggaŋniŋ iniŋ taŋiŋ yaŋtʃiɾəŋ.

tʉgni əmʉŋ inig, ətiggəŋ toolini nəygən ʉlidʑir sogoŋdu biilənı ugga nəəsəʃi, tarini uggadu sohor tooli naaŋ əsə iinərə.

atiggaŋ ətiggəŋduwi yaŋtʃiwurduni əʃiŋ təsər təggətʃtʃiwi diramlam imanda diilə əmi gʉggʉldə hʉləəʃim alaaʃisa gʉnəŋ.

noogʉ əməəsə nisʉhʉŋ tooli iʃitʃtʃi, nəələm taʃihinasa, dʑʉʉhe toolini əmʉŋ təhəritʃtʃi ʉlisə, ilahe toolini tariwu imanda diilə gəttim bʉsə bəy gʉnəhəŋ gʉdʑənətʃtʃi, uutam bəəndəm iŋtʃer tooliwi wakkiram əərisə gʉnəŋ.

boomi! boomi! saalbaŋ mooni doolo hanisal digiŋ bəydʉ ʉgim ʉlidʑir idʑilsəlwi sʉ amar ʉttʉlim əməhəldʉne! imanda doolo əmʉŋ əthəŋ gəttim bʉsə gʉnərdʉ, əsə udar əmʉŋ baraaŋ nisʉhʉŋ tooli ʉttʉlim əməsə gʉnəŋ.

talar əthəŋbə əməsə udʑiwani aaŋimi, tariwa dʑʉʉdʉ iraam nənisədʉ, atiggaŋniŋ ʉkkʉwi tah yoosuglosoduni nisʉhʉŋ toolisal:

"boomi! boomi!"

"sadde atiggaŋ əni! ʉkkʉwi amar naŋiha! sadde ətiggəŋ aba imanda doolu gəttitʃtʃi bʉsə! ʉkkʉwi amar naŋiha! bʉ sadde ətiggəŋ abawu iraam əməsəmʉne!" gʉnəsə, sadde atiggaŋ baraaŋ tooliwu iʃitʃtʃi, əddʉgdʑi addəsa gʉnəŋ.

ʉkkʉwi amar naŋim bʉʉm, ətiggəŋbə dʑʉʉdʉ iigʉhə! sʉ dʑʉʉdʉ iinəm togdu uluhuldune! gʉnəŋəŋ ələəhədʑi aaʃilam əggili ətiggəŋniwi nalladuni sʉhʉwəni dʑawawuhaŋtʃa.

atiggaŋ aʃe ʉkkʉwi hʉsʉʃi tirisədʉ "tʉs!" gʉnəhəŋ dilgaŋ yʉʉtʃtʃi, atiggaŋ sampal ʉkkʉwi doogidʑini yoosugloso gʉnəŋ.

ətiggəŋniŋ bəldiirni bogdu əʃiŋ eʃenardʑi totʃtʃaŋeer, nisʉhʉŋ tooliwu əmʉŋ əmʉŋdʑi sʉt waasa gʉnəŋ.

əttʉ aya dʑeleʃi tooli ərʉ dʑʉʉr atiggaŋ ətiggəŋni əhʉddi iihədʉni iinəsə gʉnəŋ.

7. honnoriŋ giltariŋ ʤuur muduri
黑白两条龙

əddə ugigu əriŋdu handahaŋ、bog、ətəggəŋ、torohi、ʤəgərəŋbə aldagga aaʃiŋ gappam, oohiduhot naalla hoosoŋ əʃiŋ əməggir, əmuŋ gəbbi yuusə məggəŋ bəyuʃeŋ bisə gunəŋ.

əmuŋ inig bəyuʃeŋ bəyusəm yuutʃtʃi ohoŋkot əʃiŋ bahar, ʃitʃtʃi ugguso ʃige doolo ulim uligeer, gənəthəŋ əmuŋ sonto maltasa saŋaaldu baldirim tihisə. toosoʃi saŋaal doolonin ab attaddi bisə. tari doolowi ohoŋkot ʤaariŋ dooʃihi maltam ulim iʃigəre gunəhəŋ uligeer, saaʤuŋku nəgəəŋ saŋaaldihi ilaaŋ tokkom iʃiwurduni, tari ilaaŋthahi ninim iʃisəʃi, dooloni baraaŋ ʤuusul iʃiwusə. noogu ʤuuduni iinəsəʃi ʤuu ʤaluŋ asale urulsul bisə, ʤuuhe ʤuuduni imor ʤittər yəəmə ʤaluŋ bisə, ilahe ʤuuduni bəyni dela giranda bog ʤaluŋ bisə gunəŋ. əri məggəŋ dooʃihi məndisəduni giltariŋ təggətʃtʃiʃi əmuŋ bohiwusa bəy iʃiwusə, tari ut:

"məggəŋ ahawi ʃi ittu əri bogdu taʃeram əməsəʃe?" gunəhəŋ geeham aŋusaduni, məggəŋ:

"giltariŋ nəhuŋbi, bi bəyuʃim uligeer əri əru attaddi saŋaaŋldu tihitʃtʃi təliŋ ədu əmesu." gunərduni, giltariŋ ut:

"ahawi ʃi mini bohiwusa hukkuŋbu amar bərihə! bi əri bogdu ittu əməsə, əri oondi bog, ədu miniwu ittu əməwusəwu ʃindu gum buugte!" gunəsədu məggəŋ ahaniŋ uʃəŋbi sut taam hukkuwəni pol miim bərisədu, giltariŋ ut:

"bi bikkiwi muduri haaŋni utniŋ honnoriŋ mudurʤi mondalditʃtʃi əsə tərəər ʤawawum, ilaŋ honoorni amila miniwu waaraŋ gunəhəŋni biʤirəŋ! əriinig ʃi mini əggədiwi iigusəwuʃi tottoor oordi, miti ʤuuri ahiŋ nəhuŋ ʤawaldigare!" gunəsəduni, məggəŋ:

"oodoŋ!" gunətʃtʃi ʤuuri nannardu muggum ahiŋ nəhuŋ ʤawaldisa.

giltariŋ ut bəywi ilaŋ hubbutʃtʃi, naaŋ muduridiwi musuwuhonom baraaŋ unaadʒsalwu daramdiwi uguhom talardu:

"sʉ iisalwal nindəhəldʉne! oohidu iisalwali naŋiha gʉnəkki, sʉ təliŋ naŋidasune!" gʉnətʃtʃi saŋaalni ʉgigʉ ammali dəddəm yʉʉdʒirdʉ honnoriŋ mʉdʉri saatʃtʃi, amigidʒini nəhəəldəm əmərdʉ, giltariŋ mʉdʉri daram ʉgidədʉwi uguro unaadʒsalthahi:

"amar əwəhəldʉne!" gʉnətʃtʃi əwəwʉdʒiləhini, honnoriŋ mʉdʉridʒi aya ərʉwi iʃildim, nannardu toorol ubbum hubbum manaaŋ saŋaŋ dəddəm tokkoldigeer, nəhʉŋniŋ əʃiŋ tərəərdʉ ahiŋniŋ ʉr diiləhi iʃitʃtʃi, honnoriŋ mʉdʉrni iisalthahi bərwi ʃigləm gappasadu, honnoriŋ mʉdʉri nordu naabbum bʉsə gʉnəŋ.

əri əriŋdʉ nəhʉniŋ:

"ahawi! bi ʃinidʉ addadʒime, ittʉ harulame? ʃi ədʒi nənʉrə! mʉni dʒʉʉdʉ nənihə!" gʉnərduni, məggəŋ:

"oodoŋ!"

"ahawi iisal ʃeeŋ amma neeŋtʃiwi hokko ahuha! əttʉ əʃikki oor bikkiwi mini tala nənim əʃimʉŋ ətərə!" gʉnətʃtʃi, giltariŋ mʉdʉri "pʉŋ!" gʉnətʃtʃi oohiŋ totʃtʃanam iinəm, saagihaŋgeer gənəthəŋ ilitʃtʃi:

"gə! ahiŋbi iisalwi naŋiha! dʒʉʉdʉ iim əməhə!" gʉnətʃtʃi naaŋ:

"ahawi ʃini nənʉr əridʉ abawi ʃinidʉhi dʒiga mʉgʉŋ hərətʃtʃi gʉ? əʃikki has altaŋ hərətʃtʃi gʉ? gʉnəkki ʃi iriwəŋkət ədʒi gada! əmʉl sʉni hoggoni əggiləni sarhiwaʃi əlbʉm gʉtʃʉ ooʃim iggigte! gʉnəhəŋni gʉnəhə!" gʉnətʃtʃi oddoŋduwi aaŋiham iitʃtʃi:

"aba! əni! əri bəy bikkiwi mini əggəwi awarasa aʃiʃi bəy ooroŋ!" gʉnətʃtʃi batawi hokkodʒini dʒiŋdʒim bʉʉsədʉ, aba əniniŋ əddʉgdʒi addam əggiləni bəydʉwəl:

"əri bəywə ayadʒi dʒikkəŋkəldʉŋ!" gʉnəhəni has əwəwʉsə.

əsə udar əri məggəŋ nənʉr əriniŋ ooso. mʉdʉri haaŋ:

"ʃi mini ʉtniwi əggəwəni awarasa aya bəy oonde! ʃinidʉ muŋug dʒiga ootʃtʃi has altaŋni irini hərətʃtʃe?" gʉnərdu, məggəŋ:

"bi iriwəŋkət əʃim gada, əmʉl sʉni hoggoni əggiləni bidʒir

sarhiwasunigʉtʃʉ ooʃim əsbʉm iggigte! oodoŋ gi?" gʉnerdʉ emʉŋ unaadʑwi bʉʉreŋ əʃiŋgʉnəheŋ bodogeər, əri məggəŋ ʉtniniŋ əggəwəni awarasa dʑaha aggaya aaʃiŋ nonom səədʑilətʃtʃi bʉʉrdʑi tottotʃtʃi, ilaŋ inig hoda əddugdʑi oom ətəsələ,məggəŋbə nəhʉniŋ ooʃim yʉʉgʉsə.

əri məggəŋ bahasa sarhiwi hʉmilim dʑʉʉdʉwi iinətʃtʃi nəəsə.

timaaʃiŋni məggəŋ bəyʉʃinətʃtʃi, ore əməggirdʉni hariŋ iihə dʑaluŋ ʉldʉyə əlaəwətəŋ bisə.

gootʃtʃi məggəŋ ʉʉʃihi saaʃihi mənditʃtʃi ohoŋkot əsə iʃim bahara, oondi bəyniŋ əmətʃtʃi minidʉ həəmə oom bʉʉsə yəm? gʉnəhəŋ geehatʃtʃi, əmʉŋ dolob əsə aaʃina gʉnəŋ.

timaaʃiŋ bəyʉʃim yʉʉrdʑi ʉlitʃtʃi, ʉr diiləhi dʑʉʉwi iʃisədʉ dʑʉʉniniŋ holdi(huril)dihi saŋaŋ paagim yʉʉrdʉ, tari ʉttʉlim nənitʃtʃi soŋkoni saasuŋbi solpotom dooʃihi iʃisəʃi əmʉŋ goyo nandahaŋ unaadʑ həəmə əlaəm bisə.

tootʃtʃi unaadʑ ilar moo gadʑum yʉʉsə dʑəligdʉni, məggəŋ soŋkoliwi totʃtʃanam iinətʃtʃi, unaadʑni luhuso nanda tətiwəni sampal gatʃtʃi togdu ilasa gʉnəŋ.

əri ariŋdʉ unaadʑ ilar moowi hʉmʉlim iinəsədʉ, hariŋ nanda tətiniŋ daggawutaŋ bisə. unaadʑ:

"ayya! ʃi ilaŋ inig alaaʃisa bihə, miti dʑʉʉri əmʉŋ nasuŋdʑiwal dʑiggar bisəte! əʃi əʃiŋ ətər oosote!" gʉnəsə.

əsə udar əri unaadʑ əmʉŋ ʉkkəhəʃi ooso.

amʉŋ inig ʃigʉŋ yʉʉdʑihini dooni mʉʉni əyəəggəniŋ gənəthəŋ attaddi honnoriŋ əyəəggə ubbudirdunì mʉdʉri haŋ doolohini yʉʉm əmətʃtʃi unaadʑthahiwi:

"nənʉr əriŋʃi eʃesa! amar musuh!" gʉnətʃtʃi bog doggiltʃo oohiŋ wakkirdu unaadʑniŋ məggəŋ əthəŋthəhiwi:

"əʃi mini musur əriŋbi itʃisa, utwi ayadʑi iggidəwe!" gʉnətʃtʃi mʉʉdʉ tottanam iinəsədʉ əyəəggəniŋ naŋa aaʃiŋ ooso gʉnəŋ.

8. iʃiil gʉrʉŋ
蜥蜴之国

  mohorhaŋ ʥeweni əʥindʉ addatʃtʃi, tadʉhi ʉyiʃitʃtʃi səəhəy morinbi ugum, bəy ʉrirən aaʃiŋ həwərwʉ adi inig həsəm ʉligeer, həwərni ʥərlig amitaŋ ʉʉʃihi saaʃihi ʉttʉlim tʉttʉlim biʥirni dolinduli, talarni soŋor gəgər dilgaŋba dooldigeer, nəələm məələm bisəwi ʥaariŋ məhə aaʃiŋ saaʃihi ʉligeer ʉligeer əmʉŋ ʉrni hommedʉ araŋ əmʉŋ ʉrirəŋʥi ʥohisa

  əri ʉrirəŋ dolinduli ʉlirdʉ baraaŋ adsʉŋ iŋilar məərər, ninihin ətʃtʃʉr dilgaŋ olgenni sakkirarduni, əri ʉrirəŋ law adsʉŋ baraaŋʃi bayiŋ bog gʉnəhəŋni bodom ʉligeer, baraŋgu ʥakkani ʉrirəŋdʉ aaʃinar bog gələəm iinəsədʉ lahani ʉgidədʉ ilaŋ bəyni orʃi bisə. toosoʃi ətiggaŋ atiggaŋ ʥʉʉri əmʉŋ unaaʥiwi əggə iggim biʥisə. mohorhaŋ ʉkkʉ gʉʉdʉ iinəʥiləəhiŋbi:

  "amihaŋ ənihəŋ! sʉ hokko ayahaŋ biʥitʃtʃʉŋ gi?" gʉnərdʉ:

  "aya! aya! gə baraŋgu gʉrʉŋdihi ʉliʥir ʉt yʉm gʉ? ittʉ əri bogdu eʃenam əməsəʃe? ilə nənim gʉnəhəŋ ʉliʥinde? goro bogni təggʉwʉ ʉlisə oorduliwi ayaʥi nandahaŋ amraha!" gʉnərdʉ mohorhaŋ:

  "oodoŋ!" gʉnəhəŋ ʥʉʉwʉ iʃirdʉ, dʉsədʉni ələ tala nisʉhʉŋ uluŋkuʃi yəəmə lohowutoŋ bisə. tari doolowi "ələr ʥittər yəəmə aaʃiŋ ittʉ əggə iggiʥir yəmə?" gʉnəhəŋ geehageer tʉllə yʉʉm əri tariwu geeham ʉlirdʉ, əri ʥʉʉni ətiggaŋ atiggaŋ ʥʉʉri:

  "hʉy miti ʥʉʉrdʉ ʉt aaʃiŋ əmʉhəhəŋ unaaʥʃi, əri ʉkkəhəŋdʉ unaaʥiwi hʉhiŋ ooʃim bʉʉgəre!" gʉnəhəŋ ʥʉʉri howʃem alaaʃim biʥiləhəni mohorhaŋ iinəm əməsə. ətiggaŋ:

  "nono ʃi oodoŋ gʉnəkkiwi, bi ʃinidʉ unaaʥiwi hʉhiŋ ooʃim bʉʉgte! oodoŋ gi?" gʉnərdʉ əri ʉkkəhəŋ:

  "bi nasuŋbi əddʉg ooʥiroŋ, bi əmʉŋ bəy ilə nənim əggə iggim da!" gʉnəhəŋ bodotʃtʃi:

"hʉhiŋ gakki gagte." gʉnɵtʃi hadam aba əni gʉnɵhəŋ mʉggʉsɵ.

tootʃtʃi əri ʤʉʉ əddʉg sariŋ oom, ʉrirəŋni baraaŋ ahiŋ nəhʉŋsəlni əri niŋ ooʃe əʃikkiwi tariniŋ hʉrəhəŋ əhə gʉnɵhəŋ baltʃa əŋtʃəŋʤiwi taaldisa.

əri inig baraaŋ nəhʉnəlniŋ əmətəŋ:

"hʉrəhəŋ aha! ʃi bəyʉʃeŋ bəy hʉŋ?! ʃini bəyʉdʉ yʉʉkkiʃi, bʉ ʃiniwʉ aaŋigətmuŋ" gʉnərdʉni, aaŋiham gʉnɵsɵ bəyniŋ namaaʤ eʃer ooso.

"oodoŋ! oodoŋ! sʉ aaŋidasune!" gʉnɵsɵ.

tootʃtʃi əmʉŋ inig mohorhaŋ bəyʉʃim ʉlir əriŋdʉwi:

"əri inig bi bəyʉŋdʉ yʉʉme, awʉsuni aaŋim ʉlirəŋ?" gʉnəm aŋurdu əmʉŋkət tʉʉrɵr bəy əsə tʉʉrɵrɵ. əri əriŋdʉ amʉniŋ:

"ayya! inigiddidʉ ʉlim əʃim ətərə!" gʉnɵsɵ.

mohorhaŋ əddʉgʤi geeham hadam ənidiwi:

"bi bəyʉ bəyʉm yʉʉm gʉnɵʤime."

"ʉlikki oohiwa əməgginde? ilaŋ beegadu əməgginde gi!" gʉnɵsɵ.

mohorhaŋ aggaya aaʃiŋ əmʉhəyə ʉlisə. tari bəyʉm ʉlir təggʉdʉwi:

"mini hadam amiŋ əni miniwʉ asaʤir yəm gʉ? ittoogir yəm gʉ? ohoŋ gʉnɵhəŋ tattu ʤiŋgiraŋ, ohoŋkot ooso ʤaarŋ ane oordulani məəni ʤʉʉbi iʃinəm əməgte." gʉnɵhəŋ bodom bisə. tootʃtʃi əməggir əriŋniŋ ootʃtʃi əməggirdʉ ʉrirəŋ doolo ooŋdihot anir alduur aaʃiŋ bisə.

"əri ʉrirəŋ nʉʉggisɵ yʉm gʉ?" gʉnɵhəŋ nandahaŋʤi ʃiŋʤim biʃirdʉ hariŋ ʤʉʉniŋ giw giltariŋ imandadu tiriwʉtəŋ bisə.

ʤʉʉdʉ araŋ ʃaraŋ iinərdʉ, ʃiikkaŋ dəgi əʃitʃtʃaŋ dʉsədʉ lohowusodihi ɵntɵ ohoŋkot aaʃiŋ bisə. dooʃiŋhi iirdʉ hadam aminiŋ daŋgawi ʤawaʤiwi ilatʃtʃiwi irohaŋgeer təgərəŋ, hadam əniniŋ ukkuŋ toŋkoʤir həwʤiwi naaŋla ilatʃtʃiwi irohaŋgeer əʃiŋ gʉggʉldʉ təgəʃirəŋ, gikkiniŋ igga akkim bisə həwəʤiwi naaŋ ilatʃtʃiwi irohanam əʃiŋ gʉggʉldʉ təgəʃiʤisə. əri bʉhʉlwʉ iʃitʃtʃi tari doolowi "gʉʤəye! talar sʉt oondi ənʉhʉ bahasa yəm gə!? gʉʤəye bʉdərdʉwi ilatʃtʃiwihat awam əsə aŋtʃara!" gʉnɵgeer əʃeniwi ilatʃtʃiwani arukkuwam ətətʃtʃi tʉllə yʉʉtʃtʃi əli tali ʉligeʃim iʃirdʉ, ninihinsal olgeŋsalniŋ hokko ilatʃtʃiwal iroham əʃiŋ gʉggʉldʉ hʉləəʃirəŋ. tootʃtʃi tari geeharni əddʉgʤi geehageer əri urirəŋdihi əyələm ᵾlisɵ gᵾnɵŋ.

tootʃtʃi ilaŋ beegani amila, dahi əri urirəŋduwi musum əməggirdᵾ, uriəŋ doliŋduni mətər moriŋ ᵾhᵾr ninihin olgenni dilgaŋ ʤaluŋ, ʤᵾᵾ bᵾhᵾldihi saŋanam manaram, urirəŋni ular hokko əggə iim aya nandahaŋ inig baldim biʤisə.

əri əriŋdᵾ hᵾrəhəŋniŋ tᵾllə moriŋbi ᵾyim, amiŋ əniŋʤiwi bahaldim gᵾnɵhəŋ ʤᵾᵾdᵾ iisədᵾ:

"ʃi yoodo gikkiniwi ilatʃtʃiwani awatʃtʃi ᵾlisɵʃe? ʃi gikkiniwi ilatʃtʃiwani awasaduʃi gikkiʃi bᵾsɵhᵾŋ, həbbə əsə awar bikkiʃi gikkiʃi iinihiŋ biʤigə bisə" gᵾnərdᵾni, mohorhaŋ: "əri bog ondi geehamoddi bog yəm! tᵾg ookki ilatʃtʃiwi irohanam iʃiildᵾ iitʃtʃi nələkini ilaŋ beedᵾ əggə iim inig baldiraŋ!" gᵾnɵhəŋ əddᵾgʤi geeham bisə gᵾnɵŋ. tootʃtʃi tari:

"əri bikkiwi iʃiil gᵾrᵾŋ ooroŋ! tooduwi əri bogni amitaŋ bᵾhᵾl tᵾg ookkiwol iʃiildəŋ" gᵾnɵhəŋ saam bahasa gᵾnɵŋ.

9. aʃitʃtʃaŋ bəy howiltʃaniŋ
老鼠变成人的故事

iri əddə əriŋdᵾ əmᵾŋ əʤiŋ haaŋ:

"bəy niŋᵾŋŋe baatʃtʃi ookkini iinihiŋʤi bulam waar hərətʃtʃe!" gᵾnɵhəŋ həs əwəwᵾsə gᵾnɵŋ.

əmᵾŋ urirəŋdᵾ əmᵾŋ ʤalu əʤiŋ haŋni həswᵾ ʤᵾrtʃim abawi saŋaal ʤᵾᵾdᵾ iigᵾm iggim bisə gᵾnɵŋ.

əmᵾŋ inig ᵾtniŋ albaŋni ʤᵾᵾduwi iinərdᵾ, toŋ ʃirədᵾ toŋ təəre ʤalu awu əmᵾŋduwi əʃiŋ tᵾᵾrər, bandaŋbani əʤiləm təgəʃirəŋ.

əri ʤalu məəni bandaŋduwi təgəʃiʤir ʤaluwu məndim, məəni bəyʤini təərədᵾni geeham, əʤiŋ haaŋdu saahaŋtʃadᵾ, əʤiŋ haaŋ:

"əri baytawa ʤaabal amar gəthᵾlər hərətʃtʃi, awu gəthᵾləm əʃikkini ətər awuwu waar yaldu iigᵾrəŋ!" gᵾnɵhəŋ həs əwəwᵾsə gᵾnɵŋ.

haaŋ əri yaamunni əmʉŋ bəywəni ərim:

"ʃi tari baytawa gəthʉləsəwi gʉnəhə!" gʉnəsədʉni, əri bəy:

"əmʉŋ əddə yaamunduwi albanduwi əməsədʉ, bandandu mʉniʤi təəre toŋ bəy dilgaŋ aaʃiŋ təgəʃitʃtʃi, mʉniʤi təəre bitig ooʤiroŋ, əriniŋ oondi bəysəl oodorwoni bi əʃiŋ saara!" gʉnərdʉ, əʤiŋ haaŋ əggigʉ tʉʃimɔldʉwi:

"əri bəywʉ əlbʉm waah!" gʉm tʉʉreʤiləəhiŋni əlbʉm waasa.

əttʉ ʤalgatʃtʃi digiŋ bəy tari baytawa gəthʉləm əmi ətər waawʉsa gʉnəŋ.

əri inig əri ʤaluni əəlʤi ooso.

əri ʤalu ohoŋkot ooso ʤaariŋ, bʉdədihi ʤʉlilə abadiwi əmʉŋ antanʃi həəmə om bʉʉm saŋaal ʤʉʉdʉ əməm, abaniwi həəmə ʤittərwəni alaaʃim təgəʃirdʉwi nonom səəʤiləsə gʉnəŋ. toorduni abaniŋ:

"ʉtwi ohoŋ gʉnəhəŋ nonom səəʤiləʤinde?" gʉnəsədʉ, ʉtniŋ:

"əri inig mʉni albanni ʃirədʉ, mʉniʤi təəre toŋ ʤalu ʃirə əʤiləm təgətʃtʃi əʃiŋ ʉlirdʉni, əʤiŋ haandu saahantʃaʃi, əʤiŋ haaŋ əggitʃtʃi mʉniwʉ əri baytawa gəthʉləhəldʉŋ gʉnəsə! tootʃtʃi naaŋ gəthʉləm əʃiŋ ətər bikkili waarʤi ʃiikkərəŋ gʉnəsə. əmʉhəyə digiŋ bəy gəthʉləm əsə ətərdʉwi waawʉsa. əri inig mini əəlʤi ooso. əʃi ittookki aya yəm?" gʉnəhəŋ delawi tirigeer paaya aaʃiŋ oom gʉnərdʉ abaniŋ:

"ʃi mini gʉtʃʉ ooʃim iggisə həəhəwi ʉʉtʃtʃilniwi dooloni nəətəŋ, ʉkkʉ iinərdʉʃi gʉggʉkkini solo tiim ʉlihəŋkə! əʃikki gʉggʉldʉ bikkiwi minidʉ iŋtʃer agga aaʃiŋ, ʃinidʉ ayaʃilar ʃidal naaŋ aaʃiŋ." gʉnəsə.

ʤalu alban ʤʉʉni ʉkkʉwʉ iinərdʉ həəhə bolto totʃtʃanam, digiŋ bəldiirʤi tayya diginbə ʤawam, əmʉŋbəni ammaduwi ammanam, ʉkkʉli totʃtʃanam yʉʉrdʉ tari ʤalu:

"həəhə! həəhə! ʃi ilə nəninde? miniwʉ yoodoŋ əmmənətʃtʃi ʉlinde gə?" gʉnəsədʉni, həəhəniŋ:

"moyo, moyo!" gʉnəhəŋ əmʉŋ tʉʉrəsəʃi biʃiŋgi gə?! ammantʃa aʃitʃtʃaŋ boltogom ʉttʉlitʃtʃi saŋaaldʉwi iinəsə.

əri aʃitʃtʃaŋ aʃe aʃitʃtʃaŋ bisə oorduliwi, uʤiduni pʉsʉgeer pʉsʉgeer əri inigni nəgəəŋ baraaŋ aʃitʃtʃaŋ ooso gʉnəŋ.

əʤiŋ haaŋ əri ʤaludihi:

"ʃi əri baytawa ʃiikkəsə geeŋbi gʉnɵhɵ!"

ʤalu nəələm:

"bi əʤiŋni həswəni ʤʉtʃtʃim, saŋaal ʤʉʉdʉ iggiʤir abadihiwi aŋusaduwi, abawi minidʉ həəhəʤiwi ʤawawuhaŋka!" gʉnɵhəŋ ʤiŋʤim bʉʉsɵ baytawani sʉt haaŋdu ʤiŋʤisa.

əʤiŋ haaŋ əriwʉ doolditʃtʃi:

"ədʉhi amaʃihi nasuŋʃi ularwal hɵndɵləm iggir hərətʃtʃi!" gʉnɵhəŋni ikkiŋ həs əwəwʉsə gʉnɵŋ.

taduhi amaʃihi nasuŋʃi ularwalba mandi hɵndɵləm iggir ooso gʉnɵŋ.

10. bəyʉʃeŋ huluhu solohiwi ʃiikkəsəniŋ
猎人惩罚了偷吃肉的狐狸

ayitti əriŋdʉ hiŋgaŋ ʃige doolo, əmʉŋ namaaʤ nasuŋniwi doliŋ bani idrərəhəŋtʃə bəyʉʃeŋ əmʉhəyə inig baldim bisə gʉnɵŋ. tari inig taŋiŋ məəni əmʉhəyə nor sorwi iiŋitəŋ, ʤadda saalbaŋ mooni doliŋduli, orootto hultʃiŋni doliŋduli, ʉr hadawu tʉttʉgəm, əyəəggəʃi doo berawu ədəldəm, gɵrɵsɵŋ niihiwə bəyʉʃim ʉlir bisə.

əmʉŋ inig bəyʉʃeŋ bəyʉʃim ʉlim bitʃtʃi, əmʉŋ əniŋdiwi nuudawusa nisʉhəŋ solohiwu baham, tayyani tari gonikkaʃi gʉʤəmʉddi dʉrʉŋbəni iʃitʃtʃi, mandi meegaŋ ənʉnəm, məəni əhʉddi əwərdʉwi əwərləm, ʃeraŋ ʤʉʉdʉwi əməwʉsə. nisʉhəŋ solohi bəyʉʃeŋni namaddi ootʃtʃi nandahaŋ ʃeraŋ ʤʉʉdʉni inig taŋiŋ boŋgoŋ oom, bəyʉʃeŋʤi eeni aggaya aaʃiŋ mʉʉyʉʃim, inig taŋiŋ bəyʉʃeŋni amigiʤini igginiŋ nəgəəŋ aaŋim iləhət ʉlir ooso.

əmʉŋ inig bəyʉʃeŋ naaŋ nisʉhəŋ solohiwi aaŋihanam bəyʉʃim ʉlitʃtʃi, ʤʉʉr toohi bəyʉʃim bahas. tootʃtʃi tari ʤʉʉr toohiniwi ʉldʉwəni ʃilum, hokkowoni ʤʉʉniwi dakkaduni biʤir moodihi lohom, olgiso gʉnɵŋ. timaaʃiŋ niŋ bəyʉʃəŋ nisʉhəŋ solohiʤiwi toohini olgiso ʉldʉwi iʃiwʉhəntəŋ, məəni əməhəyə bəyʉʃim ʉlisə. tari əmʉŋ inig əmʉŋ dolob bəyʉʃitʃtʃi əməggisəʃi tari baraaŋ olgiso toohini ʉldʉniŋ əmʉŋ naaŋ aaʃiŋ ootoŋ bisə. tari uutam bəəndəm ʃeraŋ ʥʉʉdʉwi iitʃtʃi iʃisəʃi, nisʉhʉŋ solohiniŋ ʃeraŋ ʥʉʉdʉwi bəywi təniggəhəŋ ooʃitoŋ sana amar hʉləəm bisə. tari dagalani ninitʃtʃi iʃisəʃi, nisʉhʉŋ solohiniŋ hariŋ eehat əʃiŋ saar aaʃinam bisə. tari nisʉhʉŋ solohiwi anam səriwʉhəntəŋ:

"mʉni lohom lohom olgihaŋtʃa toohini ʉldʉmʉni ittʉ hokkoʥiwi aaʃiŋ ooso?" gʉnəhəŋ aŋusadu, nisʉhʉŋ solohiniŋ namattawi tihiwʉgeer:

"tiinʉg dolob mini toohini ʉldʉwi iʃim biʥiləhəwi, ʥʉʉr boŋgoŋ həhə tʉʉggʉ əmətʃtʃi olgiʥiso toohini ʉldʉwʉ hokkowoni ʥitʃtʃi ʉlisə." gʉnəhəŋ ʥiŋʥim bʉʉsə.

bəyʉʃeŋ, nisʉhʉŋ solohini namattawani iʃitʃtʃi, oorniŋ hird aaʃiŋ ooso. tootʃtʃi tari:

"nisʉhʉŋ nəhʉŋbi əʥi soŋoro. tari ʥʉʉr toohini ʉldʉwʉ ʥikkiwi ʥiggəne, əri inig bi naaŋ ʥʉʉr toohi bəyʉʃim əməwʉsʉ hʉŋ!" gʉnətʃtʃi, nisʉhʉŋ solohiwi aaŋihantəŋ tʉllə yʉʉtʃtʃi, məəni təliŋ bəyəʃim əməwʉsə ʥʉʉr toohiwi iʃiwʉhəŋtʃəʃi, nisʉhʉŋ solohi addasadiwi bəyʉʃeŋniwi ʥʉlidə amidalini ʉttʉlirəŋ. tari dolobniŋ bəyʉʃeŋ dolobon doliŋ ʥakka orolditʃtʃi, təliŋ ʥʉʉr toohiniwi ʉldʉwəni ʃilum ətəsə. tari dolobniŋ mandi ore ootʃtʃohiŋ gəbbələsə yəmʃi, timaaʃiŋniŋ inig doliŋ ʥakka bəyʉʃeŋ aaʃiŋtʃa. tari yʉʉtʃtʃi:

"bi əri dakkili hiir ʉlitʃtʃi əməgte, həbbə mini ʉlisələ mʉni olgiʥir ʉldʉdʉ əntə yəəmə əməm tokkokkiwi, ʃi amakkaŋ mini amigiʥi ninim ʃilbadawe!" gʉnəhəŋ nisʉhʉŋ solohidʉwi ʃilbatʃtʃi ʉlisə gʉnəŋ. tari nor sorwi iiŋim ʉlitʃtʃi, ʃeraŋ ʥʉʉni dakkiliwi adi tooli ootʃtʃi hoggol bəyʉʃitʃtʃi əməggirdʉni, nisʉhʉŋ solohiniŋ hariŋ musur təggʉniniŋ doliŋduni soŋoŋ gəgənim alaʃim bisə. nisʉhʉŋ solohi əʥiŋbi iʃitʃtʃil:

"əʥiŋbi, ʃini təliŋ ʉliʥiləəhiŋʃi, tayya ʥʉʉr ərʉ həhə tʉʉggʉ bəhəər saasa nəgəəŋ ʉttʉlim əmətʃtʃi, olgiso toohini ʉldʉdʉhi doliŋ ʥəggəwəni ʥitʃtʃi ʉlisə." gʉnərdʉni əʥiŋniŋ:

"tootʃtʃi ʃi yoodoŋ amakkaŋ minidʉ əsəʃi əməm ʃilbara?!"

"mini ʉʉʃihi ʉttʉlim əmərbə iʃitʃtʃi, tayya ʥʉʉr həhə tʉʉggʉhət saaʃihahi tʉttʉlisə. tootʃtʃi bi dahi ʃinithəhi əsʉ tʉttʉlir, tayya ʥʉʉr mənəəŋ hokko saaʃihahi tʉttʉlisə yəmʃi, sʉniwʉ hərəyə aaʃiŋ əəritʃtʃi bəyʉʃirbəsʉni saatgatʃtʃi yooroŋ gʉnəhəŋ bodosu." gʉnəhəŋ bəyʉʃeŋ ootʃtʃi nisʉhʉŋ solohi ʥʉʉri ʥiŋʥimaʃigeer, ʃeraŋ ʥʉʉniwi dagalani eʃem əməsə. bəyʉʃeŋ tayya baraaŋ toohini ʉldʉ olgiʥiso mooni dagalani əmətʃtʃi, əmʉŋ ʥalig iʃitʃtʃi, tʉʉgguni uʥiwani əmʉŋ naaŋ iʃim əsə bahara, hariŋ bog bʉhʉldʉ sʉt nisʉhʉŋ solohini əhisə uʥiniŋ bisə. tari təliŋduwi əmʉŋ ashuŋ meeni nekkelahanam iggisə nisʉhʉŋ solohiwi səʥilləsəhət ʥaariŋ, uʥiduni naaŋ doolowi:

"ohoŋ ooso gə, nisʉhʉŋ nekke biʃidihini bi yədduwi nekkelahanam, ʥittər imorboni əmʉŋ naaŋ əʃiŋ abaldahanaŋ iggisə biʥiləhiwi, naaŋ mini olgisa ʉldʉwʉ huluhum ʥittəŋ gʉnəhəŋ biʃiŋ gi gə?! ittu oosohot tattu əʥiga oor ba?! law əntə solohisol əmətʃtʃi ʥitʃtʃə hʉŋ! ohoŋ oosohot əyyə bogdihi əʃiŋ nʉʉggim ʉlir əʃiŋ oodo ooso." gʉnəhəŋ bodotʃtʃi, nisʉhʉŋ solohiwi aaŋihanam ʃəraŋ ʥʉʉduwi iitʃtʃi, məəni bəyʉʃim əməwʉsə tooli ootʃtʃi hoggolwi arukkuwam ələəm ʥitʃtʃi, ʥʉʉri aaʃiŋtʃa gʉnəŋ.

timaaʃiŋni bəyʉʃeŋ bəyʉʃim əsə ʉlirə. tari əmʉŋ inig yəəmə həəməwi əkkəm tətʃtʃilətʃtʃi, ilahe inigniŋ təliŋ dakki ʉrdihi əmʉŋ adi bogwo asam əməwʉtʃtʃi, məəni inig baldirduwi baytalam bisə yəəməsəlwi gaŋʥohalam, məəni miiŋ ʥʉlidəduni biʥir əmʉŋ bogwo ugutʃtʃi, miiŋ ʥʉlidədʉ ʉlim, nisʉhʉŋ solohiduwi miiŋ amigutte əmʉŋ bogdu uguhonom, naaŋ məəni doliŋ hʉʉde goom olgiso ʉldʉwi gaŋʥohalam əntəthəhi ʉlisə. tootʃtʃi doliŋ inig ʉlʉhʉ ʉlitʃtʃi, bəyʉʃeŋ nisʉhʉŋ solohiduwi:

"bʉ ʥʉʉri iri ʉrni naatʃtʃiladuni nənim təgəkkiwi ʥohiraŋ gə?" gʉnəhəŋ aŋusaduni, nisʉhʉŋ solohi eehat əntə nəttəgeer:

"nanda hʉʉdeniwi ammaduni ʥawagare!" gʉnəsə.

bəyʉʃeŋ tayyawi naaŋ noololdiʥiraŋ gʉnəhəŋ əsəhət gollir, ʥʉliʃihi məəni ʉlir təggʉliwi ʉliməl bisə. əmʉŋ ashuŋ dolob ooʥiloohiŋni bəyʉʃeŋ naaŋ nisʉhʉŋ solohithiwi:

"hʉy, dolob ooʥiroŋ hʉŋ, miti iggʉ dooni dakkaduni ʥʉʉwi

ʤawakkimuŋ ʤohiraŋ?" gʉnөhөŋ aŋusaduni：

"dolob oordu oondi baytaʃi gә. hәbbә әʤiŋbi әʃiŋ bәgir bikkiwi, bi naaŋ law әʤʉgʉ bәgirә. ʉnәŋduwi dolobni sәrʉʉŋdʉ ʉlikkiwi әli aya өntө gi?! hәbbә әʤiŋbi bәgiʤir bikkiwi naaŋ mini nәgәәŋ hʉʉdeniwi dooloni iitʃtʃi inig balditʃtʃi nәәhә." gʉnөtөŋ naaŋla hatagnatʃtʃoohiŋ nәttәsә.

moholi beegani nandahaŋ ilaŋdu bәyʉʃeŋ yәәmә hөөmөwi gaŋʤohalahaŋtʃa bogsolwi aaŋihanam ʉligeer, ʉnәŋti әmʉŋ ʉr doo ayahaŋ nandahaŋ bogdu eʃem әmәsә. tari amaʃihahi әggim nisʉhiʉŋ solohtohiwi：

"bʉ әri bogduwi ʃeraŋ ʤʉʉwi iliwugare! oodoŋ gi?" gʉnөhөŋ aŋusaʃi, amigiʤini dilgaŋ әsә yʉʉrө. bәyʉʃeŋ mandi geeham, uguʤir bogthahiwi әwәtʃtʃi, nisʉhʉŋ solohiwi iʃinәm nәnisәʃi, nisʉhʉŋ solohiniŋ aaʃiŋ ootoŋ, hʉʉde doolowi tәwәsә gooso ʉldʉniŋ eehat aaʃiŋ ootoŋ bisә. tootoŋ tari tәliŋ mәәni iggisә nisʉhʉŋ solohiniwi yag ʉnәŋ yaŋʤiwani saasa. tooʤʤi bәyʉʃeŋ amma doolowi：

"ohoŋ oosohot timaaʃiŋ oosolo saagare!" gʉnөtөŋ, moo satʃtʃim, oroottoyo hadim әmʉhәyә ʃeraŋ ʤʉʉwi iliwutʃtʃi aaʃiŋtʃa.

bәyʉʃeŋ nonom tәggʉwʉ ʉlim, dolobөŋ doliŋ ʤakka gәbbәyә oom yadaram, oroonduni alesaduwi, әmʉŋ amma yәәmә naaŋ әsә niŋir bʉhʉlʤiwi aaʃinatʃtʃi, timaaʃiŋ әddәniŋ tәliŋ dәrәl naallawi ʃikkim, tәggәtʃtʃi yәәhewi haalam tәtitʃtʃi, mәәni bәydʉwi әlbʉtәm ʉliʤisә әmʉŋ ashuŋ olgohoŋ ʤittәggәwi yʉʉgʉm әlәtʃtʃoohiŋ ʤitʃtʃi, tәyya iggisә nisʉhʉŋ solohiwi gәlәәm gʉnөhөŋ ʉlisө.

tari adi adi goddo ʉrwʉ tʉttʉgәm amiʃihahi ʃiglәm ʉligeer, solohisol dattaŋ uruuttuŋ ʉgiir әmʉŋ nisʉhʉŋ hoŋkordu eʃem әmәtәŋ iʃisәʃi, ʉnәŋti әmʉŋ baraaŋ solohisol uruuttoŋ, hʉliʃirniŋ hʉliʃim, tәgәrniŋ tәgәm, aadaniŋ ʉldʉ timsәldim ʤittәrdʉ, aadaniŋ әmʉŋ әmʉŋbi asaldim ʉgim, ʉnәŋti naggeŋtʃi bisә. solohisolni baldisa dʉrʉŋniŋ hokko әmʉŋ adali oorduwi, bәyәʃeŋ mәәni sәggә iisalʤiwi oohihot aʤillam mәndisә ʤaariŋ, mәәni nekkelam iggisә solohiwi iggʉniŋ oorboni yag saam әsә bahara. әʃi ittʉ ookkiwi ʤohiraŋ gʉnөhөŋ bodom iliʤisaduwi, bәyʉʃeŋ gәnәthәŋ nanda hʉʉdewi ubbuhanam bitʃtʃi, nisʉhʉŋ solohiniwi olgiso ʉldʉwʉ huluhum ʤimmə bitʃtʃi, ʤʉlidəniwi ʤʉʉr boŋgoŋ iittəwi tihiwʉsəwəni bodom bahatʃtʃi, titim bisə tʉligʉ əkkiwi luhutoŋ. əkkiniwi ʤʉʉr ʉʉlgəwi ʤawam ʉyitөŋ, dooloni ʤaluŋ olgohoŋ orootto ʃiwam nəətəŋ, ʉgiʃihi mooʤi goholom ʉgiritөŋ baraaŋ solohithahi:

"nisʉhʉŋ ahiŋ nəhʉŋsəlwi, miti baraaŋʤiwal əttʉ boŋgorom ʉgirdʉ ʉneŋti tannagaŋ amakkuŋ өntө hʉŋ! əʃi bʉ baraaŋʤiwal əttʉ əmʉŋ ələtʃtʃi oohiŋbol boŋgorom, hʉhitʃtʃi oohiŋbol ʉgigөre!" gʉnөtəŋ, tontoytʃtʃi oohiŋ olgohoŋ orootto ʃiwasa əkkiwi salaʃi mooʤi goholom, pələʤiwi ʉgiʃiləhi ʉgirim ʉʉʃihi saaʃihi goggolʤohom, baaraŋ solohisolwu hatagnatʃtʃi oohiŋ nəttəwʉhənəm ʤʉg ʃigwəni alduhaŋtʃa. əri ʤəligdʉ bəyʉʃeŋ solohisolwu əmʉŋ əmʉŋʤini nandahaŋ hisəm iʃisəʃi, əmʉŋ nisʉhʉŋ solohi baraaŋ solohisolni ʤakkaduni ammawi əmʉŋ naaŋ əʃiŋ aŋgaggar bitʃtʃi, əʃiŋkət gʉggʉldө əmʉŋlə bogduwi ilitaŋla bisə. tari tayyawu əmʉŋ ʤəlig iʃitʃtʃi məəni iggisə nisʉhʉŋ solohi oorboni saatʃtʃi, tayyani əʃiŋkət hisər biʤirdʉ, gənəthəŋ nehomdihiniŋ ʤawatʃtʃi gasa. bəyʉʃeŋ ʤawasa solohini ammawani aŋgeggam iʃirduni, ʉnəŋti ʤʉligʉ ʤʉʉr boŋgoŋ iittəniŋ tihitəŋ bisə. beyʉʃeŋ alesa oorduwi nisʉhʉŋ solohiwi mondasa.

gəəŋbani əʃiŋ saara baraaŋ solohisol əri baytawa iʃitʃtʃi lʉggim boŋgorom bisəwi hokko udim, aadaniŋ nəələsədʉwi sooho doolo mikkim, aadaniŋ hos doolo ʃiggum, hird baraaŋ solohisolni ʉgiʤisə hoŋkorduni bəyʉʃeŋ ootʃtʃi tarini naalladu biʤir nisʉhʉŋ solohidihi өntө eehat aaʃiŋ ooso. əri əriŋdʉ adi sadde solohi bəyʉʃeŋdʉ dʉttʉwʉʤir nisʉhʉŋ solohiwu iʃitʃtʃi meegeŋniŋ ənʉnərdʉwəl, dihiŋʤise sooho ootʃtʃi hos doolohiwol mikkim yʉʉm əmətʃtʃi bəyʉʃeŋdihi:

"əddʉg bəyʉʃeŋbi, bʉ ʃiniwʉ gələəgtimʉne, əri nisʉhʉŋ solohi bikkiwi mʉni ədʉ təliŋ əməsə ikkiŋ ahiŋ nəhʉŋ oodoŋ! sʉ tariwu təliŋ mʉni boŋgorordu əmʉrəttə əsə boŋgoror gʉnөhөŋ dʉttʉʤirtʃʉŋ gi? əri əriŋ tariwa əmʉŋ gʉʤənətʃtʃi nəəhə. tari nisʉhʉŋ yəəməʃi baraaŋ geeŋba əʤigə saara. həbbə ərini ʤaariŋ sʉ ohoŋ gadam gʉnikkisʉni, miti ʃimmem bitʃtʃi gadar yəəməwʉsʉni baham bʉʉgʉtmʉne!" gʉnөhөŋ gələəsədʉni, bəyʉʃeŋ nisʉhʉŋ solohithahiwi:

"mini noogu adi inig olgiso toohini ᵾldᵾwᵾ awu huluhum ʥitʃtʃə? ʥᵾᵾr həhə tᵾᵾggᵾ əməm ʥitʃtʃə gᵾ? ʃi huluhum ʥitʃtʃəʃi gᵾ?" gᵾnəhəŋ aŋusa duni:

"bi huluhum ʥitʃtʃᵾ!" gᵾnəhəŋni nisᵾhᵾŋ solohi ʥiŋʥisa.

bəyᵾʃeŋ nisᵾhᵾŋ solohini amigu ʥᵾᵾr bəldiirdihi ᵾgiʃihi ᵾgiritəŋ, tayyani bəywə ɵləhəʃisə ootʃtʃi ᵾldᵾ huluhum ʥitʃtʃə ərᵾ baytawa, tari baraaŋ solohisoldu əmᵾŋ əmᵾŋʥi ʥiŋʥim bᵾᵾsə. əttoosoʃi təliŋ solohisol məəni məəniwi dihinəm bisə bogdihiwol mikkim yᵾᵾm əmətəŋ, bəyᵾʃeŋbə təhərəm ilisa. əri əriŋdᵾ nisᵾhᵾŋ solohi:

"əʥiŋbi, miniwi əmᵾŋ əriŋ ooʃilatʃtʃi nəəhə, bi ʃiniwi dahi əʥigᵾ ɵləhəʃirə, dahi ʃini yəəməwᵾʃi əʥigᵾ huluhuro!" gᵾnəhəŋ soŋogeer gᵾnəsədᵾni, bəyᵾʃeŋ:

"ʃi naaŋ miniwi ɵləhəʃim gᵾnəhəŋ gi?!" gᵾnətəŋ, nisᵾhᵾŋ solohiniwi əggəwi pᵾr taanam, huluhu solohiwi ʃiikkətəŋ, baraaŋ solohisolthahi:

"sᵾ hokkoʥow iʃim bahasasuni ba! ədᵾhi amila sᵾni awusuni bəywə məhələm, bəydᵾ hor eʃewukkiwi hokko ənnəgəŋ geeŋʃi. əri bikkiwi huŋʥaŋ ɵləhə huluhu ootʃtʃi ərᵾ ʥeleʃi yəəməni bahakkiwi ʥuhir ʃiikkəl oороŋ!awu həbbə ᵾnəŋ təʥiʥi ᵾlikkiwi, awuhat bəyni ayawani baham, yəəmə bᵾhᵾldᵾ həənnəwᵾrəŋ kᵾŋ!" gᵾnəhəŋ waasa nisᵾhᵾŋ solohiwi iiŋitəŋ məəni ʃeraŋ ʥᵾᵾdᵾwi musum əməggitʃtʃi, nisᵾhᵾŋ solohiniwi nandaʥini əmᵾŋ nandahaŋ namaddi tᵾgni aawᵾŋ oom tətisə gᵾnəŋ.

11. torohiwo bəyᵾʃisəniŋ
猎人和野猪

əmᵾŋ bəyᵾʃeŋ ʥᵾᵾr bəyᵾni ninihiŋʥiwi bəyᵾʃim məəni əggəwi iggiʥisə gᵾnəŋ.

əmᵾŋ inig əri bəyᵾʃeŋ əmᵾŋ ʥaluʥi bəyᵾni ʥᵾᵾr ninihinbi aaŋihaŋtəŋʃitʃtʃi uggusо ʃigethahi ᵾligeer bigeer, oretar əriŋdᵾ gənəthəŋ ʤʉlidəduni torohi hurtʃignam nʉtʃtʃirdʉ, ʤʉʉr bəyʉni ninihinniŋ iʃiʤiləəhiŋbi tokkom nənirdʉ, torohi amiʃihi uggim atʃtʃathahi tokkoldirʤi bələsə gʉnəŋ.

əri əriŋdʉ ʤʉʉr bəyʉni ninihin uʤiwani uʤim, dagattatʃtʃi miisaŋʤi ʃigləm gappam gʉnərdʉ, torohi bəyʉʃeŋbə iʃiʤiləwi galʤurasa nəgəəŋ iisalbi əggihəm "hur, har" gʉnəhəŋ hotʃtʃignoger, ʃiiggəŋ tokkom əmərdʉ bəyʉʃeŋ:

"torhoni ʤʉʉr soyoniŋ səbbiŋ!" gʉnəhəŋ bodoʤihilawi oldoŋʃihi ʤeelam təggʉ yʉʉgʉm bʉʉrdʉ, torohi "ʃort!" gʉnətʃtʃi tarini oldoŋduli nʉtʃtʃirdʉ ʤʉʉr ninihin ʤʉʉr bəygiʤni hatʃtʃim nənitʃtʃi tokkordu, torohi hihiwʉdihi nəələm, əmʉŋ saŋaal maltam amiʃihi təgəm ninihinthahi iirdʉ, ninihin dagalam əmi ətər bisə. torohi dahi yʉʉtʃtʃi bəyʉʃeŋni amigiʤiŋ daarim əmərdʉ, moodu tʉttʉgəm yʉʉsə gʉtʃʉniŋ:

"amar hʉləəhə!" gʉnərwəni, tari əmʉŋniŋ dooldindur oroottoni diiləni hʉləəsədʉ, daarim əməsə torohi ʤʉlidəduni bəyʉʃeŋ əsə iʃiwʉr oosoduni, ʉʉʃihi saaʃihi geeham iʃirəŋ.

əri əriŋdʉ tarini gʉtʃʉniŋ mooni diiləhi gappardu, torohi gənəthəŋ olomadira "oog! oog!" gʉnəm tʉʉrətʃtʃi ʃigethahi ʉttʉlim iinəsə.

timaaʃiŋniŋ ʤʉʉr bəyʉʃeŋ tari goyoŋtʃo torohiwi gələəm baharni ʤaariŋ ʉligeer, orooŋni hera diiləni yʉʉtʃtʃi torohini ʉlisə uʤiwuni baham amigiʤini ʤʉʉri aggaʃiggawi əmʉŋduni ooʃihonom, əmʉŋniŋ ʤʉliʃihi iʃikkini tari əmʉŋniŋ amiʃihi iʃim əlkəʤi uʤigeer, gənəthəŋ əmʉŋniŋ əmʉŋbi anasatʃtʃi gasa. ərini hariŋ tihitəŋ bisə boŋgoŋ mooni amilani, goyoŋtʃo torohi hʉləəʃim bisəwəni iʃitʃtʃi uʤidu ʉliʤirniŋ əmʉŋniŋ, ʤʉlidədʉ ʉliʤir əmʉŋbi anasa bayta bisə gʉnəŋ. torohi talarba iʃiʤiləəhiŋ sotʃtʃihnootʃtʃi oohiŋ ʉttʉlim əmərdʉ, əməniŋ bəywi ʤeeluham əmi aŋtʃir, uutarduwi ʉgiʃihi totʃtʃanam əwərdʉwi torohini ʉgidəduni ugutʃtʃi gasa gʉnəŋ. tootʃtʃi dəmi goro əsə ʉlir torohini daramdihi lakkiwum nuudawusa. torohi amiʃihi uggim dahiŋ daarim əməm nəŋəriddi soyooʤiwi tari bəyʉʃeŋbə loholom gatʃtʃi saʤisa. tari bəyʉʃeŋ doolowi "əʃihʉŋ bʉdər bayta ooso!" gʉnətəŋ, torohini ʤʉʉr soyoowa ni ʤʉʉr nallaʤiwi tig tag ʤawam, saaʃihahi anam gʉnəʤirdʉ gənəthəŋ naalladʉni niluŋ bitʃtʃi ub uliriŋ səətʃtʃi oowusoduni mələrəm iʃiʤirdʉ, əmʉŋduni ʉliʤir dahi əmʉŋ bəyʉʃeŋniŋ:

"ʃi miisaŋʃi bitʃtʃi, yoodoŋ əʃiŋde miisaŋdara?!" gʉnərdʉ, əri bəyʉʃeŋ təliŋ uha iim "wəy! mini amidaduwi iiŋiwʉsə miisaŋ bisə hə!" gʉnətʃtʃi, ʤəəŋgʉ naallaʤiwi miisaŋbi ʉgiʃihi taanam, əggihəŋʤiləəhəwi torohini delawani tuluham miisaŋdasadu ʉgithəhi totʃtʃanam tihtʃtʃi bʉsə gʉnəŋ.

tootʃtʃi ʤʉʉr bəyʉʃeŋ laasa torohiwi gatʃtʃi, məəni ʤʉʉduwi musum əməggisə gʉnəŋ.

12. bəyʉʃeŋ ootʃtʃi tasug
猎人和老虎

maŋʤi gʉriŋni əriŋdʉ əmʉŋ ənnəgəŋ bayta yʉʉsə gʉnəŋ.

əmʉŋ mudaŋ təŋgər təthʉtʃtʃi haan hiŋgaŋdu əmətʃtʃi baraaŋ aretaŋni nandawani iʃitʃtʃi, hulihaŋniŋ gʉggʉltʃə gʉnəŋ. taduhi amiʃihi bəyʉʃeŋsəlwə ane taŋiŋ nandaya bʉʉhənər ooso gʉnəŋ.

əmʉŋ aneni tʉg, əmʉŋ adi bəyʉʃeŋsəl ambaŋ hawani haldiggaʤi ʉrdʉ yʉʉtʃtʃi bəyʉʃisə gʉnəŋ. tootʃtʃo nandaya bʉʉr inigniŋ eʃerduni, ular hondo baraaŋkat ʤaariŋ amashuŋ bahasa nandawi ambaŋ hawaŋdu bʉʉm əməsə gʉnəŋ.

əmʉhəhəŋ ʤaaŋ ʤahoŋtʃi ʉkkəhəŋ eehat əsə bahara. ambaŋ hawaŋ saatʃtʃi:

"ʃi ərʉ mənəŋ ʃakkaŋdam haaŋdu nandaya bʉʉr doroŋ aaʃiŋ biʤinde!" gʉnəhəŋ alem ʤannasa gʉnəŋ. tari dolobniŋ ʉr nuggamla ədiŋ ədiŋtʃi, ularba mandi nəələwʉhəŋtʃə gʉnəŋ. ambaŋ hawaŋ amaŋbi aldatʃtʃi oohiŋbi nəələtʃtʃi, nəəriŋ ooʤiloohiŋ ʉkkəhəŋbə əmʉkkəŋbəni ʉrdʉ nuudatʃtʃi:

"ərʉ ʃikkʉl! nandaya əʃihi bahar nənʉm gʉnəhəŋ əʤi ʤoono! haaŋduwi aya əntə ʤaha, ʉrni bokkoŋ ʃiniwʉ law ʃiikkərəŋ!" gʉnətʃtʃi aada bəyʉʃeŋsəlwʉ aaŋihaŋtʃi ʉrdihi əwətʃtʃi ʉlisə gʉnəŋ.

ʉkkəhəŋ, ʉrdʉ əmʉkkəŋ dutatʃtʃi, nəələm bəgim togyo təŋkitʃtʃi aaʃiŋtʃa.doloboŋ doliŋni əriŋdʉ naaŋla təŋgər tihimlə, bog yəwəggəmlə ədiŋ ədimʉsə gʉnɵŋ. əri əriŋdʉ, əmʉŋ tasug dagalani eʃem əməsə. ʉkkəhəŋ məndiʃisəʃi, əmʉŋ iŋattaʃi bəldiir məəŋbəni maltadʒisa. tarini bədiirdʉni naaŋ əwə iitəŋ bisə. tootʃtʃi ʉkkəhəŋ tasugni bəldiirni əwəwəni gam bʉʉdʒihiŋ, ədiŋ ilitʃtʃi, tari tasug naaŋ ʉlisə gʉnɵŋ.

timaaʃiŋniŋ ʉkkəhəŋ dolobni baytawu bodom təgəʃidʒirdʉni, gənəthəŋ əmʉŋ yəəmə tariwu iggurduni, əggitʃtʃi məndisəʃi əmʉŋ tasug bisə gʉnɵŋ.

taduhi amiʃih, tari tasug inig taŋiŋ əmər ooso. ʉkkəhəŋkət taduhi nəələrbi uditʃtʃi, delawani təmim, məəni dʒogol mogolwi dattaŋ dʒiŋdʒim bʉʉr ooso gʉnɵŋ. tasugniŋ naaŋ bəldiorbəni ilihəm, ʉgwəni gʉʉrʉdʒir nəgəəŋ oldoŋduni hʉləəʃirəŋ gʉnɵŋ.

əmʉŋ inig tasug əkkəwʉsə yəəməyə ammanam əməwʉtʃtʃi, dʒʉlidədʉni nəədʒihiŋ ʉkkəhəŋ gatʃtʃi iʃisəʃi, namaadʒ ʉlʉhʉ nanda bisə gʉnɵŋ. tasug tari əkkəwʉsə nandawu ammaduwi ammanatʃtʃi, ʉkkəhəŋbə orooduwi uguhomi, dʒʉʉri ʉrdihi əwəsə gʉnɵŋ.

dʒele ərʉʃi ambaŋ hawaŋ musutʃtʃi, tari ʉrirəŋni bəyʉʃeŋsəldʉ:

"sʉ nandaya əʃihisʉni bʉʉr bikkiwi, haaŋdu aya ɵntədʉ iitʃtʃune. tookkiwi naaŋ tari ʉkkəhəŋ nəgəəŋ ʉrni bokkoŋdu waawutʃtʃune!" gʉnɵhəŋ dʒiŋdʒim bidʒirdʉ, tasug uguso ʉkkəhəŋ dʒʉʉdʉwi eʃem əməsə gʉnɵŋ.

taduhi amiʃihi, ʉkkəhəŋ ootʃtʃo ʉrirəŋni ular, ambaŋ hawaŋba digiŋ bəldiirtʃi aretaŋ adsuŋdu naaŋ əʃiŋ eʃer gʉnɵhəŋ gʉnɵr ooso gʉnɵŋ.

ʥʉʉhidʉ ayawuŋ ootʃtʃi ʥʉʉ ʉrirəŋni ʉnʉgʉl
第二部分 爱情和家庭的故事

1. saalbaŋ mooni ʉnʉgʉl
桦树恋人的传说

əddə noogu əriŋdʉ əmʉŋ aya bəyʉʃeŋ bisə gʉnəŋ. əri aya ʥeleʃi bəyʉʃeŋdʉ əməhəhəŋ unaaʥʃi bisə, tari unaaʥniŋ baldisaniŋ goyo, naaŋ dəyəkkʉŋ baniŋʃi, aymanduwi ʉʥʉrləsə nandahaŋ unaaʥ bisə.

əmʉŋ ane aya bəyʉʃeŋ unaaʥwi aaŋiham əggʉnə doodihi ili doodu təgəʥir baltʃaduwi ayiltʃilam nənisə gʉnəŋ.

bəyʉʃeŋ unaaʥʥiwi təggʉli iŋtʃer ʉrirəŋdʉli nʉtʃtʃiʥirdʉ talani ʥalusolhokko iisalʥi məndiʃirdʉ, unaaʥsalniŋ atakkam məndiʥisə gʉnəŋ.

aya bəyʉʃeŋ ootʃtʃi unaaʥ baltʃaduwi əməsədihi amila, əri ʉrirəŋ gən hʉgʥeeŋtʃi ooso.

baraaŋ ʥalusol taduhi hoda gələəsədʉ hokko əsə ooʃiro.

daaʃidihi talar baltʃaduwal əməsəduni, baltʃaniniŋ əddʉg ʉtniŋ naaŋ tadudorolsa gʉnəŋ.

tari ʥalu gəbbəduwi aya, əggə iggirdʉwi mandi, ʥaŋ baniŋni tətʃtʃi oorduliwi ʉrirəŋdʉwi ʉʥʉnləsə aya ʥalu bisə, unaaʥ tariwa doolowi mandi dorolasa gʉnəŋ.

əri ʤʉʉriŋ əde aʃe oom gʉnəhəŋ bodoso ʤaariŋ awuniŋkat əni abaduwi gʉnəm gʉtʃtʃi əʃiŋ ətərə ʤogom birə.

adi honorwo nʉtʃtʃihəŋtʃi unaaʤ abaʤiwi ʤʉʉdʉwi musur əriŋniŋ ooso gʉnəŋ.

unaaʤni musudihi ʤʉlilə, ʤalu məəniwi miiŋ dorolor, əmʉŋ has baggawi bʉʉrdʉ, unaaʤ delawi əggəʃihi tirirdʉni ʤalu unaaʤdu:

"bi niŋʉŋ bee oriŋni inig doliŋdu əggʉnə dooni əgdʉni ʃiniwʉ alaaʃihigte!" gʉnətʃtʃi, bəyʉʃeŋ ootʃtʃi unaaʤwi ʤʉʉri mususo gʉnəŋ. unaaʤ mususodu ʉrirəŋni unaaʤsal addarduni hariŋ, tari ʉrirəŋni ʤalusal doliŋduni beel ʤogom təgərəŋ gʉnəŋ.

inig nʉtʃtʃiməl bisə. tootʃtʃi niŋʉŋ bee oor ʤʉlidəli, əggʉnə dooni əgdʉni bahaldim gʉnəm tottosowi bodom, tari ʤalu bolʤoso unaaʤʤi bahildinam nənirʤi ʃiidəsə gʉnəŋ.

əriwəni ʉrirəŋni unaaʤsal saatʃtʃi, ʤaluwani əʃiŋ ʉlihənər gʉnəhəŋ, ʉlir təggʉwəni əldəw yaŋʤiʤi harʃilaraŋ. toom naaŋ:

"ʃi əʤi ʉlirə! oohiduhot mʉniʤi əmʉndʉ bihə! ʃi mʉni doliŋdihi oonihot əmʉŋbə aʃewi ooʃikki, əmʉŋ nasuŋduwi ʤiggam inig baldim ətəndə!" gʉnəsədʉ ʤalu:

"əʃime! sʉ oohi ayahat daaʤriŋ, bi goroni tari unaaʤwa dorolaso, əʃi mʉni bahaldir inigmʉni eʃeʤiraŋ, bi ittoosohot məəni unaaʤʤiwi bahaldinam nənime." gʉnətʃtʃi ʉrirəŋdihiwi yʉʉm ʉlirdʉwi ohoŋkot əsə gad gʉnəŋ.

toosohot tari ʤalu ilaŋ immi ootʃtʃi sʉmʉlʤi tamam ooso ʃirəttəwi gasa gʉnəŋ. əri bikkiwi ʤalu məəni bogni nandaʤi ooso untawi əddəwʉkkiŋ saŋaanarʤi bələhəsə bayta bisə. tootoŋ ʤalu unaaʤniwi əməsə təggʉwəni uʤim ʉlisə gʉnəŋ.

əri ʉrirəŋni unaaʤsal tarini gorodu biʤir unaaʤwi ʤorolam, bəyni ʉgdʉ əʃiŋ saatawur ʉlisəniŋ təʤi gʉnəhəŋ, ʤaluwu həənəm amigiʤiŋ əddʉg ʃigedu bara aaʃiŋ ootʃtʃi oohin iʃisə gʉnəŋ.

ʤalo əmʉŋ təggʉdʉwi doo bera, ʉr hadarwa yʉʉm ʉligeer, bogni nandaʤi ooso untawi soppog ookki saŋaanam saŋaŋgeer, ilaŋ immiwi hokko baytalam manasa gʉnəŋ. toosowi ʤaariŋ tari ʤalu, unaaʤi bahaldir inigdʉwi bahaldir bogduwi eʃenam gʉnəhəŋ, əmi ilir ʃirmem ʉlirəŋ.

dahi ʉlisə unaaʤma ʤiŋʤikki, unaaʤ abawi aaŋim aymanduwi mususolowi amila, abaniŋ unaaʤwi aggaya aaʃiŋ, boobe unaaʤwi əmʉŋ ərʉ ʤeleʃi bəydʉ bʉʉrʤi tottoso gʉnəŋ.

tootʃtʃi unaaʤ aba əniŋdʉwi gumdum əttʉ ʤaandaraŋ：

"ʃiŋe aaʃiŋ bogdu

ʃiikaŋ yoodoŋ doonoŋ gə!

ʃirawani əsʉ iʃir bəydʉ

minʉwʉ yoodoŋ bʉʉŋde gə!

taaldaŋ ooso bogdu

taago yoodoŋ doonoŋ

taaldir əʃiŋ bəydʉ

miniwʉ yoodoŋ bʉʉŋde gə!"

tayya ərʉ mənəəŋ, goyo unaaʤwa iʃitʃtʃi, ʃikkʉl nəgəəŋ bəldiir naallawi ʃiggiʃihəm əmʉŋ ʤeleʤi, goyo unaaʤi hodalam gʉnəhəŋlə bodoroŋ. tootʃtʃi tari goyo unaaʤthahi：

"ʃi oohidu mini owoheduwi əməm, miniʤi hoda oonde?" gʉnərdʉ, unaaʤi tarithahi：

"pəy! əʤi doroŋʤiwi tʉʉrərə!" gʉnətʃtʃi, dərilthəhini tomiŋtʃo.

"bi əʃi ʤeleni ʤalu nayoʃi oosoʤi əʃiŋ manar, bʉ naaŋ bəy bəywəl ayawusa yəəməwəl ʤʉmʃildisəmʉne. ʃi haʃil məəni ʉlir təggʉwi ʉlihə!" gʉn ərdʉni, tari əthəŋ：

"awuʤi hodalarbaʃi bi iʃigte!" gʉnəsə. tayya ərʉ mənəəŋʃi hariŋ əmʉŋ ərʉ ʤeleʃi samaaŋ bisə. tayyani daramduni ʤaaŋ gooli bilʉhʉʃi gʉnəŋ. tootʃtʃi tayya samaaŋ gənəthəŋ baraŋgu naallawi horelaʤilaahiŋ, adi ʃikkʉl yʉʉm əmətʃtʃi tayyani hodani ʃirəwə baggim bʉʉʤisə. dahiŋ ʤəəŋgu naallawi horelaʤilaahiŋ, ʉntə naaŋ adi ʃikkʉl yʉʉm əmətʃtʃi tayyani hodani bələrni yəəməwəni baggim bʉʉʤisə.

tayya ərʉ samaaŋ, dahi naaŋ horewi yʉʉgʉm unaaʤwa tiinəm

əlbʉtʃtʃi, taridʒi ittoosohot hoda oom gʉnөhөŋ baggidʒisa gʉnөŋ.

toosohot daariŋ uhaʃi unaadʒ tayyani huŋdʒaŋ məhəwəni hokko saami bisə. dahi dʒiŋdʒikkiwi unaadʒni dʒaludʒi bahaldir inigniŋ naaŋ eʃem əmədʒisə gʉnөŋ. tootʃtʃi unaadʒ əniŋduwi nənim：

"əniŋbi! bi haleer tewenam nənigte!"

"bi əʃim saara abadihiwi aŋum ninihə!" gʉnөsө. unaadʒ abaniwi dʒʉlidədʉ ninim：

"aba bi haleer tewenagte!"

"bi əʃim saara, ahadihiwi aŋum iʃihə!" unaadʒ ahaduwi ninim：

"aha bi haleer tewenam ninigte!"

"bi əʃim saara. ʃi bəggəŋdihiwi aŋuha!" gʉnөsө. unaadʒ bəggəŋdihiwi aŋunasa：

"bəggəŋ bi haleer tewenagte!"

"bi əʃim saara, aba əniŋ ootʃtʃi ahiŋdihiwi aŋuha!" gʉnөrdʉ, unaadʒ：

"bi hokko aŋusu!" gʉnөrdʉ, bəggəŋniŋ：

"tookki ʃi məəŋkən saaha!" gʉnөsө.

unaadʒ əddʉgdʒi addam, dʒaluni bʉʉsө baggawani səməkkəŋdʒi gatʃtʃi, doloboŋ doliŋ dʒʉʉdihiwi yʉʉm, əggʉnə dootihohi dihinəm ʉttʉlisə.

ʃigʉŋni ilaaŋ əʃiŋ tokkar bʉtʉ ʃigeni dooloni has baggawi yʉʉgʉm iʃimʉlirdʉwi, təggətʃtʃiniŋ mooni garadu goholowom ladaggatʃtʃi, naalla bəldiirniŋ ʃilbaggam səətʃtʃi yʉʉsөwөhөt dʒaariŋ, dʒoonoso dʒelewi tirim əʃiŋ ətər ʉttʉligeer, ittoosohot dʒaludʒi bahaldir inigdʉwi bahaldir bogduwi eʃenam gʉnөhөŋ, əmi ilir ʃirmem ʉligeer, əggʉnə dooni əgdʉ eʃenasa. tari bahaldirbogduwi eʃem əmətʃtʃi iʃisəʃi, meegaŋduwi dʒoonom disə dʒaloniŋ unaadʒwa aalaʃigeer aalaʃigeer əggʉnə dooni əgdʉni ominam bʉtөŋ bisə gʉnөŋ.

əri əriŋdʉ, bog dʒaluŋ honnoriŋ tətʃtʃi ubbuldum, taleŋ talem, adde adderam, sʉʉgʉŋ uduŋ uduŋtʃo gʉnөŋ. əri bʉhʉŋ sʉt unaadʒni meegaŋbani ʉshəŋdʒi akkim, dʒorim, miidʒir nəgəəŋ ootʃtʃi, gʉdʒəye unaadʒ dʒaluni oldoŋduni manaram tihisə.

unaadʒ dʒaluwi alaaʃiham omihanam bʉhөŋtʃөdʉwi hoddorni aggaya aaʃiŋ hoddom, deladuni iŋtʃer iihat naaŋ əʃiŋ ʥoonowor bisə gʉnɵŋ. gʉʥəye unaaʥ ʥogonigeer ʥogonigeer adirahat əriŋ manaram gʉnɵŋ.

unaaʥ udʉŋdu dəttəwʉm səggətʃtʃi, dagalani ominam bʉtɵŋ biʥir ʥaluwi həŋgərdʉwi hʉmʉlim dilgaŋ tiinəm soŋoso gʉnɵŋ.

ʥalo naalladuwi untawi saŋaanar immiwi ʃiŋga ʥawam ammaduni naaŋ niŋim əsə ətər oroottoni niintə bisə.

unaaʥni iisaldihi əyəmʉsə namattaniŋ əggʉnə dooni mʉʉ nəgəəŋ əyəəmʉtʃtʃi əʃiŋ manawar bisə gʉnɵŋ.

unaaʥ soŋor taŋiŋ meegaŋni ʃimʃirərəŋ, tari soŋom ʥogonim ʥʉʉr naalladʑiwi əmʉŋ saŋaal maltam ʥaluniwi hayraʃi bəywəni bularduwi, məəni bəywi ʥaluʥiwi əmʉndʉ bulasa

əsə udar tari ʥʉʉrini hoorondihi giw giltariŋ ʥʉʉr moo uggum yʉʉtʃtʃi, iisalduwi namattaʃi ʥʉʉr ʥalu nəgəəŋ gorodihi hiŋgaŋni oroŋbo məndim iʃisəniŋ, bəhəər naayulasa ʥʉʉri nandahaŋ diŋga toddo arakkʉŋ ʃinarwani ilə toto saawum bisə.

ənnəgəŋ oordʉwi hiŋgaŋ oroondoli nʉtʃtʃir taŋiŋ, əri ʥʉʉr ʥaluni ʉnʉgʉlbəni bodom, tari ʥʉʉriwʉ ʥoonorni ʥaariŋ, bəysəl saalbaŋ mooni halisʉŋʥi baraaŋ yəəmə ootʃtʃi əʃiŋ manar, naaŋ unaaʥsalni hodadu yʉʉrni ʥohalaŋ ootʃtʃi hodani bəlgəni yəəməwəni oor ooso gʉnɵŋ.

taduhi amaʃihi ʥakkani əʃiŋ iʃiwʉr hiŋgaŋ orooŋdu, ʃitʃtʃi uggusu saalbaŋ moo bikkiwi tari ʥʉʉrni ʉrʉl ʉtniŋ ooroŋ gʉnɵŋ

2. alti ʉkkəhəŋ
男子汉阿拉提

sʉŋbʉr ʉrni bəttə nəgəəhəŋ, sʉŋ daleni saltʃiŋ nəgəəhəŋ, ʥadda moonidadduul nəgəəhəŋ, ʥaaŋ sala iigəʃi giisəŋni inʥihaŋ biʃir əriŋdʉ ʥəəŋgʉ tiwwə əʥiləsə, amiŋ əniŋʃi, akkaŋ ʥaluŋ ʉy tʉməŋ adsʉŋ, hadar bog təgəəŋʃi, toŋ baatʃtʃi toodo unaaʥ nəhʉŋʃi, hadar nəgəŋ honnoriŋ moriŋʃi, beeganibogwu saratʃtʃilam, aneni bogwu ayadʑi məndir alti ʉkkəhəŋ ɢʉnɵhəŋ bisə ɢʉnəŋ.

əmʉŋ inig, alti ʉkkəhəŋ əddəni uliriŋ ʃigʉŋdʑi yʉʉtʃtʃi, amigu adoŋbi ʃiikkəm uruutʃtʃi, beegani bogwo saratʃtʃilam, aneni bogwo ayadʑi mənditʃtʃi baraŋ amaggu dʑʉgdʉ giltariŋ ilaaŋ taaŋtʃa. alti ʉkkəhəŋ totʃtʃaŋkam əməggitʃtʃi amiŋdihiwi aŋurduni əʃim saar ɢʉnɵsə. toodʑihini alti ʉkkəhəŋ hadar bog təgəəŋʃi toodo unaadʑ nəhʉdʉləwi nənitʃtʃi aŋudʑihini nəhʉŋniŋ:

"tariʃi totʃtʃi haaŋni unaadʑniŋ abha haaŋni tənər bʉhʉdʉ ninim ɢʉnɵhəŋ dərəlwi ʃikkirdu dərəldihiniŋ yʉʉsɵ ilaaŋ." ɢʉnɵsə.

"tookki bi nənigte!"

"aala təliŋ əməgginde? ʃini ʉlisɵni ʃirdəŋdʉ dʑaaŋ toŋ delaʃi maŋgis əmətʃtʃi amiŋ əniŋ adsuŋbaʃi əlbʉrəŋ."

"ədʑigə! ittʉhət ədʑigə ooro. bi haʃila nənigte." ɢʉnɵtʃtʃi dʑʉʉdʉwi əməggitʃtʃi amiŋ əniŋdʉwi:

"əddʉhiwi ʉldim bʉʉm, abalwi aawim(aabum) bʉʉhɵldʉne. bi ilaŋ honoorli totʃtʃi haaŋda nənime." ɢʉnɵtʃtʃi hadar nəgəəŋ honnoriŋ moriŋbi tiinəsə. ilahi inigniŋ amiŋ əniŋniŋ abaguwani sʉt aawim bʉʉsɵ. alti ʉkkəhəŋ hadaldʑiwi moriŋbi əərisə. hadar nəgəəŋ honnoriŋ moriŋniŋ:

"hadalwi hagginasa!

hayraʃi ədʑiŋbi əərisə.

əməgəlwi tʉʉrəsə

əyəʃi ədʑiŋbi əərisə!"

ɢʉnɵtʃtʃi ʉttʉlim əmərdʉni alti əməgələmi hadallatʃtʃi, nor bərwi iiŋimi amiŋ əniŋdʉwi ʉlir yosowu ootʃtʃi, baraŋ amigu dʑʉgwʉ ʃigləm ʉlisɵ.

alti ʉkkəhəŋ ʉligeer ʉligeer ʃitʃtʃi ʃige doolo bidʑir ʉʃi taattuŋ aaʃiŋ giltariŋ dʑʉʉdʉ eʃetʃtʃi əmərdʉ ilaŋ saaral moriŋ ʉyiwʉtəŋ bisə. tari moriŋbi suha nəgəəhəŋ, məəŋbi ərʉgʉŋ nəgəəhəŋ ooʃitʃtʃi ʉkkʉniniŋ dʑakkali məndisədʉni baraŋgudadʉni ilaŋ ʉkkəhəŋ nor bərwə oom, dʑəəŋgʉdədʉni ilaŋ unaadʑ altaŋ ʃirittə toŋkom bigeer həərəldidʑisə.

"mʉni oodʑir nor bər anate?"

"ayawaʃi aya da! toosowihat dʑaariŋ dʑəəŋgʉ tiwwə ədʑiləsə alti ukkəhəndʉ əʃiŋ eʃera!"

"mʉni altaŋ ʃirittəyə toŋkod͡ʒir anate?"

"ayanintʃi aya da, toosowihot d͡ʒaariŋ alti ʉkkəhəŋni unaad͡ʒ nəhʉŋni toŋkosodu əʃiŋ eʃeara."

alti ʉkkəhəŋ tayyasalni d͡ʒiŋd͡ʒildirbani dooldit͡ʃi doolowi:

"əri ʉkkəhəŋsəl minidʉ əʃiŋ tərərə. əri unesal mini unaad͡ʒ nəhʉndʉwi əʃiŋ eʃera." gʉnөhəŋ bodot͡ʃi ilaŋ saaral moriŋboni hөtlөt͡ʃi ʉlisө. toot͡ʃi ilaŋ namaad͡ʒ ʉhʉr, ilaŋ daara iigəʃi uliriŋ gonaŋ daadun adolad͡ʒisa əthəŋd͡ʒi bahaldisaduni, tari əthəŋ:

"təgəəŋ ilə? d͡ʒele awudu? gəbbi awu?" gʉnөhəŋ altiduhi aŋusaduni:

"təgəəŋbi d͡ʒəəŋgʉ tiwdʉ, d͡ʒele tot͡ʃi haaŋni oddoŋdu, gəbbiwi alti gʉnөrəŋ." gʉnөhəŋ d͡ʒiŋd͡ʒim bʉʉsө.

"innəgəəŋ gorowo d͡ʒoriloso ʉkkəhəŋ yəm! ʉhʉrni doliŋdilini əd͡ʒi yʉʉrө. ilaŋ daara iigəʃi gonaŋ uliriŋ daadʉŋ biʃiŋ. ədʉhi saaʃihi goddo gooloni ʃigedʉ bəywə niŋir d͡ʒaddaŋ holeŋ biʃiŋ. təhəərəm yʉʉdөwi!"

"tarihʉŋ ittood͡ʒogo! amihaŋ ʃini aya d͡ʒeleduʃi addad͡ʒime. əyye ilaŋ moriŋ bikkiwi bəyini yəm, bi əlgət͡ʃi əmʉsʉ. ədʉ nuudagte! bəy nəhəldəm əməkkini əri norwo əʃihi dəddər miniwə nəhəəldər hərəyə aaʃiŋ gʉnөhə!" gʉnөt͡ʃi əmʉŋ norwi bogdu gadat͡ʃi ilaŋ moriŋbi taduhi ʉyit͡ʃi ʉhʉrsʉl doliŋdilini yʉʉrdʉ ilaŋ daara iigəʃi gonaŋ ulariŋ daadʉŋ səŋd͡ʒiləm əməsə. ʉkkəhəŋ moriŋ oroongid͡ʒi baraŋgu naallad͡ʒiwi iigədihiniŋ d͡ʒawam tirit͡ʃi, d͡ʒəəŋgʉ naallad͡ʒiwi gilbutasa ʉshəŋbi sug taanam gat͡ʃi, noholom nuudat͡ʃi ʉlisө. alti ʉligeer tayya goddo gooloni ʃigeli yʉʉrdʉni ədiŋ ədinət͡ʃi hʉddʉ nəŋəəŋ iisalt͡ʃi d͡ʒaddaŋ holeŋ iŋiwi ʃilʉtəhənəm əmərdʉ, alti moriŋdihiwi tot͡ʃanami əwət͡ʃi bərwi beega nəgəəŋ mərliŋ oot͡ʃi oohiŋ taanat͡ʃi:

"ərgəŋ golwoni aldar aaʃiŋ tʉr bʉʉhө!" gʉnөhəŋ tiinəsə. d͡ʒaddaŋ holeŋniərgəŋ golwoni aldar aaʃiŋ tʉr bʉʉt͡ʃi. alti taduhiwi ʉligeer əmʉŋ inig oggit͡ʃi məndisəʃi moriŋniniŋ dəwihidʉni ʃisugya lohomlo, d͡ʒʉliyəʃihi məndisəʃi moriŋni iisalniŋ iihəyə təgəwʉmlə ʃiggataŋ bisə. toot͡ʃi tari moriŋdihi əwət͡ʃi, əməgəl hadalwi gat͡ʃi, moriŋbi tiinət͡ʃi aaʃit͡ʃa.

totʃtʃi haaŋni unaadʒniŋ dʒiyaʃiŋ unaadʒ bisə. tari əmʉŋ inig bodom iʃitʃtʃi:

"mini dʒiyaniwi bəy əkkəŋdʉ əmətəŋ aaʃiŋdʒiraŋ. bi tiwni tənər bʉhdʒi dʒiyaya aaʃiŋ bisə hə. ularbi ittʉ səriwʉmə! " gʉnөhөŋ bodotʃtʃi ʉhʉrni əthəŋdʉlə əmətəŋ:

"amihaŋ, ʃi ənnig honnoriŋ təməgəŋbi ugutʃtʃi, dʒəəŋthəhi ʉlitʃtʃi, hadar nəgəəŋ honnriŋ moriŋʃi aaʃiŋdʒir bəywə ilara təhərətʃtʃi əri tontoso ʉʉŋkʉwʉ nuudatʃtʃi əməhə!" gʉnөtʃtʃi tontoso ʉʉŋkʉwi bʉʉsə. tadʒdʒi əthəŋ honnoriŋ ənnigdʉwi əməgəlwi tohom ugutʃtʃi dʒəəŋthəhi totʃtʃahanam ʉligeer, oŋkodʒir hada nəgəəŋ honnoriŋ moriŋdʒi bahaldisa. tootʃtʃi dagalani naaŋ ʉr nəgəəŋ əmʉŋ bəy aaʃiŋdʒisawu iʃim bahasa. tarini iisal、neeŋtʃi、ʃeenduni sʉt moo hərəəl uggusowoni iʃitʃtʃi, əthəŋ nəələrdʉwi ilara təhəərərbi ommotʃtʃi tontoso ʉʉŋkʉwʉ nuudandur musuthohi totʃtʃahakaŋtʃa. hadar ʉr dəlpəggətʃtʃi, moo ʃige hөhөrөtʃtʃi, əthəŋ təhəərəsə.

alti ʉkkəhəŋ əmʉŋ sərisəʃi iisal, neeŋtʃi, ʃeenduni moo hərəəl ugguso bisə. tari moo hərəlwi loggim nuudatʃtʃi, məndirdʉni moriŋniŋ bisə. baraŋ dʒʉliʃihi məndisəʃi ʉr hadar, moo ʃige ʃigʉŋbə dalitaŋ bisə. tari nor bərwi gatʃtʃi, bərwi beega nəgəəŋ mərliŋ ootʃtʃi oohiŋ taanatʃtʃi:

"ʉr hadar tʉʃiggəgini, moo ʃige səttəggəgini!" gʉnөtʃtʃi gappardu, ʉr hadar nuggatʃtʃi, moo ʃige səttəggətʃtʃi, təərəsə əthəŋ təggʉwi bahatʃtʃi, dʒʉʉdʉwi nənʉsə.

alti ʉkkəhəŋ totʃtʃi, haaŋnidu eʃetʃtʃi honnoriŋ moriŋbi amalta ʃigga sappel ooʃitʃtʃi, məəniwi ʃilisʉŋ hembarawi irosa gələəʃeŋ ootʃtʃi, haaŋni oddoŋdu iim, haaŋdʒi bahaldirdʉwi:

"haaŋ aba! ayahaŋ gi?"

"aya! ʉkkəhəŋ iləhi əməsə ʃe? təgəəŋʃi ilə? ohoŋdu ʉlidʒinde?"

"təgəəŋbi dʒəəŋgʉ tiwli biʃiŋ, niŋʉŋ nadan əmməwʉsə təməgəŋbi gələəm ʉlidʒime. sʉni ədʉ iʃiwʉsə gi?"

"tannagaŋ yəəmə əsə iʃiwʉrə." gʉnөhөŋ haaŋni dʒiŋdʒirduni seya sohodʒiso unaadʒniŋ:

"aba ˌʃi ədʑinde guurure gi? niŋuŋ nadan təməgəŋnə gələədʑim gunəhəŋ mitiwə ədʑirəŋ dʑindʑir yəm gi?!" gunəsə. toodʑihini təliŋ totʃtʃi haaŋ unaadʑwani gələənəm əməsə gunəhəŋ saatʃtʃi:

"bi unaadʑwi ilaŋ məldʑəŋdʑi buume. abhani haaŋni tənər buhu əmətəŋ bidʑirəŋ. əmuhi məldʑəŋniŋ ilaŋ beegani bogdihi miŋgaŋ moriŋ tiiŋkəm iʃigəre." gunəsə. alti:

"muni talani itəəŋ tushaŋni bəltʃəər nəgəəhəŋ bogdihi moriŋna tiiŋkəm iʃir ular yəm! muni tala bikkiwi ilaŋ aneni bogdihi tumuŋ moriŋna tiiŋkəm iʃir yəm!" gunəsə.

tootʃtʃi ilaŋ beegani bogdihi miŋgaŋ moriŋna tiiŋkənər ootʃtʃi moriŋlom ulitʃtʃi, beega oosodihi amiʃihi alti ukkəhəŋ uhurʃeŋni ukkəhəŋbəni moriŋduuguwutʃtʃi ulihənərduwi, gotiŋ dʑuur uluŋku ulətətəŋ gandʑohalaham, gugguldər əriŋduwi uluŋkuwi əddədəwi gunəsə.

adi beega ootʃtʃi toorol dəddəm moriŋsol əmədʑisə.

"mini moriŋ əmədʑirəŋ!"

"moriŋbi atʃtʃakkam gagare." gunəhəŋ ularni saagildʑirduni alti ukkəhəŋ ulətətəŋdihi honiŋni yaalu əətlewə gatʃtʃi.

"mini moriŋ əmədʑirəŋ. moriŋbi taam iliwugare!" gunəsə.

"ʃini əru amalta ʃigga sappelʃi ohoŋbi əmər yəm!"

"nənir təggudəwi əsə budə bidʑigə gi!" gunəhəŋ ular ukkəhəŋbə gooʃilom bidʑirdu hadar nəgəəŋ honnoriŋ moriŋniŋ muŋhə dahawi tititʃtʃi məəni bəywi bəylətʃtʃi əməsə. ukkəhəŋ honiŋni yaalu əətledʑi moriŋbi taam iliwusa. əmuhi məldʑəŋbə ukkəhəŋ gasa.

dʑuuhi məldʑəŋniŋ nor gappar ootʃtʃi, ilaŋ beegani ʃigewu tog yuutʃtʃi oohiŋ gappar ooso. tootʃtʃi ular gappatʃtʃi, əmuŋ inigni bog, dʑuurə inigni bog dʑiggiŋ gappam bisə. miiŋ udʑiduni ukkəhəŋ gapparduwi ilaŋ beegani bogni ʃigewa tog yuutʃtʃi oohiŋ gappatʃtʃi, dʑuuhi məldʑəŋbə gasa.

ilahi məldʑəŋdu miŋgaŋ buh dʑawalditʃtʃi, miiŋ udʑidu ukkəhəŋ ootʃtʃi abhani tənər buh dutasa. toodʑihini ukkəhəŋ muŋhə dahawi tititʃtʃi məəni bəywi bəylətʃtʃi tənər buhdʑi dʑawalditʃtʃi, adi inig ooso. gənəthəŋ altini ʃeenduni:

"nerog bəy ʤawaldirduwi əggiʃihi əʃiŋ məndir gi!?" gʉnɵhəŋ unaaʤ bəyni dilgaŋ yʉʉrdʉni:

əggiʃihi məndisəʃi, tənər bʉh tarini ogdihini asug asug ʉldʉ gatʃtʃi nuudaʤisa. alti alesa hʉsʉŋdʉwi tarawu əggihəŋ əggihəŋgeer ərʉgʉŋ nəgəəhəŋ ooʃitʃtʃi bogdu ilaŋ daara ʃigdətʃtʃi oohiŋ nuudasa.

tootʃtʃi totʃtʃi haaŋ namaaʤ aneni neera, gotiŋ aneni hodaya oom unaaʤwi alti ʉkkəhəndʉ bʉʉsə gʉnəŋ.

hodawi ətətʃtʃi totʃtʃi haaŋ unaaʤwi iraam gʉnɵhəŋ morilasa. alti ʉkkəhəŋ:

"təhəərisə bogduwi ədələm, əwəsə bogduwi aaŋam ʉlidəsʉni." gʉnətʃtʃi noorom ʉlisɵ.

alti, təgəəŋdʉwi eʃesaʃi, ʤohalduni hərəəl uggutaŋ bisə. tari hadar bog təgəəŋʃi toŋ baatʃtʃi toodo unaaʤ nəhʉndʉləwi hɵəwə oohom nənitʃtʃi aŋumtəliŋ baraŋgu dərni ʤaaŋ toŋ delaʃi maŋgis əmətʃtʃi amin əniŋ, looʤiŋ gəb bəʃeŋ, adsʉŋ buygʉŋboni hokko tiinəm əlbʉʉtʃtʃi ʉlisə gʉnɵhəŋ saasa.

tootʃtʃi alti ʉkkəhəŋ baraŋ amiʃihi ʉlisə. ʉligeer ʉligeer maŋgisni oddoŋdu eʃetʃtʃi, moriŋbi dagilaŋ ʃigga sappel ooʃim, məəniwi mətər hembara ʤalitʃtʃiwi irosa gələəʃeŋ howilhanam ʤʉʉdʉni iitʃtʃi.

"iləhi ʉliʤir awu gʉnɵr bəy yəm?" gʉnɵhəŋ maŋgis aŋusaduni alti ʉkkəhəŋ:

"ʤʉʉ awar, gəbbi məbbi sʉt aaʃiŋ gələəʃeŋ oome. totʃtʃi haaŋgiiʤ ʉliʤime."

"ʃi əmʉŋ soniŋku ukkəhəŋ biʃinde, alti ʉkkəhəŋʤi bahaldisaʃi gi?"

"abha haaŋni tənər bʉhdʉ waawusa."

maŋgis addatʃtʃi ʤahoŋ iittəʃi honiŋʤi hʉndʉlʉsə. ʉkkəhəŋ sottoso nəgəəŋ ootʃtʃi uusawani bogdu tihiwʉsə. maŋgis ninihindu bʉʉm gʉnərdʉni ʉkkəhəŋ ʤiŋʤim bigeer orootto owoheʃi əthəŋ saddedu bʉʉhəŋtʃtʃɵ. dolob ootʃtʃi maŋgis ʉkkəhəndʉ oryo ʤuam bʉʉm gʉnərdʉni:

"bi bikkiwi gələəʃeŋ bəy. hʉŋkədʉwi ʤawawusu." gʉnətʃtʃi, əthəŋ saddela nənitʃtʃi. əthəŋni ʤʉʉr naalladuni pulu(arug) ootʃtʃi asa tikkəwʉtʃtʃi, saddeni ʤʉʉr naalladuni baruʃi ootʃtʃi hoŋge tikkəwʉtəŋ bisə. ʉkkəhəŋ sʉtwəni sut taanam gatʃtʃi nuudasa. əthəŋ sadde ʤʉʉri addatʃtʃi ʉkkəhəŋbə təgəwʉm togyo ilam, se ələərdʉ, ʉkkəhəŋ təggətʃtʃiwi luhutʃtʃi, daramwi togdu hagrirduni, əthəŋ sadde daramniniŋ honnoriŋ məŋgəwəni(bəggəwəni) iʃitʃtʃi, ʉkkahəŋbi gʉnəhəŋ taatʃtʃa. tootʃtʃi ilani əmʉŋ dolob həərəldim təgəsə.

nəəriŋ oor əriŋdʉ alti ʉkkəhəŋ mʉŋhə dahawi tətitʃtʃi, məəni bəywi bəylətʃtʃi, hadar nəgəəŋ honnoriŋ moriŋbi ugutʃtʃi, maŋgisni ʉkkʉduni hʉndʉlʉŋ ilitʃtʃi:

"maŋŋis, alti ʉkkəhəŋ bi əməsʉ. yʉʉtʃtʃi əməh!" gʉnəhəŋ wakkirasa. maŋgis yʉʉtʃtʃi əmərduni, ʤaaŋ ilaŋ delawani sʉtwəni tʉr gappam waatʃtʃi, altaŋbani alaatʃtʃiŋdu atitʃtʃi, mʉgʉŋbəni mʉhʉtʃtʃiŋdʉ atitʃtʃi, amiŋ əniŋ, looʤiŋ gəbbəʃeŋ、adsoŋ buygʉŋbi gatʃtʃi, məəni təgəəŋdʉwi nənʉm, ʤʉʉ awarbi iliwusa gʉnəŋ.

əmi udar totʃtʃi haaŋ unaaʤwi iraam əməsə. tootʃtʃi namaaʤ aneni neera, gotiŋ aneni hodaya oom nandahaŋ ʤiggam təgəsə gʉnəŋ.

3. aŋaʤiŋ ʉkkəhəŋ
孤儿的爱情

ayitti əriŋdʉ əmʉŋ aŋaʤiŋ ʉkkəhəŋ bisə gʉnəŋ. tari bayin noyosoldu tahurawum, mʉʉ oroottowoni iigʉm bʉʉm inig baldim bisə. əmʉŋ inig, ʉkkəhəŋ əmʉŋ bayindu nənitʃtʃi həəməyə gələəʤihiŋ bayin:

"ʃi ʃigʉŋ yʉʉsədihi ʃigʉŋ ʃiŋgətʃtʃi oohiŋ ʤaaŋ təggəəŋ moo dəlkəkkiʃi əmʉŋ əriŋni həəmə bʉʉmə." gʉnəsə.

tootʃtʃi ʉkkəhəŋ timaaʃiŋniŋ ʃigʉŋ yʉʉʤiləhini mooyo dəlkəsə. dəlkəgeer, əddəgeer ʃigʉŋ ʃiŋgər əriŋdʉ əmʉhəhəŋ moo ʉləʤihini ʉkkəhəŋ ʃigʉŋdʉ mʉggʉm bigeer:

"ʃigʉŋ! ʃigʉŋ, ʤolowi amashaŋ taanaha gə! bi əri əmʉl moowu dəlkəgə re gə!" gunəhəŋ gələəsəni ʥaariŋ ʃiguŋ ʃiŋgəsə. toosoʃi bayin ʥaaŋ təggəəŋ moo dəlkəm əsəʃi ətər gunəhəŋ əmuŋ əriŋni həəməhət əmi ʥikkəŋ asatʃtʃi, ukkəhəŋbə saaʃihi ulihəŋtʃə.

tootʃtʃi, ukkəhəŋ ʥəmuhiŋ ottogʥi adi inig tənətʃtʃi, əmuŋ inig əmuŋ bayindu nənitʃtʃi həəməyə gələərdu tari bayin：

"əmuŋ ane tarigag tarim buukkiʃi toŋ mu tarigaŋ buume." gunəsə.

tootʃtʃi ukkəhəŋ bayindu buhul əmuŋ ane tarigaŋ tarim buutʃtʃi, toŋ mutarigaŋ bahasa. tootʃtʃi ukkəhəŋ əmuŋ nələki, əmuŋ ʥog ayaʥi gəbbələtʃtʃi, bol oorduni tarigaŋni irəsə. ukkəhəŋ timaaʃiŋniŋ tarigaŋbi hadim gunəhəŋ tari dolobniŋ abhadu muggum：

"imanda, uduŋ, booggo, suuggawa daasa bokkaŋ!əri dolob ittuhət əʥi boonohono." gunəhəŋ gələəsə.

timaaʃiŋ əddəniŋ ukkəhəŋ, tarigagbi hadinam gunəhəŋ ninisəʃi dolobni boono tukkatʃtʃi, tarigaŋbani sut tihiwusə bisə. tootʃtʃi ukkəhəŋ eehat əsə bahar bayin tarigaʃəŋdu asawusa.

ukkəhəŋ tənum uligeer naaŋ əmuŋ bayinnidu nənitəŋ həəmə gələəʥihini tari bayin：

"əmuŋ ane adoŋboyo iʃim buukkiʃi ʃinidu əmuŋ sappelya buume." gunəsə. əttootʃtʃi ukkəhəŋ əmuŋ ane adooŋboni iʃim buutʃtʃi əmuŋ sappel bahasa. əri inigni attaddi ooʥihini ukkəhəŋ timaaʃiŋ əddəniŋ sappelwi ʥawar ooso. tootʃtʃi tari dolob ukkəhəŋ abhadu muggum bigeer：

"aretaŋ amitaŋba daasa bogdawi! əri dolob sappelwa ittuhət tuuggədu əʥi ʥikkənə gə!" gunəhəŋ gələəsə.

timaaʃiŋniŋ attaddi əddəli yuutʃtʃi adooŋdula nənisəʃi tari dolobniŋ tuuggə sappelwana ʥawam ʥitʃtʃə bisə. ukkəhəŋ əri bayindu mətər əmuŋ ane bee gəbbələtʃtʃi eehat əʃiŋ bahar asawusa.

tootʃtʃi ukkəhəŋ paaya aaʃiŋ oshoŋ əmhəndəm guduguwi iggim bisə. əmuŋ inig tari əmuŋ unaaʥ əmhəndəm bahatʃtʃi gikkiwi ooʃim gasa. əriniŋ bikkiwi ʃiguŋ yuur tərni ʃiwəltu haaŋni unaaʥniŋ bisə. tari inig muduri naanulawi uginəm əmətʃtʃi nənuʥir təggudurwi tadu ʥawawusa bisə.

əri ʤʉʉri əmʉŋ bayindu ʤəgərəŋbəni iʃim bʉʉm inig baldiʤisa. toosoʃi bayinni ʉtniŋ ʉkkəhəŋni gikkidʉni ayawum amiŋduwi:

"bi tarini gikkiwʉ gadame!" gʉnөhөŋ adirahat gʉnөsө. bayin əmʉŋ inig ʉkkəhəŋbə əərim əlbʉtʃʃi:

"ʃi mayu baham əʃihiʃi ətər, bi ʃiniwə ilisa bogduʃi ilaŋ həsər ootʃʃi oohiŋ satʃʃime." gʉnөsө. ʉkkəhəŋ ʤʉʉdʉwi nənʉtʃʃi, gikkidʉwi əyyə ərʉ baytawa ʤiŋʤim bʉʉsө.

"əyyəsəl ərʉ ʤeleya gaʤiraŋ. ʃiniwʉ goro ʉlihөnөm waam gʉnөʤirөŋ. mayu bahar hendukkahaŋ. əniŋduwi biʃiŋ. əniŋbəyə ʃigʉŋ yʉʉr tərni gool hotoŋdu biʃiŋ." gʉnөtʃʃi, gikkiniŋ ʤaʃihaŋ ʤorim əwərləhəŋtʃə. tootʃʃi naaŋ altaŋ unuhuttʉŋbi bʉʉtʃʃi:

"ʃi təggʉdʉwi ʤəmʉnəŋ aŋkakkiwi əriwʉ ammandawe. əmməʤi bahaldindor ʤaʃihaŋbi bʉʉdөwi." gʉnөtʃʃi ədwi yʉʉgʉsө.

ʉkkəhəŋ ʃigʉŋ yʉʉr ʤʉgwʉ ʃigləm inig dolob aaʃiŋ ʉlisө. tari aŋkakkiwi ʤəmʉnөkkiwi altaŋ unuhuttʉŋbi ammam aŋkawi tirim, gʉdʉgwi ʤalawum, oohi ane ʉlisөwөni awu saaraŋ. өttʉ ʉligeer tari əmʉŋ inig oom ʃigʉŋ yʉʉr bogthi dagakkuhaŋ biʤir gool hotoŋdu iim nənirdʉni əmʉŋ sadde təgəʃiʤisə.

"yəddəwi bəy əməm əʃiŋ ətər bog bisəhə. iləhi ittəhi ʉliʤir ʉkkəhəŋ yəm?" gʉnөhөŋ sadde aŋurduna ʉkkəhəŋ əwərdihiwi ʤaʃihaŋbi yʉʉgʉtʃʃi bʉʉsө. sadde naŋim iʃitʃʃi:

"pəy! hʉrəhəŋbiyʉ hə. bi bikki ʃiwəltʉ haaŋni gikkiniŋ. unaaʤmuni mʉdʉri haaŋ naanulawi nənitʃʃi əri ʤakka əsə əməggirniŋ ənnəgəŋ baytaʃi bisəyəm gi? ʃi mayuni baytadu ʤele səkkəŋ bihə. musur əriŋdʉʃi bʉʉʤigʉ." gʉnөhөŋ mənəəŋ addam ʤiŋʤisa.

tootʃʃi hadam əniniŋ hʉrəhəŋdʉwi hөөmөyө ʤikkəm, ʃigʉŋ ʃiŋgəʤiləhini tarawa addarduwi iigʉtʃʃi:

"ʃi dilgaŋ əʤi yʉʉrө. ʉkkəhəŋbəyə maasaŋ əməggirəŋ. ʃiniwʉ saakkiwi ʤittөŋ kʉŋ." gʉnөsө. əmi udar moriŋ təggəəŋni dilgaŋ yʉʉtʃʃi, əmʉŋ bəy iim əməndʉr:

"əmmə honnoriŋ bəldiirtʃi hulihaŋni ʉʉŋ yʉʉʤirөŋ." gʉnөsө.

"ʃi iniŋkʉr ʃigʉŋbə təwətʃtʃi yəttəntʃiwʉ təhəərʥinde ʥaha, ʃinidʉ honnoriŋ bəldiirtʃi hulihaŋni ʉʉŋ ʃiŋgəsə əʥigə biʃi gi!"

"tannagaŋkat yəm gʉ!"

"ʃi inig inig ʃigʉŋbə təwətʃtʃi ʥəəŋgiʥi baraŋguthahi ʉlirdʉwi əhiŋbi iʃim bahasaʃi gi?"

"yəddi əʃiŋ iʃiwʉr hə."

"əhiŋtʃi haltag bəldiirtʃi hulihaŋdu ninikkni ʃi ooʃewi ittoonde?"

"ittʉʉhət əʃim ooro."

əniŋniŋ ʉkkəhəŋniwi ʉgwəni gatʃtʃi, addardihiwi hʉrəhəŋbi yʉʉgʉtʃtʃi:

"əri bəy bikkiwi ooʃeʃi." gʉnəhəŋ ʥiŋʥim bʉʉsə. tootʃtʃi tari ooʃeʥi əmʉŋ dolob naggisa.

timaaʃiŋniŋ attaddili tari ooʃedʉwi:

"bi ʃiniwʉ gələəgte. ʃi minidʉ əmʉŋ inig ʃigʉŋbə ilaŋ moriŋna həəltʃə təggəəŋdʉ təwətʃtʃi yəttəntʃini ʥəəŋ ʥʉligiiʥ baraŋ amiggu haya ʥakka ʉlim bʉʉnde gʉ?" gʉnəʥihini, ooʃeniŋ daayalam gasa. tooʥihini nəhʉŋniŋ:

"ʃi əttootʃtʃi ʉlihə. əddəni həəməwi gʉggʉldər bogniwi tari ʥʉʉdʉ ʥikkə. inig dolitte həəməwi inig dolitte bogdu biʃir ʥʉʉdʉ ʥikkə. orette həəməwi ʃigʉŋ ʃiŋgərdihi ʥʉlidəhəŋdʉ biʃir ʥʉʉdʉ ʥikkə. yag ʃigʉŋ ʃiŋgər əriŋdʉ uduŋ、ədiŋ、boono suuggawa daasa bogkoŋ atʃtʃaakkam əmərdʉ naallaʥawaldim bahaldir doryo oodowe. ʃigʉŋ ʃiŋgəʥiləhini aretaŋ amitaŋba daasa bogkaŋ atʃtʃaakkalardu naaŋ naalla ʥawaldim bahaldir doryo oodowi." gʉnətʃtʃi ooʃewi ʉlihəŋtʃə.

tootʃtʃi ʉkkəhəŋ yəttəntʃini ʥəəŋ ʥʉligʉ ʥakkadu goddoyo bələhsə ʥʉʉdʉ əddəni həəməwə ʥitʃtʃi, ʉlirdʉwi iihə, baruuʃi, taŋgur, sappawani sʉtwəni əddətʃtʃi moriŋbi həəldəm ʃigʉŋbə təwətʃtʃi, baraŋ amiʃigi ʉlisə.

tootʃtʃi ʉkkəhəŋ ʉligeer ʉligeer inig doliŋni əriŋdʉ, ʥoreeni bələhsə ʥʉʉdʉni eʃetʃtʃi, inig dolitte həəməwi ʥitʃtʃi ʉlirdʉwi mətər iihə, baruuʃi, taŋgur, sappawani sʉtwəni əddətʃtʃi ʉlisə. tootʃtʃi ʉkkəhəŋ ʉligeer ʉligeer ʥoreen bələhsə ʥʉʉdʉni eʃetʃtʃi orette həəməwʉ ʥitʃtʃi, ʉlirdʉwi mətər iihə, baruuʃi, taŋgur, sappawani əddətʃtʃi ʉlisə. yag ʃigʉŋ ʃiŋgər əriŋdʉ ədiŋ、uduŋ、 boona、suugganba daasa bogkaŋ atʃʃaakkam əmətʃtʃi, naallawani ʤawardu ʉkkəhəŋ tarini naalladihiniŋ ʤawam gatʃtʃi dʉttʉm dʉttʉm tiinəsə. ʃigʉŋ ʃiŋəʤihini aretaŋ amitaŋba daasa bogkaŋ atʃʃaakkam əmətʃtʃi naallawani ʤawarduni ʉkkəhəŋ mətər naalldihiniŋ ʤawam gatʃtʃi dʉttʉteŋ dʉtʉteŋ tiinəsə. tootʃtʃi ʉkkəhəŋ əməggirdʉni bənərniŋ:

"ooʃe ayahaŋ ʉlieʃi gi? usuŋtʃaʃi gi?" gʉnərduni ʉkkəhəŋ:

"nandahaŋ ʉlim əməggisʉ. ashuŋ usunosu." gʉnətʃtʃi aaʃiŋtʃa.

"timaaʃiŋniŋ bənərniŋ əmʉŋ inig ʉlitʃtʃi attaddi oor əriŋdʉ ʤʉʉr bogkaŋbi aaŋihanam ʉkkəhəŋbə waamuni" gʉnəhəŋ wakkiram əməsə. əniŋniŋ:

"ooni bayta ooso yəm? bəywʉ waardʉwi tarini ilaŋ ʉgwəni dooldir hərətʃtʃi əsə gʉnə gi?!" gʉnəsə. ʃiwəltʉ haaŋni ʉkkəhəŋniŋ iisalwi bʉltehənəm:

"ooʃe ohoŋ gʉnəhəŋ ilaŋ əriŋni hɵɵməni tigəwə sʉtwəni əddəsəʃi?" gʉnəhəŋ aŋusa.

"bi əmʉŋ mudan, əmʉŋ bayiŋʤi bolʤoyo oosu. tari bayiŋ mini ʃigʉŋ yʉʉʤilɵhini ʃigʉŋ ʃiŋetʃtʃi oohiŋ ʤaaŋ təggəəŋ mooyo əddəm ətəkkiwi minidʉ əmʉŋ əriŋni hɵɵmɵyə ʤikkənəm gʉnəsə. ʃigʉŋ ʃiŋər əriŋdʉ əmʉhɵhəŋ moo ʉləʤihini bi ʃigʉŋdʉ mʉggʉm ʤolowi ashuŋ taanaha gʉnəhəŋ gəlɵəsʉ.tooʤihiwi ʃigʉŋ ittooso? moriŋni ʤolowoni taaŋtʃaʃi gi? toosoʃi bayiŋ ʤaaŋ təggəəŋ moowo sʉtməni ʃigʉŋ ʃiŋərdihi noorotʃtʃi əddəm əsəʃi ətər gʉnəhəŋ minidʉ hɵɵmɵyə əmi ʤikkəŋ asatʃtʃi ʉlihəŋtʃə. tootʃtʃi bi təliŋ ʃiniilaŋ əriŋni hɵɵməniwəʃi tigwəni əddəm ʃiniwʉ əmʉŋ inig ʤəmʉnəhəm pawalaʤime."

"ʉtwi! bəy əmʉŋ əriŋni hɵɵmɵyə ʤittərni ʤaariŋ ʤaaŋ təggəəŋ mooyo əddətʃtʃi, əmʉhəhəŋ moo ʉlərduni moriŋniwi ʤolowo hiir əʃiŋ taanar bikkiwi ʃini əʃiŋ ʤohiro. ooʃeʃi ʃiniwʉ əmʉŋ inig ʤəmʉŋkərniŋ ʤohiraŋ."

"ʉnəŋ tannagaŋ! ʤohiraŋ."

"ʃi ohoŋ gʉnəhəŋ ʃiniwʉ atʃʃaakkam əmətʃtʃi naallawaʃi ʤawam bahaldir geeŋna ooʤir miniwʉ dʉttənde?"

"bi əmʉŋ modan əmʉŋ bayiŋdu tarigaŋna tarilditʃtʃi toŋ mʉ tarigaŋ bahasu. goʃeŋni bog əddəm tarigaŋbi taritʃtʃi, əmʉŋ nələki əmʉŋ ʤog ayaʤila gəbbələtʃtʃi bol oom, timaaʃiniŋ tarigaŋbi hadim gʉnəhəŋ, tari dolobniŋ ʃinidʉ mʉggʉm əri dolob ittʉhət ədʑi boono əwəhənə gʉnөhөŋ gələəsʉ. ʃi hariŋ tari dolobniŋ boonohonom miniwʉ eehat aaʃiŋ ooʃisoʃi. bi hariŋ ʃiniwʉənikkʉhəŋ pawalasu gʉnөhөŋ bodoʤime."

"ədiŋ uduŋbo daasa bogkaŋ ʃini əʃiŋ ʤuhar huŋ."

"ʉnəŋ tannagaŋ! miniwʉ pawalasaniŋ ʤoharaŋ."

"ʃi miniwʉ ohoŋ gʉnөhөŋ dʉttəsөʃe?"

"bi mətər əmʉŋ modaŋ əmʉŋ bayiŋdʉ əmʉŋ ane adoŋbani adolam bʉʉtʃtʃi, əmʉŋ sappel bahasu bisʉ. tari inigniŋ attaddi ooso ʤaha, timaaʃiŋniŋ ʤawam gʉnөhөŋ, tari dolobniŋ ʃinidʉ mʉggʉm bigeer, dolobniŋ ədʑi tʉʉggʉʤi ʤawawuhana gʉnөhөŋ gələəsəwi biʤiləhiwi, ʃi hariŋ tʉʉggʉʤi ʤawawuhaŋtʃaʃe. bi hariŋ ʃiniwʉ dahi naaŋ tʉttʉr ʤeleʃi biʤime."

"aretaŋ amitaŋba daasa bogkaŋ, ʃini buru huŋ."

"tannagaŋ! bi ʃinidʉ buruwi saaʤime."

ʉkkəhəŋ hadam əniŋniwi ayaʤini geeŋbi bahsa. tootʃtʃi hadam əniŋniŋ ʉkkəhəŋbə aaʃinkaŋtʃa.

ʉkkəhəŋ əmʉŋ sərirdʉni hariŋ ʤʉʉdʉwi aaʃiŋʤisa. gikkiniŋ sewi ələəm ətəʃiʤiwi, məəniwəni əərəm sərəwʉsə bisə. ʉkkəhəŋ tʉllə yʉʉm iʃisəʃi ʤʉʉbəni təhəərətʃtʃi hooggoʃi ootoŋ bisə. ʉkkəhəŋ ʤʉʉdʉwi iim əmətʃtʃi gikkiʤiwi aŋuuʤihini, gikkiniŋ:

"ʃini ʉlisədihi amiʃihi bayiŋni ʉkkəhəŋ əmətʃtʃi biʃirdʉni, bi dərəldʉni ʉyisө mʉʉyө sasutʃtʃi, iisalwana sohor ooʃisu. taduhi amiʃihi tari ʉkkʉwʉ əmi bahar ʤʉʉbʉti təhəərisə hooggo yʉʉgʉsө. ʃi əri dəttəhiwə daggaha." gʉnөsө. ʉkkəhəŋ tari dəttəhiwʉ daggaʤihini bəyni wakkirar dilgaŋ yʉʉsө. ʉkkəhəŋ gehatʃtʃi aŋurduni gikkiniŋ:

"tiinʉg dolob əmmə ʃiniwʉ ootʃtʃi mayuwi iraasa. mayu, bayiŋba tarini ʉt ootʃtʃi əmʉŋ ʤʉʉni ularni sʉnsʉwəni sʉtwəni dəttəhidʉ təwətʃtʃi əmөwʉm bʉʉtʃtʃi ʉlisө." gʉnөsө.

tootʃtʃi aŋaʤiŋ ʉkkəhəŋ bayiŋni ʤəgərəŋbəni gatʃtʃi, doliŋboni ottug ulardu uusam bʉʉtʃtʃi, tatʃtʃilʤi əmʉŋdʉ ərhə sʉləʃi nandahaŋ ʤiggam inig baldisa gʉnөŋ.

4. hʉhitʃtʃi gumdusoniŋ
炫富带来的悲哀

noogu ʉgilə əriŋdʉ əmʉŋ ʉrirəŋdʉ əmʉŋ bayin əthəŋ gikkiʥi bayinʥi inig baldim bisə gʉnөŋ.

əri ʉrirəŋdʉ aneni digiŋ əriŋdʉ haltʃar sʉʉŋbi, əhʉŋkkiwi tʉlləʃihəhi tətim, bəgikkiwi dooʃihohi obbowuhanam tətitʃtʃi ʉlir əmʉŋ yadu bəy bisə gʉnөŋ. əmʉŋ inig өnөhө bayin yaduduwi yəəməʃiwi geehuhaŋni ʥaariŋ solisa. yadu bəyiniŋ doolditʃtʃi bəldiirniŋ bogdu tokkorte əʃirte addam nənisədʉni, bayin əddʉgʥi atʃtʃanam ʥʉʉdʉwi iigʉrdʉni, lahani diiləwi ʃirə ʥaluŋ antaʃi hөөmө hʉkkʉwʉsө nogo saga nəəwʉtəŋ bisə.

yadu bəy ʃirədʉ təgəʥiləhiniŋ, bayin bəyniŋ ʃirəni bəldiirdʉni biʥir yaŋbowi ʃilbami:

"hөөyө! yadu nono, ʃi əri ʃirəni bəldiirwəni ʥeeluhaŋka!" gʉnөhөŋ anaraŋ.

yadu bəy əriwʉ iʃitʃtʃi:

"ayya! əri ʉrirəŋ ʉnəŋ bayin ha! ʃirəniwi digiŋ bəldiirdʉwi hokko yaŋbo nəəsə." gʉnөhөŋ gəl əsə wakkirara.

əttootʃtʃi əri yadu hөөmө ʥittər ʥali aaʃiŋ ootʃtʃi, haltʃar nanda əkkiwi habbihaŋgeer ʥʉʉdʉwi eʃenatʃtʃi atiggaŋdʉwi:

"bəy oondiduruŋ bayin gʉnөnde! əmʉŋ ʃirəni bəldiirdʉ əmʉŋ yaŋbo nəəʥirəŋ. bi akki geehatʃtʃi hөөmөdihiniŋ naaŋ ayaʥi ʥəmmi əsʉ ətərə. mʉni tətiʥirte hokko nanda yəəhe ərʉ yəəmə oorөŋ, bəyni tətiʥirniŋ hokko tooggo moggo oomi, iʃirdʉ ʉnəŋ nandahaŋ!" gʉnөsө.

atiggaŋniŋ doolditʃtʃi:

"hay! adira aaŋatʃtʃi miti talarwu soligare." gʉnөrdʉni yadu ədiniŋ:

"miti ohoŋʥiwol solitte? mʉnidʉ ohoŋ biʃiŋ? əddəni hөөmө bikkiwi oreni hөөmөyө aaʃiŋ kʉŋ!" atiggaŋniŋ:

"hay! hama aaʃiŋ, soligare!" gʉnəsə.

ʥaaŋ adi honor nʉtʃtʃisə. yadu bəy əmʉŋ inig bayindu nənitʃtʃi:

"sʉ mʉnidʉ ayalʃilam mʉni ʥʉʉbə iʃinəm əʃitʃtʃʉni əmərə ge?" gʉnəsəduni, tari bayin ʉriraŋbə ʥalaraŋ gʉnəhəŋ əsə gʉnə biʥiləhini bayan:

"oodoŋ! oodoŋ!" gʉnəhəŋ uutam gʉnəsə.

yadu ugiŋ sugiŋ aaʃiŋ uutam bəəndəm ʥʉʉdʉwi nənʉtʃtʃi, atiggaŋʥiwi ashuŋ baraŋ yəəməwi bələhəsə.

bayinni əmərduni ədi aʃe ʥʉʉri əhʉddiʥi atʃtʃanam gatʃtʃi ʥʉʉdʉwi iigʉsəʃi lahaduni dərəsʉŋ naaŋ aaʃiŋ, bayin itəduni aggalam təgəʥiləhini yadu digiŋ ʉtwi əərim:

"əri laha mandi əhʉltʃə, ʃirəni digiŋ bəldiirdihi ʥawahaldune!" gʉnəsəʃi digiŋ ʉtniŋ ʥəggə:

"gə!" gʉnətʃtʃi ilə ʥeeluhaŋka gʉnəkkiwi talani ʥeeluhanam bisə.

bayin əriwu iʃitʃtʃi:

"ayaya! mini ʃirəni digiŋ bəldiirdʉ digiŋ yaŋbo nəəsəwi oondi hərətʃtʃe? gʉggʉləm naaŋ əʃiŋ ətərə. bəyni bəldiirniŋ gʉggʉləm ətərəŋ, hoosoŋ mʉgʉŋʃi bitʃtʃi oondi hərəgtʃe! bi bʉkkiwi əri mʉgʉŋbʉ awu hərəglərəŋ?! bi ʃi ohoŋkot aaʃiŋ bəy oosuho!" gʉnətʃtʃi mandi gəŋtʃim gonikkarduni, yadu bəy niŋ:

"akki imoha" gʉnəm ʃihardʉ, bayin akki imor ʥeli aaʃiŋ ooso. tootʃtʃi:

"bəy yaduwi ʥaariŋ iinihiŋ əddəɲʃi, minidʉ bʉsə əddəɲʃi, bʉsə əddəŋ oondi hərəgtʃi yəm?!" gʉnətʃtʃi həəmə sedihiniŋ abal doligo ʥim ətətʃtʃil ʥʉʉdʉwi nənʉsə.

tootʃtʃi bayin atiggaŋduwi:

"miti ʥʉʉrda mʉgʉŋ ʥaariŋ ʉt aaʃiŋ, bəydʉ mʉgʉŋ aaʃiŋ ʥaariŋ ʉt biʃiŋ. bəy yadu ʥaariŋ uʥidu iggir ʉt biʃiŋ, əri dəlhəydʉ hoosoŋ mʉgʉŋʃi, hoosoŋ yamboʃi, hoosoŋ bayin oondi hərəgtʃi?! mʉgʉŋ yambowo ilə nəəsəhət gʉggʉldʉm əʃiŋ ətərə, bəy yadu ʥaariŋ digiŋ ʉtʃi, bəy bʉsəwi ʥaariŋ ooʃir bəyʃi gʉnəhəŋ hərəyə aaʃiŋ hʉhisəwi saam doolowi mandi gumduso gʉnəŋ.

5. səəŋdətʃtʃi gəmrəsəniŋ
考验老婆的代价

əmʉŋ bəy məəni ʤʉʉr aʃewi məniduwi ʉnəŋgi gʉ? ənte gʉ? gʉnəhəŋ toʃʃim saarni ʤaariŋ əmʉŋ agga bodoso gʉnəŋ.

tari tʉlləʃihi gəbbəʤi ʉlitʃtʃi, musum əmər təggʉduwi əmʉŋdʉ ʉlisə gʉtʃʉwi əərim:

"ʃi minthi noorim nənʉtʃtʃi, ʤʉʉr aʃeduwi miniwə təggʉduwi ʉggʉddi ənʉhʉ bahatʃtʃi bʉsə! gʉnəhəʃi talar ittoorwoni iʃidəwi!" gʉnəsə.

tootʃtʃi gʉtʃʉniŋ tarrini ʤʉʉdʉni noorim eʃenatʃtʃi, ʤʉʉr aʃedʉni:

"bi sʉni əthəŋʤisʉni əmʉŋdʉ ʉlitʃtʃi, musur təggʉduwi sʉni əthəŋsʉni ʉggʉddi ənʉhʉ bahatʃtʃi bʉsə!" gʉnəsədʉni əddʉg aʃeniŋ əməsə ayiltʃiŋni ʉgwəni ʤele nəəmi dooldim, ayiltʃiŋdʉ daŋga təwəm bʉʉm se sohordʉwi:

"sʉ mini əthəŋni alduurwana iraam əməsə ʉgni geenbani hokko saawu, sʉnidʉ baniglam əʃim manara!" gʉnərdʉ, nisʉhʉŋ aʃeniŋ dooldindur, bogdu əŋəŋtəm həŋgərwi dʉttʉm, əddʉg dilgəŋʤi soŋotʃtʃi, əʃiŋ ilira. əriwʉ iʃitʃtʃi ayiltʃiŋ doolowi:

"əddʉg aʃeniŋ iisa bottaddi! nisʉhʉŋ aʃeniŋ iisa ʉnəŋgi ʤeleʃe! tottoor oordulini əthəŋniŋ ʤele nəəm biʤirniŋ geendu ʤohiʤiraŋ!" gʉnəhəŋ bodoso gʉnəŋ.

tootʃtʃi tari ʤʉʉr aʃeni əthəŋdʉni musum əmətʃtʃi, məni iʃisə, dooldiso, bodoso bʉhʉlwi tari yaŋʤiʤini gʉm bʉʉsədʉ, əthəŋniŋ musum əməggiŋdʉr -əddʉg aʃethahiwi:

"ʃi amar sʉŋgirim ʉlihə!" gʉnəhəŋ asardʉni, əddʉg aʃeniŋ:

"miti əthəŋ sadde bisəte, əʃi ʉyiʃim gʉnəʤitte! ənnəgəŋ oorduli bi ʃinidu ʤʉʉr ʉnʉgʉl ʤiŋʤim ʉldəgte! oodoŋ gi?" gʉnərdʉ əthəŋniŋ:

"əyyə ərʉ aʃe mini bʉsədʉwi naaŋ əsə ʤogor, iləhi tannagaŋ nandahaŋ ʉnʉgʉl ʤiŋʤim ətəʤigə!" gʉnəhəŋ bodotʃtʃi.

"ʤiŋʤikki ʤiŋʤih!" gᵾnɵsɵ. ɘddᵾg aʃeniŋ ʃirawi ɘmi howilhana ᵾnᵾgᵾlwi ʤiŋʤim ɘɘkklɘsɘ:

"ayibti ɘriŋdᵾ ɘmᵾŋ asale ʤᵾᵾdᵾwi iinɘrdᵾ ɘmɘhɘʃi ᵾtni oldoŋduni hɘɘhɘ tɘgɘʃitʃtʃi sɘtʃtʃiʃi uduruwi ilhɘrbɘni iʃitʃtʃi, ɘri ɘrᵾ hɘhɘ law ᵾtwᵾᵾwi hihisa gᵾnɵhɘŋ bodotʃtʃi, moʤi mondam waasa. tootʃtʃi ʤᵾlidɘdᵾni ninim iʃisɘʃi hariŋ hɘhɘni uʃittani ɘggilɘ ɘmᵾŋ hihiwusa solohi hᵾlɘɘʃim biʤisɘ. dahiʤi mɘni ᵾtwi iʃirdᵾ ɘmɘhɘdᵾwi nandahaŋ aaʃiname bisɘ" gᵾnɵhɘŋ ʤiŋʤisaduni ɘthɘŋniŋ:

"bi ʃiniwᵾ asaʤirwi ɘri ᵾnᵾgᵾlʤi oondi dalʤiʃe? amar, tahi ɘmᵾŋ ᵾnᵾgᵾlwi ʤiŋʤih!" gᵾnɵsɵdᵾ ɘddᵾg aʃeniŋ:

"noogu ᵾyidᵾ ɘmᵾŋ bɘyᵾʃeŋ aŋni sogawi miirduwi tɘgɘwᵾhɘŋtʃi, inigniɘhᵾddidᵾ ɘʃiŋ tɘsɘrdᵾwi, orooŋni ʤakkathini tokkoʤir mᵾᵾwᵾ ʤᵾᵾr naallaʤi bᵾtᵾlɘm imom gᵾnɵʤirduni, sogaŋniŋ dɘttɘlewi dɘwᵾrdᵾwi tarini imom gᵾnɵsɘ mᵾᵾwɘni hokko sasawuhɘŋtʃa. ɘʤiŋni aleetʃtʃi tɘŋtʃi ʃisugʤiwi ʃisugdam waasa gᵾnɵŋ. tootʃtʃi ɘgiŋniŋ dahiŋ ninim tokkoʤir mᵾᵾwɘ uʤiw ᵾgiʃihi iʃisɘʃi hariŋ ᵾrni ᵾgigᵾ ʤakkadu ɘmᵾŋ horoʃi holeŋ hᵾlɘɘʃim bisɘ. tootʃtʃi tayya tokkoʤir mᵾᵾ gᵾnɵsɘniŋ mᵾᵾ ɘntɵ, hariŋ holeŋni ammadihi suggiʤir horoʃi ʤalitʃtʃiniŋ bisɘ." gᵾnɵsɵ.

ɘthɘŋniŋ ɘri bᵾhᵾlwᵾ dooldituʃtʃi:

"ɘri mᵾnidᵾ oondi daliʤiʃe? amar ᵾlih!" gᵾnɵsɵ.

ɘddᵾg aʃeniŋ ᵾlisɘ amila, nisᵾhᵾŋ aʃeniŋ ɘthɘŋthiwi ɘʃiŋ ɘyilɘr tariwu ayaʤi ayaʃilarduni, ɘthɘŋniŋ doolowi mandi addam bisɘ gᵾnɵŋ.

ɘmᵾŋ dolob nisᵾhᵾŋ aʃeniŋ:

"hᵾy bi delawaʃi ʃikkam bᵾᵾgde!"

"bi tihitʃtʃi delaniwi nandani ʃilbuggahatʃtʃi aya ɘsɘ oor biʤirɘŋ, ittᵾ ʃikkam oodoŋ gɘ, ʃi mɘɘni delawi ʃikkaha!" gᵾnɵrdᵾ, nisᵾhᵾŋ aʃeniŋ sɘʤillɘrdihi nɘɘlɘm agga aaʃiŋ mɘɘni delawi ʃikkasa.

dolob gɘnɘthɘŋ ʤᵾᵾni ᵾkkᵾniŋ "tᵾs!" gᵾnɵhɘŋ tᵾᵾrɘrduni ɘmᵾŋ gida ʤawasa bɘy iim ɘmɘtʃtʃi, noorim ɘthɘŋniniŋ nᵾᵾttᵾwɘni tɘmitʃtʃi olgohoŋ ooʤihini, dahi nisᵾhᵾŋ aʃeni nᵾᵾttᵾwɘni tɘmisɘduni ᵾlᵾkkᵾŋ ooʤihiniŋ, tarini delawi satʧiʧʃi naalladuwi ʤawaʧʃi ʉlisə gʉnəŋ.

əthəŋniŋ tayya ərʉ bəy dahi əmərdʉhi nəələm, əmʉŋ bʉhʉl bəyniŋ ʃiggiʃim bʉʧʃi oohiŋbi nəələm bisə. tooʧʃi araŋ gʉnəhəŋ nəəriŋ oodorwoni alaaʃisa gʉnəŋ. bəywʉ waasa ərʉ bəy goddoyo sosaʧʃi ʉttʉlisə bisə. əri ərindʉ təliŋ əthəŋniŋ əddʉg aʃeniwi ʤiŋʤim bʉʉsə ʉnʉgʉlwʉ bodom bahaʧʃi "hay! bi ərʉ aʃewi ayaʤi bodom, aya aʃewi ərʉʤi bodosu." gʉmmi əddʉgʤi gəmrəm gutrasa gʉnəŋ.

6. hadam abaniŋ hʉhiŋbi ʃinʤim iʃisəniŋ
父亲对儿媳的考验

əmʉŋ əthəŋ ʤʉʉr hʉhiŋʤi əmʉndʉ əggə iggim bisə gʉnəŋ.

əmʉŋ inig naaʤillam ʉlim gʉnəʤir ʤʉʉr hʉhiŋbi oldoŋduwi əərim əməwʉʧʃi, əthəŋ:

"əri nadan ʃi bəəsʤi ulda təggəʧʃi ʉldim, ʉləsəʤini ʉʉŋkʉ oom, ikkindʉ nəniʧʃi, ikkiŋ əmʉndʉ əməggihəldʉne !" gʉnəhəŋ əmʉŋduni əmʉŋ bəəsə bʉʉm ʉlihəŋʧə.

nisʉhʉŋ hʉhiŋni uhaŋ ʤeleʤiwi əbər ʤahaʃi soŋom ʉligeer, sala təggʉdʉ eʃenaʧʃi, əddʉg hʉhiŋni ʤəəŋgʉ təggʉthəhi ʉlirdʉ, nisʉhʉŋ hʉhiŋni baraŋgu təggʉwʉ ʉlim, ʤʉʉri ʤʉʉr ʤugʉthəhi ʉyiʃim ʉlir ooso.

əri ərindʉ nisʉhʉŋ hʉhiŋni əddʉg hʉhiŋduwi:

"əri inig əʃinde nənʉr gi? nadan ʃi bəəsʤi ulda təggəʧʃi ʉʉŋkʉwʉ iləhi oom ʤaddaraŋ?!" gʉnəsədʉ, əddʉg bəggəŋniŋ:

"əmʉŋ beegani amila əri sala təggʉdʉ bahaldigare, nənʉʧʃi əmʉŋ təggəʧʃi ʉlidihə! tari təggəʧʃi bikkiwi, tətikkiwi təggəʧʃi, aaʃiŋkkiwi ulda, awakkiwi ʉʉŋkʉ." gʉnəsə.

hadam abaniŋ ʤʉʉr hʉhiŋbi əməggiʤiləəhiŋ məəni oldonduwi nisʉhʉŋ hʉhiŋbi əəriʧʃi:

"ʃi noorim gʉnəhə!" gʉnərdʉ, nisʉhʉŋ hʉhiŋin:

"əmʉŋ beega ootʃtʃi, əri sala təggʉdʉ bahaldigare gʉnəm əddʉg bəggəŋʤi ʉyiʃim, naaʤildulawi nənʉtʃtʃi əməŋ təggətʃtʃi oosu, tari təggətʃtʃi bikkiwi, tətikki təggətʃtʃi, aaʃikki ulda, awakki ʉʉŋkʉ oom ətərəŋ." gʉnəsədʉni hadam abaniŋ əddʉgʤi geehatʃtʃi:

"əri uhaŋba ʃi məəŋkəŋ bodom bahasa gʉnəʤinde gʉ? əʃikkiwi intʃer bəy ʃilbam bʉʉsə gʉ?" gʉnəsədʉ, nisʉhʉŋ hʉhiŋniŋ:

"əri uhaŋba əddʉg bəggəŋ ʃilbam bʉʉsə." gʉnəsə.

ilaŋ honorni amila, hadam abaniŋ nisʉhʉŋ hʉhiŋbi oldonduwi əəritʃtʃi:

"bi əri inig oshoŋ ʤawam nənime, ʃi inig doliŋ oordu, togwi saasuŋdu əkkəm, mʉʉwi səəltʃədʉ nəəm əmədəwi! tootʃtʃi ərlig haaŋni ʉkkʉli yʉʉrdʉwi miniʤi bahaldinde!" gʉnətʃtʃi ʉlisə.

əri əriŋdʉ nisʉhʉŋ hʉhiŋni uhaniŋ əʃiŋ eʃer, paawi manam nəəlim soŋordu, əddʉg bəggəŋniŋ:

"ʃi saasuŋduwi sʉydəŋ əkkətʃtʃi, səəltʃədʉwi hoŋge təwəm, mʉʉni hoorni ʤʉlili yʉʉtʃtʃi, baranthahi ʉlikkiʃi, əmʉŋ amaʤi biʃiŋ, tari amaʤidu hadam abaʃi oshoŋ əmhəŋdəʤirəŋ." gʉnəsəwəni dooldiʃtʃi, nisʉhʉŋ hʉhiŋni əddʉg bəggəŋniwi gʉnəsəʤini, hadam abaduwi nənirdʉni, hadam abaniŋ:

"əri uhawa awu ʃinidʉ ʃilbasa?" gʉnərdʉ, nisʉhʉŋ hʉhiniŋ:

"əddʉg bəggəŋ ʃilbasa." gʉnəsələni, hadam abaniŋ:

"ooso nənʉhə!" gʉnəsə.

əmʉŋ inig nəməər ʉrirəŋni əthəŋ əri hadam aba hʉhiŋbi ʃiŋʤim iʃiʤirwəni dooldiʃtʃi:

"hay! bi nənim tari hadam abawani ʃiŋʤim iʃigte!" gʉnəhəŋ:

"aha aha! ʃi əggəəlniwi ʉhʉŋʤini se ələəm miniwʉ alaʃiha!" gʉnətʃtʃi ʉlisə.

əddʉg bəggəŋniŋ hadam abaniwi ʤali ʤogom təgəʃiʤirweni saatʃtʃi:

"aba sʉ yoodo ənnəgəŋ ʤali ʤogoʤinde ne?"

"hay! tari sʉsʉʃi miniwʉ əggəəlni ʉhʉŋʤiwi se ələətəŋ alaaʃiha!" gʉnətʃtʃi ʉlisə gʉnəŋ.

əddʉg bəggəŋniŋ:

"aba ədʉ ʥele əʥi ʥogoro, tari ʃiniwʉ gələəm əməkkini, bi sʉniwʉ ulda doolo hʉləhəŋtəŋ, bi tari əthəŋʥi bahaldigte!" tooʥirdu tari əthəŋ əməm tʉlləhi:

"se ələəm alaaʃisaʃi gi?" gʉnɵrdʉ, əddʉg hʉhiŋniŋ:

"mini hadam aba beegadu təgəʥirəŋ, sʉniʥi bahaldim əʃiŋ ətərə!" gʉnɵrdʉ, tari əthəŋ:

"nerug bəy naaŋ iləhi baldir bisə?!" gʉnɵhɵŋ geeham aŋusadu əddʉg hʉhiŋniŋ:

"əggəəl hokko ʉhʉŋ yʉʉm ətəʥirdʉ, mini hadam abawi ittʉ bəyʃi oo mi, beegadu təgəm əʃiŋ oodo gə!? tannagaŋ ɵntɵ gi! ʃini əttʉ gʉnɵkki əggəəldʉhi ittʉ ʉhʉŋ yʉʉrɵŋ gə?" gʉnɵsɵdʉ, tari əthəŋ:

"gə! ooso ooso!" gʉnɵtʃtʃi ammawi ahutʃtʃi ʉlisə gʉnɵŋ.

7. alaar boh ootʃtʃi saaʥige
吝啬的老头子

əddə noogu əriŋdʉ ʉr hadarni hommedu əthəŋ aʃe ʥʉʉri ʉrʉl ʉt aaʃiŋ əggə iggim təgəm bisə gʉnɵŋ.

tari ʥʉʉdʉ alaar bohdihi iŋtʃer, ohoŋkot aaʃiŋ.

əthəŋ inig taŋiŋ alaar bohwi təggəəŋdʉ həəldəm ilar moo irom əggə iggiʥisə gʉnɵŋ. ətiggəŋni baldisa baniniŋ hədər dotʃtʃiŋ oorduli, aʃeniŋ taduhi nəələmi mandi hisəhiʃi bisə.

əthəŋ əmʉŋ inig hara əddəli yʉʉtʃtʃi, ilar moo təwənərʥi baggim, sʉhʉwi gatʃtʃi bohwi mʉʉ imohanam gʉnɵhɵŋ hɵtləm doodu nənisə. tari alaar bohniŋ delawi tirim mʉʉ imoʥirdu, əthəŋ mʉʉni əgdʉni soŋtʃem təgəm alaaʃiraŋ.

gətənhəŋ gorogiiʥ əmʉŋ saaʥige dəglim əmətʃtʃi, bohni deladʉ təgəsə. alaar boh delawi saʥilardu, dotʃtʃiŋ baniŋtʃi əthəŋ əriwʉ iʃitʃtʃi sʉhʉʥiwi əmʉŋ satʃtʃisaʃi saaʥige goddoyo dəglitʃtʃi ʉlisə. toosoʃi əthəŋni sʉhʉni irniŋ bohni deladu tokkotʃtʃi waatʃtʃi nəəsə gʉnɵŋ.

əthəŋ alesa hʉsʉŋdʉwi ʉshəŋbi yʉʉgʉm bohniwi nandawi hoolim ʉldʉwəni nandaʥi əkkəʧʧi aʃewi əərim nənʉsə gʉnəŋ.

alaar bohwi sʉhʉdəʧʧi waasawani aʃeniŋ saasaʧʧi, əthəŋʥiwi əmʉŋ naaŋ əsə saagildim soogildirhot ʥaariŋ, iisalni namattiwi awaʧʧi, əthəŋʥi ʥʉʉri bohniwi ʉldʉwəni araŋ gʉnəhəŋ ʥʉgʉm əməwʉsə.

əthəŋ ʥʉʉdʉwi musum əməʥiləəhiŋbi, aʃewi ʉkkʉni tʉlidədʉ anam yʉʉgʉʧʧi:

"bi ʃiniwʉ gadarbi udisu, ʃi iri doroʃi bogduwi nənih!" gʉnəsə.
aʃeniŋ əthəŋniwi aabuŋ baniŋbani nandahaŋ saar oorduwi ʥʉʉniwi oldoŋdu nuudawusa ʉhʉrni doolowoni tewem, sʉhʉwi gaʧʧi əməkkəŋ ʉlisə.

əthəŋ ʉkkʉdihiwi əmi yʉʉr, alaar bohniwi ʉldʉwəni inig taŋiŋ əmʉhəŋʥiwi ʥittəm inig beegawa nʉʧʧihəm bisə.

aʃeniŋ ʉhʉrni doolowoni iiŋim ʉligeer, oohi bogwo ʉlisəwi əʃiŋ saara,gənəthəŋ əmʉŋ inig təggʉdʉwi əmʉŋ solohiʥi bahaldisa. solohi taduhi:

"ənnəgəŋ nasuŋʃi ooʧʧi əmʉhəyə ʉliʥirʃi oondi dʉrʉŋ gʉʥəye! sʉnidʉ oondi əmʉŋ ʥogolʃi baytadu bahamusaʃi? sʉ ʉldʉdihiwi bʉʉm ʥikkəŋkəʃi bi ʃiniwʉ ayaʃilam boyiŋ həʃirʃi bogdu aaŋiham əlbʉgte!" gʉnəsə.

dəyəkkʉŋ nandahaŋ ʥeleʃi ari sadde ohoŋkot əmi gʉnə, doolowi:

"boyiŋ oogone!" gʉnəm bodoʧʧi, ʉldʉdihiwi əmʉŋ lattuhwu gaʧʧi solohidu nuudam bʉʉʧʧi ʥikkəŋʧə.

solohi ʥim ətəʧʧi, ammawi awaʧʧi ʉttʉlim ʉlisədʉ, sadde tadu ashuŋkat əsə hoddor saaʃihi təggʉwi ʥawam ʉlisə.

naaŋ oohi ʉlisəwəni əʃiŋ saara. ʉlim ʉligeer təggʉdʉwi əmʉŋ olgeŋʥi bahaldisa gʉnəŋ. olgeŋ taduhi:

"sʉ əmʉŋ bəy ənnəgəŋ hədə həwərli ʉliʧʧi oondi nəələmʉddi yəm? sʉʉldʉdihiwi əmʉŋ aʧʧi bʉkkiʃi, bi ʃiniwʉ ayaʃilam ʥiggalni bogdu aaŋiham nənigte!"

sadde ʉldʉdihi bʉʉsədʉ ʥim ətəʥigləwi solohi nəgəəŋ iggiwi laʃiʧʧi ʉttʉlim ʉlisə. sadde tayyadu əsəhət hoddor, naaŋ saaʃihi təggʉwi ʉlirəŋ.

sadde oohi goro bog ʉlisəwə əʃiŋ saar, əmʉŋ inig ʉliʥir təggʉdʉwi tasugʤi bahaildisa gʉnəŋ. əri tasug ʉnəŋgiʤi:

"sʉ ʉldʉdihiwi minidʉ əmʉŋ holtohi bʉʉkkiʃi, bi ʃiniwʉ ayaʃilam, boyiɲʃi bogdu aaɲihanam nənigte!" aya ʤeleʃi sadde ʉldʉdihiwi nuudam bʉʉsədʉ. tasug ʤim ətəʤigləwi bogdu hʉləətʃtʃi:

"sadde! ʃi mini daramduwi ugutʃtʃi, minidihi ʃiŋga asuglam ʤawatʃtʃi, iisalwi nindəhə! bi ʃiniwʉ ʤiggalni bogdu iraam bʉʉgte!" gʉnəsədʉ, aʃe tariniʉgʤini tasugni daramduni ugutʃtʃi, ədiŋ taanam ʉlirdʉ ʃeenduni ədiŋ saagir dilgaŋdihi iŋtʃer ohoŋkod əʃiŋ dooldiwura. gənəthən əmʉŋ bogdu eʃenatʃtʃi ilisadu, sadde iisalwi naɲisaʃi, oldoŋduni əmʉŋ iʃihə ʤʉʉ biʃirbəni məndiʃir ʤəligdʉ, tari tasug goddoyo iʃiwʉrbi udiso gʉnəŋ.

sadde iʃihə ʤʉʉdʉ iinəm iʃirdʉ, bəy əggə iggisə yaŋʤiʃiwi ʤaariŋ, əmʉŋkət bəy aaʃiŋ bisə.

əmʉŋ addar bisəwəni naŋim iʃisədʉ, bəyni dela digiŋ muʃi biʃirwəni iʃitʃtʃi nəəlsədʉwi addarni ammawani amar tirisə.

sadde ʤittər yəəmə aaʃiŋ, ʤəmʉm əʃiŋ təsərdʉwi ʤittər yəəmə ələ talahi gələm, əmʉŋ ashuŋ bahawi bʉhʉl sʉhʉlʤi niŋinim:

"əri ʤʉʉni bəyniŋ hokko ittihi nənisə yəmə? əriʃi oondi ʉriraŋ oodor yəmə?" gʉnəm bodom, geeham təgəʃirəŋ. sadde əttʉ əhiŋ ugiŋboni əʃiŋ bahar nəələm uutam bisə.

inig attaddi oosodʉ, sadde ʉkkʉni ʤakkali tʉlləʃihi iʃisədʉ gorodihi ilaŋ delaʃi ʃikkʉl əmʉŋ ʉrʉlwʉ aaŋiham, əmʉŋ sʉggʉ honiŋbo taʃim, ʉʉʃihi əməm bisəwə iʃim bahasa.

sadde uutam bəəndəm əʃi ʃikkʉldʉ ʤittəwʉrəl əriŋ ooso, əʃi ittu ookkiwi oodoŋ! gʉnəhəŋ bodoŋ bodogeer, uutasa əriŋdʉ uha baharaŋ gʉnər nəgəəŋ, gənəthəŋ uha iinəm, ʃikkʉlni dəʤʤə əggilani ilaŋ tikkəsʉŋbə akkitʃtʃi gulʤaarni dooloni doosuŋ bulatʃtʃi, məŋkəŋ sʉhʉwi ʤawam, addarni amilani dihinim hʉləəʃisə gʉnəŋ. əsəhəd udar ilaŋ delaʃi ʃikkʉl ʤʉʉdʉ iinəm əməʤiləəhiŋbi:

"iləhi ənnəgəŋ hara delaʃi haltag bəldirʃi bəyni ʉʉŋ yʉʉrʉŋ?" gʉnəm ʤʉʉ doolowi iʃitʃtʃi, ohoŋkot əsə bahara.

dədʒdʒəduwi hʉləəm amram gʉnətʃʃi, dədʒdʒəniwi oroondʉ hʉləəsəʃi ilantikkəsʉŋ tayyani aŋarwani akkisa, tayya god totʃʃanam yʉʉtʃʃi, aŋarwi dʒawam iʃisəʃi ilaŋ saŋaal yʉʉtʃʃi, taduhini həhə nogoŋ səətʃʃi suggirdu əʃiŋ təsʉr dʒʉʉni doolowi səhərim ʉttʉlirəŋ.

tootʃʃi daŋga imom gʉnəhəŋni guldʒaarni ʉləttəŋbəni maltasadu, əshʉtti doosʉŋ "pis pas" tʉʉrətʃʃi, togni iiltʃiniŋ ələ tala əthənəm yʉʉm, tayyani niŋʉŋ iisalwani hokko sohor ooʃiso gʉnəŋ.

əri dʒəligdʉ addarni amila ʉhəəʃidʒisə sadde totʃʃanam yʉʉm əmətʃʃi sʉhʉdʒiwi ʃikkʉlni delawani moh moh satʃʃim waasa gʉnəŋ.

tootʃʃi tarini əd hʉrʉŋgʉ moriŋ ʉhʉr honiŋboni hokkkowoni uruum gatʃʃi tari ʉrʉlwʉ məni ʉtwi ooʃim iggitʃʃi, əddəgdʒi əggə iggisə gʉnəŋ.

əmʉŋ inig sadde tari əthəŋbi əmi ommor gələəm yʉʉtʃʃi oohi honoor ʉlisəwi əʃiŋ saara, ʉlim ʉligeer dʒʉʉdʉwi eʃesaʃi, iʃihə dʒʉʉniŋ mətər guldʒiwusodʒiwi disə.

tootʃʃi dʒʉʉni ʉkkʉni dʒakkalini iʃisəʃi, əthəŋniŋ ominam bʉdʉrni əəgili oom hʉləəm bisəwəni iʃim bahasa.

sadde əmʉsə dʒittər yəəməwi ʉkkʉli dʒoldom iigʉsədʉ, əthəŋ iʃitʃʃi əddʉgdʒi addəm, dʒawadʒihlaahiŋwi bʉhʉl hahaldʒini niŋim, naaŋ:

"əriʃi bogahaŋ nannardihi bʉʉdʒir yəəmə gʉ? əʃikkili bogni ədʒiŋdihi hayraladʒirni əri yəm gʉ?" gʉnəhəŋ dʒalbiram mʉggʉsə gʉnəŋ.

sadde dooldidʒʃi:

"bi bʉʉdʒim ʃiŋdʒə! ohoŋniʃi bogahaŋ nannardihi bʉʉdʒigə?! ohoŋniʃi bogni ədʒiŋ hayraladʒir yəəmə bidʒigə?!" gʉnəsədʉ, tayya ərʉ əthəŋ aʃeniwi dilgaŋbani saatʃʃi, dʒittərwi hiir uditʃʃi, amar ninim ʉkkʉwi naŋaim buuso.

iʃirdʉ aʃeniŋ dʒaan adiʃi ʉrʉl aaŋihanam, titisə təggətʃʃiniŋ ikkiŋ, amidaduni naaŋ əmʉŋ baraaŋ adsʉŋ məərəm iŋilar dilgaŋbani dooldim, iʃitʃʃi delawi tirim nooguwi bodom mandi gəmrəsə gʉnəŋ.

aʃeniŋ əri dʒəligdʉ bahaldisa yəəməwi nariŋdʒi dʒiŋgim bʉʉtəŋ, adsʉŋ ootʃʃi əd hʉrʉŋgʉ, dahi naaŋ ʉtdʒiwi əmʉŋdʉ nandahaŋdʒi dʒiggam inig baldim təgəsə gʉnəŋ.

8. honnoriŋ moriŋʃi nandahaŋ unaaʥ
骑黑骏马的美丽姑娘

huɯuŋ boyroni əlbər nandahaŋ təgəəŋdɯ əmɯŋ əwəŋki ɯrirəŋ inig balditʃtʃi tɯhiŋ ane ooso gɯnəŋ. əri ɯrirəŋdɯ naaŋ əmɯŋ gilbariŋ boorol ooso əthəŋ, məəni ɯkkəhəŋ hɯhiŋ ootʃtʃi omoleʥiwi digini inig baldim bisə. ɯkkəhəŋni əhe gɯnər gəbbiʃi, hɯhiŋniŋ ilaaŋ gɯnər gəbbiʃi, omoleniŋ iʃiwɯtʃtʃi təliŋ ilaŋ beegawi ooso bisə. tari omoleniŋ bɯggɯ ootʃtʃi nanna honnoriŋ iisalʃi gɯʥəmɯddi oorduni, ʥɯɯni ularniŋ taduwi əmɯŋ nandahaŋ gəbbi bɯɯrəŋ gɯnəhəŋ yəddɯwi əsə bahara. ənnəgəŋ oorduwi əri ɯkkəhəŋ iʃiwɯtʃtʃi ilaŋ beega ootʃtʃo oohiŋbi gəbbi aaʃiŋ bisə.

əthəŋni ʥɯɯni ularniŋ bikkiwi bəyɯ bəyɯʃim, naaŋ gotiŋ adi honiŋ, toŋ ɯhɯr ootʃtʃi ilaŋ moriŋʃi inig baldiʥisa. yəddɯwi əthəŋ ɯkkəhəŋʥiwi ʥɯɯri bəyɯʃim, hɯhiŋniŋ ʥɯɯwi iʃim, adsuŋ yəəhewi iggim bisə gɯnəŋ. əmɯŋ inig əhe əddəhəyə əməggisə oorduwi, gikkiniwi orduni adsuŋbi iʃinəsə. dolob oor əriŋdɯ əhe adsuŋbi uruutoŋ, ʥɯɯdɯwi əməggiʥir əriŋdɯ, baraŋgu ʥakkadihi əmɯŋ honnoriŋ moriŋ uguso bay honnoriŋ toorol buturuhonom tarithahi nərəəŋkənəm əmərəŋ. moriŋ dakkilatʃtʃi əmərduni tari təliŋ moriŋniwi daram oroondu biʥir unaaʥwu iʃim bahasa. gənəthəŋ moriŋni daramduni bisə unaaʥ ɯɯʃigi saaʃigi adira həbbəlditʃtʃi bogdu tihitʃtʃi nəəsə. əhe amakkaŋ nənitʃtʃi unaaʥwu ɯgiʃihi təəddə ɯgiritəŋ:

"unaaʥye ittoosoʃe?" gɯnəhəŋ aŋusa. tari unaaʥ gənəthəŋ uha iim, boŋgoŋ dilgaŋʥi:

"mini moriŋ. mini moriŋbi" gɯnəhəŋ wakkirasa.

"ʃi hiir alaʃiʥiha. bi nənitʃtʃi moriŋbiʃi ʥawatʃtʃi əməwɯgte?!" gɯnətəŋ moriŋduwi totʃtʃanam yɯɯtʃtʃi, ɯnəŋti dəməy əsə udar moriŋbani ʥawam əməwɯsə. tari honnoriŋ moroŋʃi nandahaŋ unaaʥ, əhedɯ mandi addasa nəgəəŋ, əhewə boŋgoŋ honnoriŋ iisalʥiwi əmɯŋ həsər namaddiʥi məndisəwi, məəni giltariŋ dəyikkʉŋ naalladʑiwi əheni boŋgoŋ hөdər naallawani təədədʑi dʑawataŋ:

"sʉnidʉ mandi addasu!" gʉnөhəŋ gʉnөtʃtʃil moriŋdiwi yʉʉtʃtʃi məəni ʉlidʑir təggʉdʉwi yʉʉsө. əhe nandahaŋ unaadʑwa iisalni sʉgʉrdʉ iʃiwʉrbi uditʃtʃioohiŋ mənditʃtʃi məəni adsuŋbi naŋa asugeer, dʑʉʉrdʉwi musum əməggisə gʉnөŋ.

tari nandahaŋ unaadʑdʑi dərəl bahaldisadihi amigu əhe yag əmʉŋ ənʉhʉbahasa nəgəəŋ hөөmөyө dʑitʃtʃi əʃiŋ iir, aaʃinatʃtʃi, naaŋ aam aaʃiŋ gəbbəyəootʃtʃi, naaŋ hʉsʉŋ aaʃiŋ ooso. tarini iisalduni:

nandahaŋ unaadʑni bəyni aya doroŋboni tiinəm gasa iisal ootʃtʃi gʉdʑəmʉddi nandahaŋ uliriŋ aŋtʃiŋ, boggoŋ nəgəəŋ narikkʉŋ dəyəkkʉŋ bəy, dəyəkkʉŋ nandahaŋ dʑaŋ yəəheniŋ oondi goyo oondi dʑolo dʑiggaltʃi dʑoonowuroŋ. timaaʃiŋniŋ tari naaŋ amiŋdʑiwi əmʉrəttə bəyʉʃim yʉʉsөhət dʑaariŋ gorohoyo ʉttʉlim əməggitəŋ, nor sorwi dʑʉʉdʉwi nuudatʃtʃil, moriŋbi ugum adsuŋsolwi taʃigeer, naaŋ tiinʉgte nandahaŋ unaadʑdʑi bahaldisa bogduwi ʉttʉlim əmətəŋ, bʉre dʉʃiggitʃtʃi oohiŋ alaʃitʃtʃi, tari honnoriŋ moriŋʃi nandahaŋ unaadʑdʑiwi naaŋ bahaldim əsə bahara. tootoŋ doroŋ aaʃiŋkaŋ adsuŋbi uruutaŋ musum ʉlidʑirdʉ, naaŋla baraŋgu dʑʉligidʑi tari honnoriŋ moriŋʃi unaadʑhonnoriŋ toosuŋ butrahanam eʃem əməsə. taduhi amaʃihi inig taŋiŋ əhe amiŋdihiwi noorom bəyʉdihiwi musum əməggim, bəy adsuŋ hondo bogdu adsuŋbi iʃir dʑeledʑi, nandahaŋ unaadʑdʑi inigni doliŋboni nʉtʃtʃihөnər bisəwi, udʑiduni ootʃtʃi bəyʉdʉwi naaŋ əʃiŋ nənir, inigningʉ adsuŋbihit əʃiŋ gollir tari nandahaŋ unaadʑdʑi ʉyiʃim, bayar dʑiggaltʃi ʉgim boŋgorom, udʑiduwi ootʃtʃi dʑʉʉdʉwi ilar moo hokko aaʃiŋ ooso gʉnөŋ.

əmʉŋ inig əhe nandahaŋ unaadʑdihi əyələrdʉwi:

"meegaŋbi ʃi mʉnidʉlə nənir doroŋʃi gi? doroŋʃi bikkiwi bi ʃiniwʉ aaŋihaŋtʃi nənʉgte." gʉnөsөduni nandahaŋ unaadʑ:

"sʉnidʉlə gʉnөnde, sʉnidʉlə naaŋ oondi oondi bəy biʃiŋ?" gʉnөhəŋ əheni əwərduni əkkələm bitʃtʃi aŋusaduni əhe:

"gikki ʉt amiŋ əmʉtəl biʃiŋ."

"ayya, mandi aya ooso. bihət ʃini gikki ʉt aminbaʃi iʃigte gʉnɵhen ʥooŋʥime." gʉnɵten, nandahaŋ unaaʥ addasadiwi əheni nihamdihiniŋ ʃiŋga hʉmlisə. əhehət addarni əddʉgʥi addasa.

"tookkiwi ʃi oohidu mʉnidʉlə ninim gʉnɵhen ʥooŋʥinde gə?"

"toosohot minidʉ əmʉŋ bayta biʃiŋ. mini ʥiŋʥisala, ʃi dorolakkiʃi bi nənime, əʃikkiwi bi əʃim ninirə."

"hama aaʃiŋ. ʃini ʥiŋʥisawiʃi bi law dorolame. ʃi bayta aaʃiŋ ʥiŋʥiha gə!"

"ʉnəŋ gi? neroŋ bəy ʥiŋʥisaduwi eʃekkiwi ʥohiraŋ. həbbə ʃi ʥiŋʥisaduwi əʃiŋ eʃer bikkiwi ədʉhi amiʃihi bi ʃiniʥi əʥigʉ ʉlildirə hʉŋ! meegaŋbi amakkaŋ ʥiŋʥitʃtʃi nəəhə! bi law ʥiŋʥisa ʉgdʉwi eʃem ətəme, həbbəyə eʃem əʃiŋ ətər bikkiwi, ʃi miniwʉ waatʃtʃi nəəhə!"

"ohoŋ gʉnɵnde? waatʃtʃi nəəhə gʉnɵnde? mini nəgəəŋ bəy hʉsʉnʥiwi ʥawadihi hokko nəələr bəy, ittʉ bəywʉ waam ətərəŋ gə? əyyəwʉ əgəər ʥiŋʥildira. əʃi bi məəni ʥiŋʥir baytawi ʥiŋʥim hʉŋ! oodoŋ gi?"

"oodoŋ, amakkaŋ ʥiŋʥiha !"

"ʃi mini sʉnidʉlə nənir əriŋdʉ, ʃi məəni honiŋ doolohiwi tari əmʉŋ samaaŋni ʥiŋʥisa waam əʃiŋ oodo gʉnɵsə boŋgoŋ honiŋbo waataŋ, mini əmərwə alaʃim bihə. həbbə ʃi tari boŋgoŋ honiŋbi əʃindi waar bikkiwi bi sʉnidʉlə əʃim nənirə." gʉnɵsɵduni, əhe ʉnəŋti ittʉ oorbi əʃiŋ saar uutasa. tari doolowi:

"həbbə bi samaaŋni əʥi waara gʉnɵsə honiŋboni waakki, samaaŋni papuŋbani əddəsə bayta ooroŋ. həbbə samaaŋni əʥi waara gʉnɵsə honiŋboni waakkiwi mʉnidʉlə hʉʃir ʥogol hokko uruugtam əməm, bisə nəŋəriddi bayta hokko eʃem əmər magad aaʃiŋ. həbbə bi waam gʉnɵhen bodosohot amiŋ ootʃtʃi gikkiwi law əʥigə ooʃiro!" gʉnɵhen ʥele ʥogom biʥiləhiŋ nandahaŋ unaaʥ alesa mayatʃtʃi:

"bi ʃiniwʉ law əʃiŋ ooʃiro gʉnɵhen saam bisʉ. ooso! əʃinde ooʃiro bikkiwi, bihət sʉnidʉlə əʃim nənirə. ədʉhi amiʃihi ʉlildiwəhət udigare!" gʉnɵten, honnriŋ moriŋduwi yʉʉtʃtʃi ʉlim gʉnɵʥirdʉni, əhe uutam bəəndəm ʉttʉlim nənitʃtʃi, honnoriŋ moriŋni ʥolodihiniŋ ʥawatʃtʃi:

"meegaŋbi əʥi alera, bi nənʉtʃtʃi əthəŋ ootʃtʃi gikkidihiwi əmʉŋ aŋum iʃigte. həbbə talar əʃiŋ ooʃirhot ʥaariŋ bi tari boŋgoŋ honiŋbo waam nuudagte. ʃi ʥele əʥi ʥogoro!" gʉnəhəŋ meegaŋbi naalladuwi ʥawam bitʃtʃi ʥiŋʥisa. nandahaŋ unaaʥ əheni ʉgwəni doolditʃtʃi, addarduwi moriŋ orooŋdihiwi əheni həŋgər orooŋduni totʃtʃanam əwəm əmətʃtʃi, ʥʉʉri naaŋla əmʉŋ həsər hʉmʉlildim nohonoldim ətətʃtʃi təliŋ məəni məəni ʉlir ʥʉgthəhiwi ʉlisə.

əhe ʥʉʉdʉwi musum əməggitʃtʃi, nonowi ʉhʉhəŋʥisə gikkithəhiwi:

"timaaʃiŋ mʉnidʉlə mini əmʉŋ ayaʥi taaldir bəy əmərəŋ, bʉ tariwu ittu hʉndʉləkkiwi ʥohiroŋ?" gʉnəhəŋ aŋusaduni, gikkiniŋ:

"miti əwəŋki ular bikkiwi gorottidihiwi əmʉŋ ulardu aya ular ɵntə gi?! əmʉŋ bəy əmərbə əʥi gʉnə, oohihot bəy əməsəhət hokko oodoŋ, tannagaŋ ɵntə gi?" gʉnəhəŋ əyəʃi nandahaŋ ʥiŋʥisaduni əhe:

"bi əri baraaŋ honiŋdihi miiŋ bʉggʉ ootʃtʃi miiŋ boŋgoŋboni waagte gʉnəhəŋ ʥoonoʥime!" gʉnəhəŋ, əhe samaaŋni waam əʃiŋ oodo gʉnəsə honiŋboni waar ʥelewi saahaŋtʃaduni gikkiniŋ:

"mʉni honiŋ doolo iggʉ honiŋniŋ bʉggʉ ɵntə gə?! iggʉwəŋkət waasahat ʥaariŋ oodoŋ!" gʉnəhəŋ gikkiniŋ əheniwi ʥiŋʥisa ʉgwəni ayaʥi əʃiŋ saar ʥiŋʥisaduni əhe:

"həbbə ʃi oodoŋ gʉnəkkiʃi ootʃtʃi nəədəŋ. amiŋthi aŋur hərəyə aaʃiŋ. timaaʃiŋ bəy əmərdihi noorom honiŋbi waataŋ, ʉldʉwəni ələtəŋ, alaʃiʥigare!" gʉnətəŋ əhe ʥʉʉni hanadu lohowum bisəo bəyʉni nonom ʉshəŋbi gatʃtʃi ləhdəʥirdʉni, gikkiniŋ:

"ʃi iggʉ honiŋbi waam gʉnəʥinde gə?" gʉnəhəŋ əhedihi aŋusaduni tari:

"samaaŋni waam əʃiŋ oodo gʉnəsə dela honiŋbi waam gʉnəʥime!" gʉnəsə. əyyəwʉ doolditʃtʃil gikkiniŋ alem:

"bəywʉ hʉndʉlərdʉ mʉni tari baraaŋ honiŋni iggʉniŋ əʃiŋ oodo yəm! ʃi solerasaʃi gi? ohoŋ gʉnəhəŋ ʥaawal dela honiŋbo waande. dela honiŋbowi waakkiwi mʉnidʉ oondi ʥogol yəəhe əmərbə ʃi miti ʥʉʉri saatti gi?! dahi ʥiŋʥikkiwi amiŋ ootʃtʃi samaaŋ hokko əʥigə waahana. ɵntə oondi honiŋbo waakkiwi waaha, gəwəʃi tari honiŋbo waam mᵾnidᵾ nigᵾl ʥogol yəəhe əʥi əməwᵾm bᵾᵾrə." gᵾnəsədᵾni əhe əsə tᵾᵾrərə. əheni gikkinihət əhewi məəni ʥiŋʥisa baytani geeŋbani saaʥiga gᵾnəhəŋ, əyyəwi tari dolobniŋ amiŋduwi əsə ʥiŋʥira.

əri əriŋdᵾ əhe ittᵾ nandahaŋʥi aaʃinam ətəʥigə. tari uggim həbbəldigeer doloboŋ doliŋbo nᵾʨʨigəsə. əʃi dəməy əʃiŋ udar nəəriŋ oorɔŋ, əhe doolowi əli uutarəŋ. ittᵾ ookkiwi ʥohiraŋ gᵾnəhəŋ ʥoonogeer, miiŋ uʥiduni haʃil dela honiŋbi waarʥi tottoso.

nəəriŋ ooso, əddəni həəməni uʥidu əthəŋ ᵾkkəhəŋbi bəyᵾlənəgəre gᵾnəhəŋ ooohiʃino gələəsə ʥaariŋ, ᵾkkəhəŋniŋ əsə nənirə. əthəŋ agga aaʃiŋ əmᵾhəyə miisaŋbi iiŋiʨʃi bəyᵾlənəsə. əhe amiŋbi ᵾliʥilɔəhiŋ honiŋniwi hurigaŋduni toʨʨanam iiʨʃi, gikkiniwi ooohiʃiŋ udisohot ʥaariŋ, əsə udiro dela honiŋbi bogdu tirim biʨʃi əggəwəni pol taaŋʨa. honiŋbi waataŋ yag ᵾldᵾwəni ələəʥirdᵾ, tayya honnoriŋ moriŋʨi nandahaŋ unaaʥ eʃem əməsə. əhe məəni iisalwi həwəʨʃi oohiŋ soŋoso gikkiʥiwi ʥᵾᵾri amar yᵾᵾm əməm tayyawa aʨʨim gasa. ilaaŋ məni iisalwi bᵾrisə namattawi awam, əməsə bəywi hᵾndᵾlər ʥakkadu, tayyawu ayaʥi hisəm məndirəŋ. tayyani bəldiirwi ᵾgiʃihi ᵾgirim ʥᵾᵾdᵾ iir ʥəligdᵾ, ilaaŋ tayyani nonom saŋʨiniŋ əggili irawusa iggininiŋ nisᵾhᵾŋ sᵾgᵾrwəni iʃim bahasa. ilaaŋ nəələsədᵾwi wakkiramahe oosohot ʥaariŋ, naallaʥiwi ammawi ahum, araŋ gᵾnəhəŋ dilgaŋ əsə yᵾᵾrə nᵾʨʨigəsə. ilaaŋ iisal ʥᵾlidəni baytawu doolowi hokko saasahat ʥaariŋ, əʃi ittᵾ oosohot aŋʨarbi udiso. tari amar naaŋla uʥittiniwi nəgəəŋ nəttəməʃigeer, əməsə bəydiwi se sohom bᵾᵾm, əhəŋni ʥittəggə ʥuham bᵾᵾsə. dəməy əsə udar iihəʃi ᵾldᵾ ooʨʃi honniriŋ akki naaŋ yᵾᵾgᵾhəm nəəm bᵾᵾsə. tooʨʃi tari məəni geeŋʥiwi əməsə bəydᵾwi ʥᵾᵾr dᵾŋʨi akkiya ʥawasa gᵾnəŋ.

əri əriŋdᵾ, ilaaŋ doolowi naaŋla ittᵾ əyyə solohi ʃikkᵾlni naalladihi məəni ᵾt ooʨʃi əthəŋbi iinihiŋ yᵾᵾgᵾrəŋ gᵾnəhəŋ ʥele ʥogoroŋ. toosohot əyyə əŋgəni dale, ʥiggalni dale, akkini dale, ᵾldᵾni daledu bəywi bᵾhᵾlʥiniŋ ʃiʨʨisa əhe ittᵾ əyyə bᵾhᵾlwᵾ saaraŋ gə.

əhe tayya nandahaŋ unaaʥʥi nəttəldiməl bisə, addaldiməl bisə, akki gʉnərbəʃi dʉŋtʃi dʉŋtʃidʒini mohomol bisə, ʉldʉ gʉnərbəʃi mohol soholdʒi niŋiməl bisə. tari ittʉ məəni gikkiniwi nəələm uutadʒirwani saaraŋ gə?! ilaaŋ əthəŋdihiwi adira iisal bʉʉsə dʒaariŋ, tari yəddi əʃiŋ gollir təgərəŋ. ilaaŋ əmʉŋ həsər əməsə bəywi hʉndʉləm təgətʃtʃi:

"sʉ hiir dʒiŋdʒildim təgədʒihəldʉne! bi yʉʉtʃtʃi adsuŋbi iʃitʃtʃi əməgte." gʉnətəŋ, nəttəməhəʃigeer dʒʉʉdihiwi yʉʉm ʉlisə.

ilaaŋni yʉʉdʒiləəhiŋ, nandahaŋ unaadʒ əheni nihamdihini hʉmʉlitəŋ, əhewə udʒilta adi dʉŋtʃi akki mohohoŋtʃo. dʒiggalni daledu iisə əhe ittʉ nandahaŋ unaadʒni dʒeliwani saadʒiga gə. tayyani akki dʒawar bʉhʉldʉ hokko hokkowoni imom təgərəŋ. ilaaŋ dʒʉʉdihiwi yʉʉm əmətʃtʃi amakkaŋ tʉlili ʉttʉlidʒir adsuŋsolwi hokkowoni dʒawam hurigaŋduwi huritoŋ, horigaŋniwi ʉkkʉwi dakkur dakkur likkitəŋ, ilaŋ aya atta moriŋbi əməgəllətəŋ, yəəməwi hokkowoni bələhə ooʃim ətətəŋ dʒʉʉduwi iidʒiləəhiŋ, nandahaŋ unaadʒ əmʉŋ pilaggatʃtʃi oohiŋ akki təwəsə dʉŋtʃiwi tarini dʒʉlidəduni dʒawatəŋ:

"əməhə! əməhə! bʉ əmʉrəttə mohogare. əri inig bʉ əmʉŋ ələtʃtʃi oohiŋbol imom, baanatʃtʃi oohiŋbol ʉgigəre. oodoŋ gi?" gʉnəhəŋ mandi sottoso nəgəəŋ gʉnəsə. ilaaŋ doolowi:

"əʃiŋ oodo! bi ittʉ oosohot dʒaariŋ mohom əʃiŋ oodo! bi bikki adirahaŋ mohokkiwi sottotʃtʃi nəəme. bi ittʉ oosohot sottom əʃiŋ oodo! bi sottokkiwi bʉ hokkodʒiwol tayyadu dʒittəwʉr ootti!" gʉnəm bodotʃtʃi:

"əʃiŋ oodo. bi ʃi yəddiwi honnoriŋ akkiya əʃim mohor hʉŋ!" gʉnəsədʉni, sotto gətəni doliŋdu bisə əhe mənəəŋ alesaduwi məəni naalladuwi dʒawadʒisa ʉldʉwi bogdu dʒoldom, dʉŋtʃidʒi akkiwi əŋkʉtʃtʃi oohiŋ ʃirəwi bʉʉtʃtʃi, boŋgoŋ dilgaŋdʒi:

"ʃi ərʉ aʃe naaŋ oondi mandi yəm! mini ʉlildidʒir bəywi ʃinidʉ məəni naalladʒiwi akki dʒawam bidʒiləhini dʉŋtʃiwi əʃiŋdi gada oodoŋ gi?! amar dʉŋtʃiwi gaha! amakkaŋ gaha!" gʉnəhəŋ wakkirarni əəgili dʒiŋdʒisaduni, dadda doolo aaʃiŋdʒisa nekke ʉtniŋ olotoŋ sakkirasa. ilaaŋ nandahaŋ unaadʒni akkiwani gatʃtʃi, dʉŋtʃiwi ʃirə oroodo nəətəŋ:

"sʉ miniwʉ hiir alaʃidʒihaldune! bi ʉtwi aaʃiŋkaŋtəŋ əmətʃtʃi imogte!"

gʉnɵtəŋ ʉtwi daddathiniŋ bərim gataŋ hʉmʉlisə. ʉtniŋ əniŋniwi əhʉddi hommeduni iitʃtʃi soŋorbi udiso. toosoʃi tayya nandahaŋ unaadʒ naaŋ akkiya dʒawaraŋ gʉnəsə. əkkəŋ dʒəligdʉ ilaaŋ ʉtwi mokkitʃtʃi naaŋ soŋowuhoŋtʃo. tayyani akkiya ʃihatʃtʃi əʃiŋ oododuni, ilaaŋ dʉŋtʃiʃi akkiwa hoosoŋ otʃtʃi oohiŋ mohosohot dʒaariŋ, tayyani əʃiŋ iʃir dʒəligdʉ akkiwi saaʃigi bogdu əŋkʉməl bisə. toosoʃi nandahaŋ unaadʒ ilaaŋdu əmʉŋ ashuŋ yəəmə bodoso. tayya mənəəŋ doolowi:

"əri ilaaŋ gʉnɵr bəy miniwʉ saatʃtʃi nəəsə gʉnɵhɵŋ gi?! ohoŋ ootʃtʃi mini akkiya dʒawar ookkiwol ʉtwi hiŋkim soŋowuhaŋkanaŋ?!" gʉnɵhɵŋ dʒoonom, tootʃtʃi tayya:

"ʉtʃi ənʉhʉləsə gi? ohoŋ gʉnɵhɵŋ soŋotʃtʃi biʃiŋ yəm?" gʉnəsɵduni ilaaŋ dʒʉligidʒini:

"tannagaŋ ɵntə, ohoŋbi ənʉhʉlɵrəŋ gə?! naaŋla aaʃinam gʉnɵhɵŋ aaʃiladʒiraŋ ʃiŋdʒə! toosohot əʃi əriwʉ aaʃiŋkanam əʃiŋ oodo. təliŋ aaʃiŋtaŋ yʉʉsə yəmʃi, dahi əttootʃtʃi naaŋ aaʃiŋkaŋkkiwi doloboŋduwi əʃiŋ aaʃinam bʉʉrə, mʉniwʉ naaŋ əʃiŋ ayadʒi ʉgihənər hʉŋ. tattu dolob dʒogoloŋbi iʃirni ordu əʃi amashuŋ bihəŋtəŋ, dolob ayadʒi aaʃiŋkaŋkkiwi mʉnidʉ oondi əʃitʃtʃi gə. toodduwi bi ʉtwi aaʃinam gʉnɵrdʉ nisʉhʉŋ bəldiirwəni hiŋkim əʃiŋ aaʃiŋkana bidʒim ʃiŋdʒi. sʉ law ʉrʉlni sakkirar dilgaŋdu doroŋ aaʃiŋ ba?"

"ɵntə, ɵntə, bi beela dʒiŋdʒidʒime" gʉnɵhɵŋ uutam dʒiŋdʒisa.

inig iʃidʒiləhiŋ attaddi ooso. əthəŋ naaŋla əsə əməggir bisə. ilaaŋ adi əriŋ əheniwi dagalani nənim ʉgye dʒiŋdʒim gʉnɵhɵŋ hokko əsə ətərə. nandahaŋ unaadʒ əheni dʒakkadihiniŋ əmʉŋ ashuŋkat əʃiŋ əyələrə. əhehət nandahaŋ unaadʒni dagadihi hiirhət əʃiŋ salar oodʒihiniŋ, ilaaŋni agga pawani manawuhanaŋ. ilaaŋ ʉtwi aaʃiŋtʃawani iʃitʃtʃi əthəŋ ootʃtʃi əməsə bəyduwi:

"bi ʉtwi mologar təggəəŋduwi aaʃiŋkaŋtaŋ əməgte, əʃikkiwi bʉ wakkiraldigeer naaŋla ʉtwe səriwʉhəŋtʃi nəətti hʉŋ!" gʉnɵtəŋ ʉtwi hʉmʉlitəŋ dʒʉʉdʉhiwi yʉʉtʃtʃi mologar təggəəŋthəhiwi əsə ʉlir, hariŋ əməgəlʃi moriŋniwi dagalani əmətʃtʃi, əmʉŋ bələhə əməgəlləwʉtəŋ bisə moriŋniwi daramduni ʉtwi ʉyim nəəsə. yag əri əriŋdʉ amiŋniŋ eʃem əməsə. ilaaŋ amakkaŋ amiŋniwi dagalani eʃem əmətʃtʃi:

"amiŋbi muni ʥuudununi əmuŋ bəy əmətəŋ biʥirəŋ. su ədu utwu iʃitʃtʃi, miniwu hiir alaʃim bihə. bi ʥuudu iitʃtʃil yuum əməme." gunətəŋ moriŋni daramadu uyiwutəŋ biʥir utwi amiŋduwi buutʃtʃi, ʥuudu iitʃtʃi iʃisəʃi, əheniŋ laalandi sottotoŋ, delawi əʃiŋ dəddər təgərəŋ. tayya nandahaŋ unaaʥ ʃilusuŋbi sugrihanam əhewu əru əruʥi məndim təgərəŋ. tayya əru ʃikkul mənəəŋ ilaaŋni iim əməsəwən iʃitʃtʃi, naaŋla sottoso yaŋʥiya yuugum, əru yaŋʥiʥi nəttəhəʃigeer:

"əməhə əməhə! amakkaŋ uuʃigi əməhə! əʃi ʃi əmuŋ ʥele əʃiŋ ʥogonirʥi nandahaŋʥi ugihө gə!" gunөsө.

ilaaŋ nandahaŋ unaaʥni dagalani təgətəŋ, uldu ʥimmə akkiya mohoroŋ. toosohot ʥaariŋ iri ətərni doliŋdu tayya mənəəŋni buusə akkiwani bogdu yəəkkum bisə. dəməy əsə udar ilaaŋhat mandi sottoso yaŋʥi yuugum, duŋtʃiʥi akkiwihit əʃiŋ dəddər nəgəəŋ ooso. tootʃtʃi ilaaŋ doolowi ittu ookkiwi əyyə əru solohi ʃikkulni ammadihiniŋ, tullə biʥir nekke ut ootʃtʃi amiŋbi awaram yuugurəŋ gunөhөŋ ʥogoʥirdu, huləəʥisə əhe araŋ gunөhөŋ delawi ugirim, nandahaŋ unaaʥni dəyəkkuŋ giltariŋ naalladihini ʥawataŋ:

"ma! ʃi əʃi mini ʥawaʥir əmuŋ duŋtʃi akkiwa mohotʃtʃi nəəhə gə. oodoŋ gu əʃiŋ gu?!" gunөsөduni tayyaniŋ hokkowoni mohoso. tootʃtʃi əhe naaŋla tayyaniwi naalladihiniŋ taanageer ʥaawal ʥuuri əhiləgəre gunөhөŋ tokkoldiso. tari ʥuurni əttu asugeldiʥir ʥəligdu, ilaaŋ ʥuudihiwi dihinim yuutʃtʃi, amiŋbi ootʃtʃi nekke utwi aaŋihanami, məəni əniŋ amiŋniwi təgəʥir təgəəŋthəhi tuttulihөŋtʃө.

nəəriŋ oodihi noogu, tari ilani təliŋ məəni eʃer gunөsө bogduwi eʃem əməsə. əri əriŋdu ilaaŋ təliŋ məəni ʥuuduwi yuusə baytawi əmuŋ əmuŋʥini məəni aba əmmə ootʃtʃi amiŋduwi ʥiŋʥim buusə. əthəŋ saddesal əheniwi baytawani aŋusaduni, ilaaŋ namattawi tihiwuhəŋgeer:

"əhe sottotʃtʃi delawihat dəddəbbi udiso. bi tariwa yuugum əməwum gunөhөŋ oohiʃino husuŋ yuugutʃtʃi əsu ətərə, həbbə bu tariwa ʃikkulni naalladihi yuugum gunөhөŋ əʃi əmuŋ ashuŋ udasa bikkiwi, bu hokkoʥiwol tayya solohi ʃikkulni gudugduni iiro otte. əʃi əhewi ohoŋ ootoŋ biʥirwəni əʃim saara. bi amakkaŋ nənutəŋ aggalam iʃigte." gunətəŋ əggitʃtʃi moriŋdiwi yuum gunərdu, amiŋniŋ əʃiŋ ulihəŋ gunəhəŋ huhinduwi:

"huhiŋbi ʃi nənir ʃihul aaʃiŋ. ʃi nəgəəŋ əmuŋ aʃe bəywə əʥi gunə, bu əmuŋ urirəŋʥiwəl nənitʃtʃi hokko əʃiŋ oodo huŋ! solohi ʃikkul bikkiwi mandi məhəʃi ootʃtʃi əru ʥeleʃiwani ʃi oondi əʥigəʃi saar gi?! əthəŋ bi ootʃtʃi nekke utwi ʃikkulni uliriŋ niŋiggihidihi awaram yuugusəʃi ootʃtʃi nəədəŋ. əʃi miti nenisəhət ʥaariŋ amtʃirbi udisoti. dahi gunəkkiwi əhehət məəni ulir təgguwi bahasa. əri dakke tari yəddiwi bəyuŋduwi yuurbi udiso, adsuŋbihat nandahaŋ əʃiŋ iʃir, adi adiwani tuuggudu ʥawawuhanam, ʥuuduwi əməggikkiwi ohoŋkot əʃiŋ oor bitʃtʃi, aʃe urulwi niŋirbəni əʥi gunə, əthəŋ amiŋbihat eeni duruŋ aaʃiŋ niŋir ooso bisə huŋ. əmuŋ ayahaŋ ular nəgəəŋ ʥuu təgəŋʃi ootoŋ, nandahaŋʥi inig baldim təgəgəre gunəhəŋ bodom biʥirduwi, awu naaŋ ənnəgəŋ bayta yuurəŋ gunəhəŋ saasa gə!" gunətəŋ delawi humulim təgərəŋ. aya ʥeleʃi unəntʃi ʃiiggəŋ ilaaŋ doolowi:

"əthəŋniwi ʥaariŋ, bi məəni əru bəywi aaʃiŋ oohoŋtʃohot ittooʥogo. həbbə əhewi iinihiŋ bikkiwi, bi tariwi ittoosohot ʃikkulni ammadihini awaram yuugume. əʃikkiwi tayya əru solohi ʃikkuldihi bi ittu oosohot səətʃtʃini horowi gadame!" gunəhəŋ bodotoŋ, moriŋduwi totʃtʃanam yuutʃtʃi, ularni ittuhət udiso ʥaariŋ udihom əsə ətərə. tari əmukkəŋ ʥuuthəhiwi tiiŋkəŋtʃə.

dahi ʥiŋʥikkiwi ilaaŋ ulitʃtʃi dəmi əsə udar, solohi ʃikkul ilaaŋni aaʃiŋ oosowoni iʃitʃtʃi, tullə yuutʃtʃi iʃim gunərdu əhe yəddi tayyaʥi tokkolditʃtʃi əʃiŋ tiinə. ərini ʥəligdu əhe naaŋ ammadiwi:

"meegaŋbi əməhə! əməhə! ilaaŋni aaʃiŋ ʥəligdu bi ʃiniwu" gunəhəŋ əldəw ʥuurʥi buʥir əruʥi gurelam aaʃilaraŋ. solohi ʃikkul əheni ugwəni unəkkim, ilaŋba utwi uhuhəŋʥirəŋ gunəhəŋ bodom, uutaʥir ʥeleniŋ əmuŋ ashuŋ amrasa ʥaariŋ boŋgoŋ dilgaŋʥi:

"ilaaŋ, huy ilaaŋ, amakkaŋ iim əməhə! birdaŋni togniŋ manawuʥiraŋ!" gunəhəŋ tulləʃihi wakkirasaʃi, tullə əmuŋ naaŋ dilgaŋ aaʃiŋ bisə. əttoosodu solohi ʃikkul təliŋ baytawa əru ooso gunəhəŋ saataŋ, əheni namadda hʉmʉliggidihiniŋ totʃtʃanam yʉʉtʃtʃi, өggө ʤʉʉni ʉkkʉwʉ pəsəhələm tʉllə yʉʉtʃtʃi iʃisəʃi ilaaŋ aaʃiŋ oosowoni əʤi gʉnө, nisʉhʉŋ ʉtnihөt aaʃiŋ ootoŋ bisə. solohi ʃikkʉl ʉyiwʉsə moriŋbi bəritʃtʃi, moriŋduwi totʃtʃanam yʉʉtʃtʃi, ilaaŋni amigiʤini əmʉŋ həsər nəhəldətʃtʃi eehat əsə bahara. tootʃtʃi tayya ʃikkʉl dahi əmʉŋ ashuŋ nəhəldəm gʉnөtʃtʃi, əhe gʉnөr ammaduwi iisə bʉggʉ ʉldʉwi naaŋ əmmənərdʉhi nəələtʃtʃi, moriŋniwi ʤolowoni əggihəm uutam bəəndəm əheni dagalani musum əməggisə.

ʉŋgʉdʉ taanawum, akkidu dəttəsə əhe mənəəŋ ittʉ məəniwi bʉdʉrni ammadu biʤirbi saaraŋ gə! tari əmʉhəyə əmʉŋ ʤʉʉ ʤaloŋ naallawi bəldiirwi dabbeggataŋ neeŋtʃiwi hokkirahanam aaʃinaŋ. əyyəwʉ iʃitʃtʃi solohi ʃikkʉlni nandahaŋ dərəl ootʃtʃi təggətʃtʃiniŋ hokko aaʃiŋ ootoŋ, yag ʃikkʉlni dʉrʉŋniŋ yʉʉm əməsə. tayyani oogoŋni iittə nəgəəŋ iittəwi iʤʤeggaŋ ooʃitoŋ əheni dagalani mikkim eʃetaŋ, nihamwani pol hihim, arakkuŋ səətʃtʃiwəni bʉhʉlʤini ʃiməm, boŋgoŋ bəynini ʉldʉwөni doliŋ ʉlʉhʉwөni ʤitʃtʃi, əmʉŋ ashuŋ ʉldəsə ʉldʉ ootʃtʃi gʉdʉg doowoni hʉʉdedʉwi təwʉtəŋ baraŋguthahi sosasa.

solohi ʃikkʉlni ʉlitʃtʃi dəmi əsə udar, ilaaŋ məəni ʤʉʉdʉwi eʃem əməsə. tari moriŋdihiwi totʃtʃanam əwetʃtʃi, amar ʉkkʉwi aŋim iʃisəʃi, ʤʉʉ ʤaluŋ bəyni giltariŋ giranda bisə. tari əyyə bʉhʉlwʉ iʃitʃtʃil ʤʉʉr iisalniŋ attattilam, bəywi əʃiŋ dəddir bogdu manaram tihisə. oohiʃino udasawani bʉʉ mədə, ilaaŋ səggətəŋ ʤʉʉ ʤaluŋ nuudawusa əthəŋniwi giltariŋ girandawani tewem, əmʉŋ bogdu nəətəŋ iʃigeer, alem hoddosoduwi ittoosohot ʤaariŋ əthəŋniwi səətʃtʃini horwoni gam bʉʉm gʉnөhөŋ bodom, ʤʉʉniwi hanaduni lohowutaŋ bisə əthəŋniwi nor sorwani ʤawataŋ, ʉkkʉ anam yʉʉm gʉnөʤiləəhiŋ, ʉkkʉdʉ hʉndʉlʉwөtəŋ bisə əheniwi boobe sorwu iʃim bahataŋ, tari əri boobe sorwu baham gasaduwi əli hʉsʉŋ iim, atta moriŋduwi totʃtʃanam yʉʉtʃtʃi, solohi ʃikkʉlni uʤigiʤini nannaʃisa.

ilaaŋ goddo ur əŋŋə doowu yʉʉm, solohi ʃikkʉlni amigiʤini baraŋgu ʤugwu ʃigləm nannaʃigeer, ʤʉʉr dolob ʤʉʉr inigwʉ nʉtʃtʃigəsə. toosohot tari məəni ʤəmʉnər ominarbi əmʉŋ naaŋ əʃiŋ gollir, ittoosohot tayya ərʉ solohi ʃikkʉlwʉ waam, əheniwi ʉʃəwөni gam bʉʉm gʉnөm meegalam inig dolob aaʃiŋ, imor mʉʉ aaʃiŋ, ʤittər hөөmөhөt aaʃiŋ, atta moriŋbi tiiŋkənəməl bisə. adi inigni uʤidu təliŋ, tari solohi ʃikkʉlni anaŋbani iʃim bahasa.solohi ʃikkʉl əheni ʉlʉsө ʉldʉwөni antaŋ ʃiŋtəŋtʃi ʤimmə, moriŋbi naŋa sotʃtʃihanam ʤele aaʃiŋ ʉlirөŋ. tayya ərʉ mənəəŋ bəyni ʉldʉdʉ ʃinom amigiʤiniŋ nəhəldəm өməsə ilaaŋba yəddi əsəhət saara. solohi ʃikkʉl əmʉŋ boŋgoŋ agoyni ammadu eʃetaŋ, honnoriŋ moriŋdihiwi əwətəŋ, ilaŋta totʃʃahilam naaŋ ʃikkʉlni dʉrʉŋdiwi musum, ʉrni agoyduwi mikkim iim gʉnөʤilәәhiŋ, ilaaŋ atta moriŋniwi daram orooŋdihi solohi ʃikkʉlwʉ gappasa. ilaaŋni gappasa əheni boobe sorniŋ solohi ʃikkʉlni aŋarliŋ iitʃtʃi, ammaliniŋ tow yʉʉsө. solohi ʃikkʉl meegaŋdiliwi soppo gappawusa oorduwi awu gappasawani naaŋ ayaʤi saam əsə gada agoyniwi ammaduni dabbaggaŋ tihitʃtʃi bʉsө.

ilaaŋ, solohi ʃikkʉlwʉ waataŋ musum gʉnөhөŋ biʤirdʉ, amidaduni moriŋni tʉttʉlildir dilgaŋ dooldiwusa. tari uutam bəəndəm amiʃihi əggitʃtʃi məndisəʃi, talarni ʉrirəŋnini ularniŋ, ilaaŋdu hʉsʉŋ oom, solohi ʃikkʉlwʉ waam gʉnөhөŋ əməsəniŋ əri bisə. ular ilaaŋni solohi ʃikkʉlwʉ waasaduni hokkoʤiwol addarni əddʉgʤi addam, ilaaŋni ərəlhəg baatar ootʃtʃi ʉnəŋtʃi təʤigʉŋ ʤelewani hәәnnəlildisə.

ilaaŋ ʉrirəŋniwi ularʤi əmʉrəttə musum əməsədihiwi uʤidu, məəni geeŋʤiwi əheniwi batʃtʃiwani yʉʉgʉsө. tootʃtʃi samaaŋ əməm baatar təʤigʉŋ ilaaŋdu naaŋ əmʉŋ dela honiŋ bʉʉsө. taduhi amaʃihi ilaaŋ əthəŋ amiŋ ootʃtʃi nekke ʉtʤiwi ilani əŋkə tayiwaŋ inig baldisa gʉnөŋ. uʤiduni ilaaŋ məəni ʉtwi boŋgoŋ oosoloni abaniniŋ baytawani əmʉŋ əmʉŋʤi nandahaŋ ʤiŋʤim bʉʉrni ʤeligdʉ, ʉkkəhəŋdʉwi:

"bəyni baltʃa dərəlni ayaduni əʤi dorolara, dəyni ʃinarniniŋ ayaduni doroladawi" gʉnөhөŋ tatigam ʤiŋʤisa gʉnөŋ.

ilahidu məggəŋni ʉnʉgʉl
第三部分 英雄的故事

1. saadʑige haaŋ
喜鹊王

ayibti əriŋdʉ əwəŋkisəldʉ saadʑige haaŋ gʉnəhəŋ bisə gʉnəŋ. tari əldəwaretaŋni nanda, ʃiikkaŋni dəttəledʑi ooso təggətʃtʃiwə tititʃtʃi, dʑəgərəŋni delani aawaŋ aawalatʃtʃi ʉlirniŋ nandahaŋ iʃiwʉr oorduni ular saadʑigethihat nanda gʉnəhəŋ saadʑige haaŋ gʉnər bisə gʉnəŋ.

saadʑige haaŋ tari əriŋni soloŋsolwu aaŋihanam amurni amigu dʑakkalini təgəm baraŋgugiidʑ əmər maŋgissaldʑi apalidim bəsə gʉnəŋ. tari loota hada gʉnər bogdu dʑʉʉ dʑawatani maŋgissalwu adi mudaŋ bʉʉtʃtʃi, tirim musuwuhom bisə gʉnəŋ.

baraŋgu maŋgissal amurni nandahaŋ aretaŋ ootʃtʃi baraaŋ yʉʉr yəəmədʉni ʃilisʉləm bisə ədəʃi, dahi baraaŋdʑiwal əmətʃtʃi loota hadawa awalatʃtʃi adi inig bʉʉldisə gʉnəŋ. maŋgissal baraaŋ bitʃtʃi mandi oordulini saadʑige haaŋni ularniŋ doliŋni manawutʃtʃi sʉt bʉdər ayooltʃi oodʑihiniŋ saadʑige haaŋ ularbi aaŋihanatʃtʃi amurwu ədəldəm dʑʉligʉ dʑakkaduni yʉʉm əməsə gʉnəŋ.

tootʃtʃi saadʑige haaŋ bʉhʉl əmʉŋ bol səggiwi dʑohigam, moriŋbi bʉggʉhənəm, nor bərwəl oom, apaldim gʉnəhəŋ bisə gʉnəŋ. tootʃtʃi tʉg oodʑilohini saadʑige haaŋ:

"əduhi amiʃihi soloŋsol sʉt ʤəgərəŋni delani aawaŋna aawalatʃtʃi, nor bərbəl iiŋir hərətʃtʃi. amigu mitini bahaldirni aymarniti taaldir təndər oogone" gʉnɵtʃtʃi, soloŋsolwi aaŋihaŋtʃi apugaŋdu yʉʉsɵ.

saaʤige haaŋ soloŋsolwi aaŋihaŋtʃi amurwu ədəlim maŋgissalwu gənduhəm mondatʃtʃi musuhanam bogwi gaʤiggisa. toosowi ʤaariŋ əri mudani apaldigaŋdu soloŋsol botarasaʤi əʤi manar saaʤige haaŋkat alduur aaʃiŋ ooso gʉnɵŋ.

taduhi amaʃihi ʤəgərəŋni delani aawaŋʃi, nor bərya iiŋisə ularba bəy gʉnɵr ooso gʉnɵŋ.

2. ʤurani məggəŋ
英雄的卓日尼

ayibti əriŋ tətiggə aaʃiŋ ottug ʤəmuhiŋ ʤulahiŋ əmʉŋ ʉkkəhəŋ bisə gʉnɵŋ. tari həwərni oroottohol ʤimmi inig baldim bisə.

əmʉŋ inig aŋaʤiŋ ʉkkəhəŋ ʤittər yəəməyə gələəm ʉliʤitʃtʃi, solahiʤi bahaldisa gʉnɵŋ.

"ittʉ təggətʃtʃi tətiggə aaʃiŋ ʤulahiŋ ʉlir ʉkkəhəŋ yəm?"

"amiŋ əniŋnə aaʃiŋ minidʉ awu təggətʃtʃiyə oom bʉʉrɵŋ gə!"

"tookki ʃi minidʉ ʉtʤi əməhə!"

"oodoŋ, tookki ʃi minidʉ təggətʃtʃiyə oom bʉʉnde ba!"

"əmi gə! ʉtdʉwi təggətʃtʃiyə oom bʉʉrʤi əʤi manara huhiŋyə naaŋ gam bʉʉme huŋ."

tootʃtʃi aŋaʤiŋ ʉkkehəŋ solahi amiŋʃi ooso. əduhi amaʃihi amiŋ ʉt ʤʉʉri aʃitʃtʃaŋ tooli nəgəəŋ nisʉhʉŋ yəəməyə bəyʉʃim inig baldim bisə. solahi doolowi ittʉ ʉtdʉwi təggətʃtʃiyə baham bʉʉme gʉnɵhəŋ bodogeer əmʉŋ nandahaŋ aggaya bahasa.

"ʉtwi ʃi huhiŋ gadar doroŋʃi gi?"

"huhiŋ gadar doroŋ aaʃiŋ bəy biʃiŋ gi gə? ʤulahiŋ minidʉ naaŋ awu bəy əməʤigə gə?"

"bayta aaʃiŋ, ʃi doroʃil bikkiʃi agga biʃiŋ."

ətt𐐀 g𐐀nərd𐐀ni 𐐀tniŋ ooʃiso.

tootoŋ solahi 𐐀twi aaŋihantaŋ əldəw yaŋʤini nandahaŋ igga dəggərəsə həwər taldu əməsə g𐐀nɵŋ.

"ʃi ilaŋ inig doolo əri əldəw yaŋʤini nandahaŋ igga doolohi əm𐐀ŋ əm𐐀ŋ asho uruutoŋ bihə! bi bogdani oddoŋdu ninitʃtʃi ʃinid𐐀 əm𐐀ŋ h𐐀hiŋ ʤiŋʤimaʃinam ninikte." g𐐀nətʃtʃi solahi 𐐀lisə g𐐀nɵŋ.

solahi 𐐀ligeer bogdani oddoŋdu eʃem əmətʃtʃi, bogdani oddoŋdu eʃem əmətʃtʃi, bogdaʤi bahaldisa g𐐀nɵŋ.

"ʤele məhə baraaŋʃi solahi mənəəŋ ohoŋ ʤeledam 𐐀liʤinde?" g𐐀nəhəŋ bogda aŋusa g𐐀nɵŋ.

"ʤele məhəʃi solahi bi məəni 𐐀kkehənd𐐀wi h𐐀hiŋ gələəm əməs𐐀, ədd𐐀g bogdawi unaaʤwi h𐐀hiŋʤi b𐐀𐐀nde g𐐀 g𐐀nəhəŋ gələəʤime. unaaʤwi h𐐀hiŋʤi b𐐀𐐀nde g𐐀? əʃinde g𐐀?"

"pəj! ʃini nəgəəŋ ʤele məhəʃi solahidu awu naaŋ unaaʤwi b𐐀𐐀rəŋ, əʤi doroŋʤiwi soltʃir!"

"əddug bogdawi bi unaaʤiwiʃi gadam g𐐀nəʤir bayta ɵntə, bi bikkiwi unaaʤiwiʃi 𐐀td𐐀wi h𐐀hiŋʤi gadam g𐐀nəʤime, b𐐀𐐀nde g𐐀? əʃinde g𐐀?"

"𐐀td𐐀wi h𐐀hiŋʤi gam b𐐀𐐀m g𐐀nənde? tookkiwi 𐐀twiʃi iʃim bitʃtʃi saakte! ʤele məhəʃi solahi ʃi miniwə ʤeledakki?! bi ʃiniwə adde adderahanam waame!"

solahi bogdaʤi ilaŋ inigni uʤidu 𐐀twi aaŋihanam əməm, bogdaʤi bahaldihanam g𐐀nəhəŋ ʤiŋʤim ətətʃtʃi mususo g𐐀nɵŋ.

ilaŋ inigni uʤidu solahi amiŋ ʤ𐐀𐐀d𐐀wi musum əmərd𐐀ni, 𐐀tniŋ əldəwyaŋʤini nandahaŋ igga tewetaŋ bisə g𐐀nɵŋ. solahi amiŋniŋ əldəw yaŋʤini nandahaŋ iggaʤi aawaŋ untu hantasuŋ əkki umul oom b𐐀𐐀m tətihəŋtʃtʃi bogdani oddoŋdu bogdaʤi bahaldirʤi 𐐀lisə g𐐀nɵŋ.

bogdani oddoŋdu nənird𐐀 əm𐐀ŋ əŋŋə birawa ədəldər hərətʃtʃi g𐐀nɵŋ. tootʃtʃi tari ʤ𐐀𐐀ri əŋŋə birani nəəhid𐐀 eʃem əməsə g𐐀nɵŋ. tootoŋ əŋŋə birawa ədəldər əriŋdʉ ʉtniniŋ əldəw yaŋʥini nandahaŋ iggaʥi ooso təggəʧʧiniŋ sʉt holtoggom səgiwʉʧʧi luduggutʧʧi əjəəmʉʧʧi aaʃiŋ ooso gʉnɵŋ.

bogda oddoŋni goddo hərəŋ oroondu ilitaŋ, birani saagidadu ʉliʥir solahini ʉtni nandahaŋ təggəʧʧiwəni iʃiʧʧi：

"ondi nandahaŋ təggəʧʧi tətisə ʉkkəhəŋ yəm!" gʉnɵhəŋ əggidəni bəysəldʉwi mandi həənnəm ʥiŋʥisa gʉnɵŋ.

bogda ʉkkəhəŋni nandahaŋ təggəʧʧiniŋ birani mʉʉdʉ əjəəwʉrwəni iʃitəŋ：

"talar yoodoŋni nandahaŋ təggəʧʧiwi birani moodu əyəəwʉhənər yə?" gʉnɵhəŋ mandi mulanam iʃim bisə.

birawa ədəltəŋ, solahi ʉtdʉwi：

"ʃi birani nəəhi əggidədʉni miniwə alaaʃiʥiha! ʃi əʥi nəəhi ʉgidədʉ yʉʉrɵ" gʉnɵʧʧi bogdani oddoŋthohi əyəələm ʉlisɵ gʉnɵŋ. solahi bogdani oddoŋdu eʃem əməʧʧi, bogdathohi：

"ʉtwi nandahaŋ təggəʧʧiwi sʉt birani moodu əyəəwʉhəŋʧə. təggəʧʧi aʧʧim bʉʉnde gʉ?" gʉnɵsɵ.

"ohoŋ aʧʧimuraŋ gʉnɵnde. hʉrəhəŋdʉwi əmʉŋ ʥaha təggəʧʧiwə bʉʉme."

solahi unta aawaŋdihi əkki umul ʥakka bʉriŋ bʉtʉŋ təggəʧʧi bahaʧʧi bogdani oddoŋdihi musumi, ʉtdʉwi tətiwʉʧʧi bogdani oddoŋdu nənirdʉ bogdani hataŋniŋ iʃimkʉl doolowi ooʃiʧʧi, məəni hʉrəhəŋbi ooʃim gʉnɵhəŋ tottoʧʧi, unaaʥwal ilaŋ honoordihi amila məənikəŋ iraam gʉnɵhəŋ solahiʥiʥiŋʥildiʧʧi, bogdadu naaŋ：

"hodani ʥʉʉ iyyə dərəŋdʉ biʃiŋ. awuni ʥʉʉ gʉnɵhəŋ gələəkki bahamune." gʉnɵhəŋ aŋusa.

"mʉni ʥʉʉ baruŋ amidadu biʃiŋ, mini ʉtwi ʥurani məggəəŋ ooroŋ" gʉnɵʧʧi, ʉkkəhəŋbi aaŋihanam baruŋ amiʃihi ʉlisɵ.

əri ʥʉʉridʉ ohoŋ biʃiŋ gə, tətir təggəʧʧi naaŋ aaʃiŋ, əri bʉhʉlwə solahi doolowi gətəhʉŋ saaʥiraŋ. solahi naaŋ bogda ooʧʧi huliŋ haaŋ ʥʉʉri doolowol əʃiŋ ʥohildirwo ajaʥi saaʥiraŋ.

solahi ʉkkəhəŋbi aaŋihantaŋ baruŋ amiʃihi ʉliʥigeer bogwo ʥaluhaŋʃaʉhʉrni sʉggʉʥi bahaldisa. ʉhʉrʃeŋsɵl solahi əmʉŋ ʉkkəhəŋbə aaŋihantaŋ ulidʒirbə iʃitʃtʃi mandi sunikkom sokkodʒiwol uruttum əmətəŋ. tari dʒuurdihi:

"su ʃi ohoŋ gunəhəŋ uutam ulidʒirtʃune?"

"dooldirdu bogda ilaŋ inig udʒidu huliŋ haaŋba tirirdʒi əmərəŋ guŋdʒirəŋ, tootʃtʃi bu huliŋ haaŋni əggigu bəy ootʃtʃi əggidəduni uttulim buudʒir bəysəl duni əri baytawa dʒindʒim buum gunəhəŋ ulidʒimune! ərisəlʃi awuni uhuni sugguniŋ yəm?" gunəhəŋ solahi aŋurduni. uhurʃeŋsəl solahidu:

"huliŋ haaŋni ooroŋ!" gunəhəŋ dʒindʒisa gunəŋ.

"huuyu! tattu ətʃtʃuŋ gunə."

"tattu gunəkkisuŋ bogda adderam suniwə sut ʃiikkərəŋ kuŋ!" gunəhəŋ solahi gunəsə.

"tootʃtʃi ohoŋ gunəmune?"

"dʒurani məggəŋni gunəhəldune."

"gə əbuhe! ooso! ooso! ərgəwumuni awrarasa bəywəl ayadʒi həndələgərə." gunətʃtʃi uhurʃeŋsəl əmuŋ sowe unugun tihiwutəŋ əri dʒuurwə aya dʒi həndələsə.

solahi dʒurani məggəŋ dʒuuri ulduyə dʒitʃtʃi ʃiləyə imotʃtʃi, mətər baruŋamiʃihi ulisə. tala dʒaluŋ aduŋdʒi dʒohildiso. tootʃtʃi aduʃeŋsal solahi əmuŋ ukkəhəŋbə əlgətəŋ ulidʒirbə iʃitʃtʃi moriŋbol tiiŋkənəm əmətʃtʃi:

"ittihi ulidʒir ular yəm?" gunəhəŋ geeham aŋusa.

"bu dʒuuduwəl musudʒimune. ərisəlʃi awuni aduŋsolniŋ yəm?"

"huliŋ haaŋni aduŋniŋ ooroŋ!" gunəhəŋ dʒindʒisa gunəŋ.

"huuyu! tattu ətʃtʃuŋ gunə! bogda ilaŋ inig udʒidu huliŋ haaŋba tirirdʒi əmərəŋ gunədʒirəŋ. tari əriŋdu huliŋ haaŋni aduŋ gunəkkisuni bogda adderam suniwə but niggihəm waarəŋ." gunəhəŋ solahi gunəsə.

"tootʃtʃi awuni aduŋniŋ gunəhəŋ gunəmume?"

"dʒurani məggəŋni gunəhəldune."

aduʃeŋsal ərgəwumuni awrasa aʃiʃi bəy gunəhəŋ, suge gəəwə waam həndələsə gunəŋ.

əri dʒuuri dʒim imom ələtʃtʃi, mətər baruŋ amiʃihi ulisə. uligeer həwəʤakka aaʃiŋ honiŋ sʉggʉʤi ʤohildiso gʉnəŋ. honiŋʃeŋsol solahi ʉkkəhəŋ ʤʉʉri əlgəlditəŋ ʉliʤirbəni iʃitʃtʃi moriŋbi soŋtʃihonom əmətʃtʃi:

"ittihi ʉliʤir ular yəm?" gʉnəhəŋ mandi geeham aŋusa.

"bʉ bikki təgəəŋdəwəl musuʤir ular oomune. əri awuni honiŋsolniŋ yəm?"

"huliŋ haaŋni honiŋsolniŋ oorəŋ!"

"tattu ətʃtʃʉni gʉnə!"

"tattu gʉnəkkiwi ittoorəŋ?"

"ilaŋ honordili bogda huliŋ haaŋba waanam əmərəŋ. huliŋ haaŋni gʉnəkkisʉni sʉniwʉ bʉŋkʉ nəərəŋ!"

"tookkiwi awuni gʉnəkkiwi bʉŋkʉ əʃiŋ nəərə?"

"ʤurani məggəŋni gʉnəkkisʉni bogda mətər hʉrəhəŋniwi boyiŋ gʉnəhəŋ addatʃtʃi ʉlirəŋ."

honiŋʃesal ərgəwʉmʉni awrasa bəy gʉnətʃtʃi miiŋ boŋgoŋ iggəwəl waami tari ʤʉʉriwə ayaʤi hondoloso.

ʤim imom ətətʃtʃi, tari ʤʉʉri naaŋ baruŋ amiʃihi ʉliʤitʃtʃi ʤakkaya aaʃiŋ təməgəŋni sʉggʉʤi bahaldisa. təməgəŋʃəŋsəl tari ʤʉʉri iʃitʃtʃi, mandi sonikkom asogeldim əmətəŋ:

"sʉ ʃi iləhi ʉliʤir ular yəm?" gʉnəkəŋ mandi sonikkom aŋusa.

"bʉ bikkiwi ʤʉʉdʉwəl nənuʤimʉni, əri awuni təməgəŋsəlniŋ yəm?"

"huliŋ haaŋni!"

"tattu ətʃtʃʉni gʉnə!"

"tattu gʉnəkkiwi ittoorəŋ?"

"ilaŋ honorli bogda huliŋ haaŋba waanam əmərəŋ. huliŋ haaŋni gʉnəkkisʉni bogda adderam sʉniwə waarəŋ." gʉnəhəŋ solahi gʉnəsə.

"tootʃtʃi awuni gʉnəmʉne?"

"ʤurani məggəŋni gʉnəkkisʉni bogda mətər hʉrəhəŋniwi ət hʉrʉŋgʉniŋ gʉnəhəŋ addatʃtʃi ʉlirəŋ."

təməgəŋʃəŋsəl ərgəwʉmʉni yʉʉgʉsə gʉnəhəŋ bʉggʉ təməgəŋbəl waatʃtʃi ətʃtʃəlwʉ ayaʤi həndələsə.

taduhi tari ʤɯɯri barun amiʃihi ʉligeer əmʉn nandahan oddondu eʃetʃtʃi əməsə. əyyənin hulin haanni oddon bisə. talar iim əməʤihinin hulin haan:

"ʤurani məggən, oondi ədin ʃiniwʉ ədimʉhənəm əməwʉsə?" gʉnəhən aŋusaduni.

"bʉ ʃinidʉ alduur iraam əməsəmʉne."

"oond aya alduur ooso gə?"

"bogda ilaŋ honorli ʃiniwʉ waanam əmərən gʉnəʤirən."

"ayya! ittookki oodon. solahi nono! ʃinidʉ oondi aya agga biʃin." gʉnəhən hulin haan ʃiggiʃim bigeer aŋusa.

"bi ʃinidʉ əmʉn aya aggaya ʃilbam bʉʉkte, oodon əʃin oodowono ʃi məənihən saaha."

"oodon oodon! amakkan ʤinʤiha gə!"

"ʃi ilaŋ honor doolo baraan ʤittər mittər ʉldʉ ʃiləyə baggeha. tootʃtʃi bogdani əmərdʉ bʉ aggaya yʉʉgʉm iʃiktətəmʉne. tari əriŋdʉ ʃi amiggu ʉrni əwərni boŋgon aguydu ʤegetən bidəwə. bogda ʉlisələ amida bʉ ʃiniwʉ əəriʤigəmʉne."

"oodon oodon. haʃil mʉni solahi bikki aggani təkkʉ da."

tootʃtʃi ilaŋ honor doolo, hulin haan pəŋtʃiŋniwi hiriʤini baggesa.

ilahi inigni əddə, bog tətʃtʃiwʉtʃtʃi, ədin ədimʉmi, adde tʉʉrətʃtʃi udun əŋkʉʃirdʉ. hulin haan mandi nəələtʃtʃi, ʤʉʉniwi ularwi aaŋihaŋtʃtʃi amigu ʉrni əwərdʉ biʃir boŋgon had ʤoloni əggidədʉ hudirisa.

bogda ilahe inigni əddə.

unaaʤwi ʤuranidu iraam gʉnəhən aʃe ootʃtʃi saddewi aaŋihaŋtʃtʃi barun amiʃihi dərənbə ʤawam ʉlisə. ʉligeer həwərwə likkisə ʉhʉrʤi ʤohilditʃtʃi ʉhʉrʃiŋdihi:

"əriʃisəlʃi awuni ʉhʉr nin yəm?" gʉnəhən aŋusaduni.

"ʤurani məggəŋni ʉhʉr nin." gʉnəhən ʉhʉrʃiŋ meegaŋbal naalladawal ʤawataŋ ʤiŋʤisa.

bogda doolowi: "hʉrəhəŋbi ənnəgən bayiŋ yəm gi?!" gʉnəm addam dahi ʉligeer naaŋ həwər ʤaluŋ aduŋʤi bahaldisa. haaŋ:

"əriʃisəlʃi awuni aduŋ niŋ yəm?" gʉnəhəŋ aŋusaduni:

"ʥurani məggəŋni aduŋ niŋ." gʉnəhəŋ aduŋʃeŋsal ʥiŋʥisa ʃiggiʃim ʥiŋʥisaduni bogda:

"mətər hʉrəhəŋniwiə hə!" gʉnəm doolowi bodom ʉligeer naaŋla iisal ʥalawusa honiŋʥi ʥohilditaŋ honiŋʃeŋsalduhi:

"əriʃisəlʃi awuni honiŋ niŋ yəm?" gʉnəhəŋ aŋusaduni. honiʃeŋsal:

"ʥurani məggəŋni honiŋ niŋ oorɔŋ." gʉnəhəŋ ʥiŋʥisa.

taduhi bogda ʉlitʃtʃi ʥakkaniŋ əʃiŋ iʃiwʉr təməgəŋʥi bahalbisa.

"əriʃisəlʃi awuni təməgəŋ niŋ yəm?" gʉnəhəŋ aŋusaduni. təməgəŋʃeŋsal:

"ʥurani məggəŋni təməgəŋniŋ oorɔŋ." gʉnəhəŋ ʥiŋʥim bʉʉsə. bogda doolowi: "mətər hʉrəhəŋniwi yəəməniŋ hə."

bogda taduhi ʉlitʃtʃi dəməʥ əsə udur solahi ʥurani məggəŋ ʥʉʉri atʃtʃanam oddoŋduwi solim iigʉtʃtʃi əri tari yosoŋbi oom ətətəŋ, əddʉgʥi neeralasa. bogni haaŋ:

"sʉ ənnəgəŋ bayin bitʃtʃi ohoŋ gʉnəhəŋ yoohoŋ ʉlirsʉne? ohoŋ gʉnəhəŋ yoohoŋ atʃtʃanarsʉne?" gʉnəhəŋ geeham aŋusaduni. solahi:

"bʉ ohoŋ gʉnəhəŋ hudaniwal ʥʉlidədʉni moriŋ ugutʃtʃi aaʃilamune. əli sʉniwʉ atʃtʃanarduwal ohoŋ gʉnəhəŋ naaŋ yambaʃim moriŋ ugʉʥogomune. minidʉ hudawi gələər əmʉŋ bayta biʃiŋ. huliŋ haaŋmuni adasoŋ yəəhewʉ tiinətʃtʃi yəddi səkkəŋ əʃiŋ təgərə. ʃi əmʉŋ tirəm bʉʉnde gʉ!" gʉnəsə. bogni haaŋ ilitʃtʃi:

"tayya ərʉ mənəəŋ əʃi ilə biʥirəŋ?" gʉnəhəŋ mandi aleem aŋusa.

solahi bogdawa tʉllə aaŋihanam yʉʉtʃtʃi amigu ʉrthəhi ʃilbageer:

"amigu ʉrni əwərdʉ biʃir boŋgoŋ had ʥoloni əggidədʉ hudiritaŋ biʥirəŋ." gʉnəsə. bogda dooldindor ʉgiʃihəhi dəgəlitʃtʃi adde əwəhənəm huliŋ haaŋba boŋgoŋ had ʥolote emʉndʉ nes bʉʉsə gʉnəŋ.

tootʃtʃi bogda hʉrəhəŋdʉləwi ilaŋ inig ilaŋ dolob neerlatʃtʃi saddewi aaŋihanam mususa gʉnəŋ.

ʥurani məggəŋ solahini ayaʥini gikkiʃi oosoʥi əʃiŋ manar. adusuŋ aretaŋ, əd hʉrʉŋgʉ, ʥʉʉ təgəəŋʃi oom, nandahaŋ inig baldim təgəsə gʉnəŋ.

3. mogdor məggəŋ
英雄的莫格杜尔

ayibti əriŋdʉ əwəŋkini əmʉŋ aymandu mogdor məggəŋ gʉnər bəy bisə gʉnəŋ.

əmʉŋ inig mogdor məggəŋ gikki ootʃtʃi ʤʉʉri ʉrʉlwəl ʤʉʉdʉwəl əmmənətʃtʃi bəyʉdʉ yʉʉsə. əri ʃiddəndʉni əri aymaŋniŋ ɵntɵthɵhi nʉʉggisə. mogdor məggəŋni gikkiniŋ əmʉkkən ʤʉʉ ʤohaalduwi dutatʃtʃi, ədiwi ilaŋ inigalaaʃitʃtʃi əʤihini əməggir ooʤihin, ʤʉʉ awarbi təwətʃtʃi nʉʉggim amigiʤiŋ uʤiwani aaŋim ʉlisə. tootʃtʃi bʉri oor əriŋdʉ nʉʉggiʃəŋni uʤiwoni aldatʃtʃi təhərəm, əmʉŋ giltariŋ ɵggɵni amidadu əʃem ʉdʉlisə. ʤʉʉr ʉrʉlniŋ ʤəmʉnɵnɵ、aŋkasu gʉnɵhəŋ əʃiŋ oorduni əniniŋ:

"tari ʤʉlidədʉ iʃiwʉr ʉrirəŋdʉ ninim seya gələəm imohaldune." gʉnɵhəŋ ondom ʤʉʉr ʉrʉlwi ʉlihɵnətʃtʃi, məəni seya ələəm, hɵɵmɵyɵ oom gʉnɵhəŋʉʉtasa.

ʤʉʉr ʉrʉlniŋ hɵɵwɵ oom totʃtʃalam, tari ʤʉʉdʉ əʃem iirdʉni əmʉhəhəŋ saddə təgəʃiʤisə. ʤʉʉr ʉrʉl seya gələəsə. tooʤihiniŋ tari saddə:

"se aaʃiŋ ooso. ʉrʉl sʉtwɵni imotʃtʃi ʉlisə. innəgəŋ arukkuŋ ʉrʉl yəm? əməhəldʉne, ənihəŋniŋ əmʉŋ nohongote!" gʉnɵsɵ. ʤʉʉr ʉrʉl dagalani niniʤihini saddə hommelam gammi ʤəgiwəni təmtərim:

"bʉggʉ bitʃtʃi dəyikkʉŋ ʉldʉ daa! ʤʉʉdʉsʉni boŋgoŋ bəy biʃiŋ gi?" gʉnɵsɵ. toorduni ʤʉʉr ʉrʉl naallawani hihim aldawuhanatʃtʃi ʉttʉlim mususa. əniniŋ ʉrʉldihiwi:

"seya baham imosasuŋ gi?"

"seya aaʃiŋ gʉnəŋ. əmʉŋ saddə ənihəŋ təgəʃiʤirəŋ. tari mʉniwʉ nohonom gʉnɵhəŋ hommelatʃtʃi, hariŋ əmi nohono, mʉni ʤʉʉrni ʤəgiwʉ təmtərim 'bʉggʉ bitʃtʃi dəyikkʉŋ ʉldʉ daa' gʉnərduni bʉʉ naallawani hihim aldawuhanatʃtʃi ʉttʉlim əməggisəmʉne." gʉnɵhəŋ ʤʉʉr ʉrʉlniŋ gʉnɵsɵ.

əniŋniŋ dooldit ʃtʃi maŋgisni dagalani əmi saar ʉdəlisəwi saasa. yəəmə məəməwi təwəm bigeer ʥʉʉr ʉrʉldiwi seya imowum, hөөmөyө ʥikkənət ʃtʃi gʉggʉldəm gʉnөhөŋ biʥirdʉ mogdor məggəŋ gaaŋtʃuhu ʥaluŋ yəəməʃi eʃem əməsə.

"ittooso? təərəsəsʉni tari giltariŋ ʥʉʉʃi oondi ʉriraŋ yəm?" gʉmmi mogdor məggəŋ moriŋdihiwi əwəm bigeer aŋusa gʉnөŋ.

"ular sʉt nʉggitʃtʃi ʉlisө. siniwʉ ilaŋ inig alaaʃitʃtʃi əʃirdʉʃi əməggir nʉʉggini uʥiwoni aaŋim ʉlitʃtʃi uʥiwani aldam təərəsʉ. ədʉ eʃem tari ʉrirəŋbə iʃitʃtʃi naaŋ bʉr har oordulini ədʉ əmʉŋ aaŋatʃtʃi ʉlim gʉnəm bodom bisʉ. ʃi əməggisəʃi hariŋ aya ooso." gʉnөtʃtʃi naaŋ ʉrʉlniwi tari ʉrirəŋdʉ niniʃə baytawu ʥiŋʥim bʉʉsө.

mogdor məggəŋ dooldit ʃtʃi, aymaŋniwi ikkihiŋ ʥohaldu eʃer ʥəəŋ amaʃihi ʉlisө təggʉdʉ tat ʃtʃalwi iigʉtʃtʃi, məəni maŋgiswu tirinəm gʉnөhөŋ tari ʉrirəŋdʉ nəniʃə. tarini ʥʉʉdʉni iirdʉni ʥəəŋgʉ orduni əmʉŋ sadde təgəʃiʥisə. mogdor məggəŋ baraŋgu orduni təgəsə. amashaŋ bit ʃtʃi ilaŋ bəy əmʉŋ bʉsө bəywə iiŋim əməsə. tayyasal mogdor məggəŋbə iʃitʃtʃi, addasa yaŋʥi dərəldʉni yʉʉsө. toot ʃtʃi tari ilani bʉsө bəywəl gerat ʃtʃi ələm əniŋʥiwəl digiŋne ʥitʃtʃə. toot ʃtʃi ilane tʉllə yʉʉsө. əddʉg maŋgisni doligu maŋgisduwi:

"əri mandi bəy biʥigə, ʃi səwʉŋbi əərit ʃtʃi aŋum iʃihə." gʉnөsө.

toot ʃtʃi doligu maŋgisniŋ niŋaanit ʃtʃi səwʉŋbi əəriʃə. dooʥihini səwʉŋniŋ əmət ʃtʃi:

"əri bəy bikkiwi gəbbiʃi məggəŋ oorөŋ, mogdor məggəŋ gʉnөrөŋ. sʉ əri bəydʉ haalkiwal amiwal beela iraat ʃtʃune." gʉnөt ʃtʃi səwʉŋ niŋʉnisө.

ilaŋ maŋgis geda aswal ʥawat ʃtʃi iim əməmi, mogdor məggəŋdʉ tokkordu, tari baraŋgu əŋəŋbi sasahlat ʃtʃi өrhөlini dəgilim yʉʉt ʃtʃi hөөwə oohonөtʃtʃi ʉlisө. ilaŋ maŋgis əmʉŋ at ʃtʃi asat ʃtʃi əmi bohono, timaaʃiŋ ninihiŋʥiwal uʥiwuham waam ʥiddəwəl gʉnөtʃtʃi ʥʉʉdʉwəl nənʉsə.

mogdor məggəŋ amaʃihi ʉlitʃtʃi ʉrdʉ iimi, təggʉni oldooŋdu məyəəm alaaʃisa.

timaaʃiŋniŋ ʃigʉŋ yʉʉrө əriŋdʉ, ʥʉʉr ninihinniŋ ʉʉŋbөni ʉʉŋʃim əmərdʉ mogdor məggəŋ gappam waatʃtʃi, aŋardilini ʃilawuŋdami, təgguni ʤuur oldooŋ tikkənəm təgəwusə. əmi udar əddug maŋgis daga oom gorogiiʤi ʤuur ninihinbi iʃitʃtʃi:

"həŋ! haʃi mini ninihin biʃiŋ daa. tari mənəəŋbə waatani amraʤiraŋ." gunөhəŋ dөdөrim. ʤali aaʃiŋ əmərduni mogdor məggəŋ gappam waatʃtʃi, tihisə mooni oroonduni gedaʤini hayam iliwusə, amashaŋ bitʃtʃi ʤuuhe ilahe maŋgis eʃem əmətʃtʃi:

"mitini nonowu iʃihə, tari mənəəŋbə waatani mitiwi alaaʃiʤiraŋ." gunөhəŋ həərəm, ahiŋniwal oldoŋduni ninirduni mogdor məggəŋ mətər tayya ʤuurwu gappam waatʃtʃi, ilaŋ maŋgis ootʃtʃi ninihinteni dalgam nuudasa. tootʃtʃi naaŋ ʤuuduni ninitʃtʃi sadde maŋgiswu waatʃtʃi ʤuuteni daggasa.

tootʃtʃi mogdor məggəŋ gikki urulwi gələəm bahatʃtʃi, uriraŋniwi ikkihiŋ ʤohaaldu uriləm ʤiggam təgəsə gunөŋ.

4. altani məggəŋ
英雄的阿拉塔尼

ayibte əriŋdu, yəgiŋ sugur nəəhədu təgəsə yərənti məggəŋ gunөr əthəŋ sadde ʤuuri bisə gunөŋ. əthəŋ sadde ʤuuri akkadiliwi ʤaluŋ alaar adoʃi, hoŋkor ʤaluŋ hoŋgor adoŋʃi ʤaariŋ, umpurim tihikki ugirim taanar utyө aaʃiŋ, taŋgathi tihikki taam gadar urul aaʃiŋ gunөŋ.

tari ʤuuri amigu oŋgo bəttəwəl tahim hommos təŋgərdihi urul gələətʃtʃi ilaŋ ane ooso gunөŋ.

əmuŋ inig hommos təŋgərni neeŋtʃiduni huʤini uuŋ iirduni tari unuhuŋbi tirim bodom iʃisəʃi əggigu yəttəŋtʃini yəgiŋ sugur nəəhədu təgəsə yərənti əthəŋ sadde ʤuuri məənithəhini urul gələətʃtʃi ilaŋ ane ooso bisə. tari tootʃtʃi hommos təŋgər, saŋan əthəŋbə əərim əmutʃtʃi:

"əggigu yəttəŋtʃini yəgiŋ sugur nəəhədu təgəsə yərənti əthəŋ sadde ʤuuri niŋuŋŋewəl yuutʃtʃi urul aaʃiŋ. miniduhi urul gələətʃtʃi ilaŋ ane ooʤoroŋ. ʃi əggigɯ yəttəŋtʃidɯ nənitʃtʃi əyyə əəŋbə saddeduni ʥikkənətʃtʃi əməhə." gɯnɵsm, əmɯŋ moholi əəŋ bɯɯtʃtʃi saŋaŋ əthəŋbə ɯlihəntʃə.

saŋaŋ əthəŋ tətʃtʃi taam əggigɯ yəttəŋtʃidɯ əwətʃtʃi, yərənti əthəŋdɯlə nənirdɯni əthəŋ sadde ʥɯɯri aaʃinam bisə. saŋaŋ əthəŋ moholi əəŋbi aaʃinʥir saddeni ammaduni tihiwɯʥihini sadde ammadu iisə ɯldɯ gɯnɵhɵŋ niŋitʃtʃiiigɯsə. tootʃtʃi saŋaŋ əthəŋ mususao.

timaaʃiŋ əddəniŋ sadde yɯɯtʃtʃi əthəŋdɯwi:

"bi tiinɯg dolob uliriŋ tasug əmətʃtʃi əwərdɯwi iisə gɯnɵhɵŋ tokkoʃisu." gɯnɵʥihiniŋ əthəŋniŋ:

"bəlgəʃi tokkoʃiŋ biʥigə." gɯnɵsə gɯnɵŋ.

taduhi amiʃihi saddeni gɯdɯgniŋ inig taŋiŋ boŋgoŋ oogeer, ʥaaŋ beega eʃerdu ɯkkəhəŋʃi ooso. tari ɯkkəhəŋniŋ hɯləəkkiwi honiŋni nandadu əʃiŋ battar, ɯŋʥikkiwi ɯhɯrni nandadu əʃiŋ battar boŋgoŋ oomolb iʥisə. tatʃtʃal, ɯkkəhəŋdɯwəl altani gɯnər gəbbiyə bɯɯsə.

ɯnɯgɯl gɯnɵsəʃi udaraŋ gi gə! əmihət udar altani nadaʃi ootʃtʃi nəəsə. əmɯŋ inig altani, amiŋduwi:

"aba! ʃiniwə ʥaluduwi gəbbiʃi bəyɯʃeŋ bisə gɯnɵŋ. bi naaŋ bəyɯŋ bəyɯʃeŋdə! ʃini ʥaluduwi ʥawaʥisa nor bərʃi biʃiŋ gi?" gɯnɵhɵŋ aŋusa.

"əmi biʃi ittooʥogo! amigu ɯrni əwərni ilaŋ ɵggɵdɯ biʃiŋ."

tootʃtʃi altani amiʃihi ɯlitʃtʃi ɯrni əwərni ilaŋ ɵggɵdɯ nənisəʃi, baraŋgɯ ʥɯɯduni iisəʃi ʥaluŋ nor bər bisə. tari əmɯŋbəni gatʃtʃi taanasaʃi hoŋtʃo nənisə. altani əmɯŋ inig tayya nor bərsəlwəni ʥakkagiʥini taanam iʃisəʃi sɯtʥiwi hoŋtʃo hoŋtʃo nənisə. tootʃtʃi attaddi oor əriŋdɯ paaya aaʃiŋ əməggitʃtʃi abaduwi:

"aba! tayya nor dərsəltʃi əmɯŋ naaŋ həryə aaʃiŋ. mini taanarduwi sɯt hoŋtʃoggoso. tayya nor bərsəlwəʃi awu ooso bisə yəm?" gɯnɵhɵŋ aŋusa.

"goro bogdu ooso. aya nerog bikkiwi ilaŋ beega ɯlitʃtʃi təliŋ eʃeraŋ. ərɯ nerog bikkiwi ilaŋ ane ɯlitʃtʃi təliŋ eʃeraŋ."

"oondi bogni awu gɯnər bogkoŋ?"

"təŋgərni ʥakkani ɵmɵtʃtʃɵ daleni buhanibultudu təgəsə buhahəkkɯ gɯnər dakkaŋ ooso."

"bi naaŋ nənitʃtʃi nor bərγə oohoŋte! amiŋ ʃiniwʉ həwər ʤaluŋ həγəradoŋʃi, hoŋkor ʤaluŋ hoŋgor adoŋʃi gʉnəŋ. tari adoŋtʃi ilə biʃiŋ γəm? bi əmʉŋ ugur moriŋna ʤawagte!"

"baraŋthahi doliŋ beega ʉlikkiwi eʃetʃtʃi nəərəŋ." gʉnətʃtʃi əthəŋ ʤaluduwi tohom biʤisa əməgəl hadalwi bʉʉsə. tootʃtʃi altani əməgəl hadalwi iŋiitʃtʃibaraŋthahi aggaʃisa. doliŋ beega ʉlitʃtʃi əmʉŋ owohewo iʃim bahasa. altani eʃem əmərdʉni owoheni tʉlləni əmʉŋ əthəŋ huggaya ʤuham təgəʃiʤisə.

"amihaŋ! ayahaŋ gi?"

"iləhi ittihi ʉliʤir awu gʉnər ʉrʉl γəm?"

"γəgiŋ sʉgʉr nəəhədʉ təgəsə γərənti məggəŋni altani ʉkkəhəŋ biʃime, ədʉ moriŋna ʤawam gʉnəhəŋ əməsʉ."

"bi γag γərənti məggəŋni adoʃeŋ oome." gʉnətʃtʃi əthəŋ, altaniwa aγaʤimənditʃtʃi:

"amiŋniʃi adonduni ʃini uguru moriŋ aaʃiŋ." gʉnəsə. tootʃtʃi əthəŋ həkkəʃi alaar gəəwi unuhuŋʤiwi ʃilbaatʃtʃ:

"hariŋ əri gəə baldikki ʃini ugur moriŋʃi oor magadya aaʃiŋ. əri gəə timaaʃiŋ nəəriŋ oor əriŋdʉ baldiraŋ. ʃi əmegəl hadalwi iiŋitʃtʃi əmʉŋ dolob aaŋim iʃihə." gʉnəsə.

tootʃtʃi altani alaara gəəwə tiinətʃtʃi əməgəl hadalwi iiŋitʃtʃi əthəŋ ʤʉʉri əmʉŋ dolob aaŋisa. nəəriŋ oor əriŋdʉ alaar gəə hʉləsə. γag ʃigʉŋ γʉʉr əriŋdʉ noohoŋniŋ baldim γʉʉʤiləhini altani lontolom hadallam gasa, dahi daramniŋ γʉʉʤiləhiŋ əməgəl tohom oloŋboni taanasa. amigu ʤʉʉrʉ bəldiirniŋγʉʉʤiləhiŋ uguso. tari noghoŋ ʉʉʃihi oʃittawa taŋim, əggəʃihi oroottowo taŋim ilaŋ inig ilaŋ dolob ʤehelitʃtʃi təliŋ ilitʃtʃi:

"ga aʤiŋbi! əʃi miniwə tiinəhə! bi ʃini hʉlʉgʃi oosu, bi əniŋniwi ʉhuŋbəni ilaŋ honor ʉhʉkkiwi,ʃini oondi bogdu ninim gʉnokkiʃi taduʃi eʃewum bʉʉm ətəme." gʉnərdʉni altani awətʃtʃi, əməgəlwi gatʃtʃi, lonto hadalwi bulu taanam noohoŋbo tiinəsə.

altanini ilara aaŋatʃtʃi adoŋdu nənirdʉni altaŋ alaar noohoŋniŋ boŋgoŋ moriŋ ootoŋ biʥisə. altani, altaŋ alaara moriŋduwi ugutʃtʃi ʥʉʉdʉwi nənʉmamiŋ əniŋduwi:

"bi əʃi ʉlime,buhahəkkʉ dakkəndula ninime" gʉnərdʉni amiŋ əniŋniŋ ilaŋ honor əddʉhiwəni ʉldim, aaʃiŋbani aawim bʉʉtʃtʃi, ʉkkəhəŋbəl ʉlihəntʃə.

altani beega ʉlʉhʉ ʉlitʃtʃi əmətʃtʃə daledu eʃerdu adi ʉriraŋ iʃiwʉsə. tari ʉrirəndʉ ninim buhahəkkʉ dakkəŋba aŋuʥihini ular ʃilbam bʉʉsə. tootʃtʃialtani buhahəkkʉ dakkəndula nənitʃtʃi ʥʉʉdʉni iirdʉni əmʉŋ əthəŋ təgəʃiʥisə. altani aya bahatʃtʃi təgəsə.

"iləhi ohoŋdu ʉliʥir awuni awu gʉnər ʉrʉl yəm?"

"yəgiŋ sʉgʉr nəəhədʉ təgəsə yərənti məggəŋni altani ʉkkəhəŋ oome bi buhahəkkʉ dakkəndu nor bərya oohonom gʉnəhəŋ əmesʉ."

"ʃinidʉ bərya oom bʉʉrə yəəmə biʃiŋ, nor oom bʉʉrə yəəmə aaʃiŋ. hariŋ əri əmətʃtʃə daleni doliŋduni ənʉŋ səl gata biʃiŋ. tariwa əməwʉkkiʃi dattatʃtʃi ilaŋ ʥewe oom oodoŋ." timaaʃiŋ əddəniŋ altani altaŋ alaara moriŋduwi ugum əmətʃtʃə dalethahi totʃtʃaŋkantʃa. əmətʃtʃi daledu eʃenardu moriŋniŋ gənəthəŋ ilisa. əʥihiŋ ʉlim bʉʉrə ooʥihiŋ altani aletʃtʃi:

"ʃi ilaŋ beegani bogwo ʉlitʃtʃi, əʃi ohoŋ gʉnəhəŋ ilinde?!" gʉnətʃtʃi ʥolo ʃilboorwi sʉt sʉt taanatʃtʃi moriŋbi waam gʉnərdʉni moriŋniŋ:

"əʥiŋbi. ʃi daledʉ ittʉ iim gʉnəʥinde?" gʉnəsə.

"həəwə oohonom iim ʥə!"

"tannagaŋ amakkuhaŋ əntə. əʃi ottootʃtʃi əmʉŋ ʥəgərəŋ həəwə ooroŋ, ʃi tariwa moriŋ orooŋgiʥi sʉʉrʉm nihamwana əmʉl mokkim waatʃtʃi, iʃihiŋʥini ʥʉʉr ʃilundatʃtʃi, baraŋgu naallawi baruŋgu oldoŋduli,ʥəəŋgʉ naallawi ʥəəŋgʉ oldoŋduli minidʉ ammaŋkaŋka. tootʃtʃi mini daledu iirdʉwi iisalwi nindidəwi, mini əmʉŋ atʃtʃi həəwə ootʃtʃi ilirdʉwi, ʃi iisalwi naŋim mənditʃtʃi, səl gatawa sʉt taanatʃtʃi musuthahi həəwə oohoŋdowi!"

tootʃtʃi altani saaʃihi ʉliʥihini əmʉŋ ʥəgərəŋ həəwə ooso. altani tariwa asam moriŋ" orooŋgiʥi suurum gatʃtʃi nihamwani mʉkkim waatʃtʃi ʥʉʉrə ʃilundasa. altaŋ alaar moriŋ daledu iirdʉ iisalwi ninditʃtʃi baruŋgu naallawi baraŋgu oldoŋdulini, ʥəəŋgʉ naallawi ʥəəŋgʉ oldoŋdulini moriŋduwi ammaŋkaŋtʃa. tootʃtʃi moriŋniŋ taanahaŋtʃa. gənəthən moriŋniŋ uggitʃtʃi ilidʑihini altani məndisəʃi yag səl gatani oldoŋduni ilitan bisə. tari səl gatawa sʉt taam gatʃtʃi musuthahi ʉttʉlihəŋtʃə. dalethahi dʉŋgʉm yʉʉdʑiləhiŋ moriŋniŋ mətər ililsa gʉnəŋ. toorduni altani：

"mətər oondi bayta ooso？"

"ədʑiŋbi əggəʃihi məndim iʃihə！"

altani əggəʃihi məndisəsi əmʉŋ dʑaddaŋ holeŋ moriŋniniŋ tigiŋ bəldiirbəni əkkətəŋ bisə. tari, moriŋdihiwi totʃtʃanam əwətʃtʃi səlmiwi sʉt taam gatʃtʃi holeŋni delawani tʉr satʃtʃim waasa. tootʃtʃi moriŋduwi ugutʃtʃi buhaahəkkʉ dakkaŋnidu eʃetʃtʃi, səl gatawi baraŋgu hərəndʉ "bəŋ" ootʃtʃi oohiŋ nuudar duni hərəŋniŋ noggasa. buhaahəkkʉ yʉʉm iʃitʃtʃi：

"əri təliŋ oodoŋ. ʃinidʉ yag dʑohiraŋ, əʃi haaŋ gaddini ilaŋ ʉggʉŋ dəttəle hərətʃtʃi" gʉnəsə.

"haaŋ gaddi ilə biʃiŋ？"

"ular amila biʃiŋ gʉnəhəŋ dʑiŋdʑiraŋ kuŋ."

timaaʃiŋ altani amigu dərwə dʑawam ʉlisə. ʉligeer ʉligeer əmʉŋ dʑʉʉ dʑohidʑihini dooloni iisə. dʑʉʉdʉ iidʑihiniŋ dʑoohoni dʑʉlidədʉni əmʉŋ unaadʑ soŋom təgəm, dʑəəŋgʉ orduni əmʉŋ unaadʑ nəttəm təgəm, baraŋgu ordu əmʉŋ unaadʑ dʑaandam bidʑisə. altani geehatʃtʃi aŋudʑihini dʑaandadʑisa unaadʑ：

"mʉni əniŋmʉni haŋ gaddi, dʑaddaŋ holeŋni ilaŋ umuttawani dʑitʃtʃi, tadʑdʑi ilaŋ ane apaldim diiləwʉtʃtʃi, mʉniwə tadu bʉʉsə. əri inig əlbʉwʉrniŋsoŋom, timaaʃiŋ əlbʉwʉrniŋ nəttədʑirəŋ. timeniŋtʃi əlbʉwʉrniŋ biniŋ dʑaandadʑime." gʉnəsə.

"dʑaddaŋ holeŋ aala əmərəŋ？"

"maasaŋ əmərəŋ."

"sʉ ʉkkʉwəl ayadʑi ʉyitʃtʃi ʉkkʉniwəl əggidəliŋ saŋaal maltahaldune."

tatʃtʃal ʉkkʉwəl ayadʑi tirim ʉyitəŋ, ʉkkʉniwəl əggidəli saŋaal maltasa gʉnən.

dəməy əsə udar ədiŋ ədinəm əmʉŋ atʃtʃi iinihiŋ bəywʉ gəttigəmlə inigiddi ootʃtʃi, əmʉŋ həsər iinihiŋ bəywʉ mʉnʉhəmlə əhʉʉddi ooso. altani səlmiwi ʤawatʃtʃi saŋaalni ammaduni təgəsə. baraŋ amigiʤi əmʉŋ yəəmə əmətʃtʃi ʤʉʉwəni adira təhəərəm, tayya saŋaaldilini hudirisa. ʤaddan holeŋni delani yʉʉʤilθhiŋ altani delawani tʉr satʃtʃiʤihini iggiʤiwi adira ʃisuglatʃtʃi bʉsθ.

altani ʤaddan holeŋbo tʉllə irom nuudatʃtʃi, moriŋduwi ugutʃtʃi ʉlisθ. əmi udara haaŋ gaddini əmərdʉni tʉlləni ʤaddan holeŋ bʉtθŋ bisθ.

"əriwʉ awu waasa."

boŋgoŋ unaaʤniŋ:

"bʉ waasamune." gʉnθsθ. haaŋ gaardi aleem:

"mini ilaŋ ane apalditʃtʃi diiləwʉsəwi sʉni nəgəəŋ ilaŋ duyha waam ətərəŋ gi?" gʉnθhθŋ əddʉg unaaʤwi aleesa. tootʃtʃi ʤʉʉhe unaaʤtdihiwi aŋurduni mətər:

"bʉ waasamuni!" gʉnθsθ. haaŋ gaddi ʤʉʉhe unaaʤwi dʉttʉtʃtʃi nekke unaaʤdihiwi aŋuʤihini:

"bʉ əsəmʉni waara. ʤʉligiʤi əmʉŋ altaŋ alaar moriŋʃi ʤalo əməm waam bʉʉtʃtʃi amiʃihahi ʉlisθ." gʉnθsθ.

"ohoŋ oom ʉliʤirθŋ?"

"bʉ əsəmʉni aŋora." gʉnθsθ.

"sʉ amakkaŋ nəhəlditʃtʃi əmʉhθldθŋ!"

əhiŋ nəhʉn ilani altaniwa bohonotʃtʃi ʤʉʉdʉwθl əmʉsθ. haaŋ gaddi:

"sabpelwi iggidəm, batawi waam bʉʉsθʃi." gʉnθhθŋ addam ʤiŋʤisa.

"ittooʤogo. bi ʉliʤitʃtʃi ənnəgəŋ baytaʤi ʤohitʃtʃi ʤaddan holeŋbo waasu. ʤiŋʤimla ohoŋ biʤigə!"

"ʃi ohoŋ oom ʉliʤir? awu gʉnθr ʉkkəhəŋ yəm?"

"buhaahəkkʉdʉ nor oohom gʉnθhθŋ haaŋ gaddini ilaŋ ʉggʉŋ dəttəlewəni gələəm ʉliʤir, yəgiŋ sʉgur nəəhədʉ təgəsə yərənti məggəŋni altaŋ alaara moriŋʃi altani ʉkkəhəŋniŋ oome."

"bi bikkiwi haaŋ gaddi oome. timaaʃiŋ ʃinidʉ ilaŋ ʉggʉŋ dəttəlewi bʉʉʤigʉ." gʉnθsθ.

tootʃtʃi haaŋ gaddi altaniwa əmʉŋ dolob hʉndʉlʉsθ.

timaaʃiŋniŋ altanini ʉlirdʉ haaŋ gaddi ilaŋ ʉggʉŋ dəttəlewi loggim gatʃtʃi bɯɯsə.

altani buhaahəkkɯ dakkanidɯ əmətʃtʃi ilaŋ dəttəlewi bɯɯsə.

"yag mətər da. əkkəŋ baraŋ amila təŋgərdihi əggəʃihi ugguso ilaŋ dʑandan moo biʃiŋ, tariwu əmɯm ətəkkiʃi ilaŋ aya nor oorоŋ."

tootʃtʃi altani baraŋ amiʃihi ɯlisəʃi ɯnəŋ təŋgərthi əggəʃihi ugguso ilaŋ dʑandan moo ədiŋdɯ sadʑilawum bidʑisə. altani ilaŋ dʑandan moowo sɯt taam gatʃtʃi musum əmətʃtʃi, buhahəkkɯni dʑəəŋgɯ hərəŋbəni aaŋihanam nuudarduni hərəŋniŋ nuggasa.

"əri ilaŋ moo mətər gi?"

"yag mətər hə. ʃi ilaŋ honor amraha. bi oom bɯɯgte!"

ilahe inigdɯ buhahəkkɯ, miŋgaŋ aneni haylasuŋ bər ootʃtʃi səl gata dʑawaʃi haaŋ gaddini ilaŋ ɯggɯŋ dəttəleʃi ilaŋ dʑandan nor oom buuso. tootʃtʃi altani ʃigɯŋdɯ ilaŋ norwi:

"mini ədə oor bikkiwi təŋəŋdɯwi eʃehaldune." gɯnətʃtʃi gappam ɯlihentʃə.

altani taduhi beeg ɯlɯhɯ ɯlim dʑɯɯdɯwi eʃem əmətʃtʃi, amiŋ əniŋdɯwi aya baham təgətəŋ:

"ɯtwi! ayadʑi ɯlim əməsəʃi gi? nor bərwi oohoŋtʃoʃi gi?"

"hokko oohoŋtʃo. tootʃtʃi beega dʑɯlidəli taduhi ilaŋ norwi ɯɯʃihi gappasu bisɯ. əsə eʃem əmər gi?"

"əkkəhəŋ akkandu ilaŋ moo uggatʃtʃi ilaŋ beeg oodʑiroŋ. oroonduni siikaŋ ɯɯge dʑawatʃtʃi inig baldidʑiraŋ gɯnəhəŋ ular dʑiŋdʑildidʑiraŋ ka."

"tookki barag tariʃi mətər ba!"

timaaʃiŋniŋ altani nənitʃtʃi iʃitʃəʃi ilaŋ nornɯŋ mətər oodʑihini, sɯt sɯt taanatʃtʃi əməsə.

taduhi amiʃihi altani amilani gɯrəsɯŋbə amiʃihi bəyɯʃim, dʑɯliləni gɯrəsɯŋbə dʑɯliyəʃihi bəyɯʃitʃtʃi, əmi udara altani məggəŋ gɯnər gəbbi bahasa.

əmɯŋ inig altani məggəŋ amiŋduwi:

"aba! nerogni ayaniŋ ilə biʃiŋ? unaadʑni ayaniŋ ilə biʃiŋ?" gɯnəhəŋ aŋusa.

"nerogni ayaniŋ ʃigɯŋ yɯɯr bogni ʃiwəltə haaŋdala eʃeraŋ gɯnəŋ. ɯnaadʑini ayaniŋ ʃigəltə haaŋni ʃiwləŋgə gɯnəŋ. dooldirdu ʃigəltə haaŋ nerogni ilaŋ məlʤiyəŋʤi hʉrəhəŋ iggam gʉgɵnəŋ biʤirəŋ gʉnəŋ."

"bi nənitʃtʃi məlʤiyəŋdʉni iim iʃigte."

amiŋ əniŋniŋ ittʉhət əʃiŋ ʉlihɵnɵ gʉnɵsɵhət altani məggəŋ altaŋ alaar moriŋbi ʤawam ʉlirʤi bələhəsə. tooʤihiniŋ əniniŋ ʉkkʉniwi ʤəəŋgidədʉni təgətʃtʃi tariwu əʃiŋ ʉlihɵnɵ gʉnɵhəŋ ilaŋ inig ilaŋ dolob gətətʃtʃi, aamaduwi tiriwʉtʃtʃi, tokkoʃiʤirduni altani totʃtʃanam yʉʉrdʉni aminiŋ ʤawaʤisa akkaŋ hommewani tʉr taanatʃtʃi dutasa. tootʃtʃi altani məggəŋ altaŋ alaar moriŋduwi ugutʃtʃi ʃigʉŋ yʉʉr ʤʉgwʉ ʤawam ʉlisɵ. tari ilaŋ aneni bogwu ilaŋ beega ooʃim, ilaŋ beegani bogwu ilaŋ honor ooʃim ilaŋ beega ʉlim əmʉŋ ʤʉʉʤi ʤohisa. tari nənim ʉkkʉniniŋ ʤakkali ʃegeʃirdu nadan nerog haart ʉgim əmʉŋ aʃe seya ələəm bigeer:

"sʉ haartya ʉgigeer ʃigəltə haaŋni hʉrəhəŋ iggar məlʤəŋdʉ əmməwʉtʃtʃʉne da!" nadan nerog gʉnəŋ.

"əʃimʉne əmməwərə. bʉ timaaʃiŋ əddə yʉʉʤilɵhiwəl tiiŋkəm eʃenaʤigamuni!" gʉnɵʤisɵ.

altani məggəŋ ʃigəltə haaŋthi daga oosowi doolwi saasa.

altani məggəŋ ʃigəltə haaŋni oddoŋdihini dagakkuhaŋ əmətʃtʃi, əmʉŋ dagilaŋ ʃigga sappeltʃi hoʤigar tushaʃeŋ ʉtʤi bahaldisa.

"awuni tushaŋbani iʃim bʉʉʤinde?"

"ʃigəltə haaŋni tushaŋbani iʃim bʉʉʤime."

"tushaŋbi ittʉ hurinde?"

"hos hos gʉnɵhəŋ wakkirakkiwi hurigaŋdiwi iirəŋ."

"ɵntɵ oondi gəbbə gəbbələʤinde?"

"tushaŋbi ʉhʉwʉm, ninihindʉ hɵɵməyɵ ʤikkənəme. aaʃinarni ʤʉlidɵhəndili ʃiwləŋə dahini bəldiirbəni ilhəme."

altani məggəŋ tootʃtʃi tushaŋʃeŋ ʉkkəhəŋni sʉnsʉwəni tarini bəyduhiniŋəyələwʉhəm məəni bəydʉni iitʃtʃi, ore oor əriŋdʉ tushaŋbani asam musum tushaŋbi hurim gʉnɵhəŋ hurigaŋ təhərim asardʉni ʃiwləŋə dahini:

"ʃiiʃi ittoosoʃi? tushaŋbi ittʉ hurirbi ommosoʃi gi?" gʉnɵhəŋ ʤannasa. tooʤihini tushaʃeŋ:

"suŋgiŋ ʥitʃʃi sottosu, maŋger ʥitʃʃi mənəntəsʉ." gʉnɵtʃʃi mətər huriganbi təhərəm tushaŋbi asasa. tooʥihini ʃiwləŋgə dahini "hos! hos!" gənɵhəŋ wakkiram tushaŋbani hurisa. ʉkkəhəŋ tushaŋbi ʉhʉwʉrdʉwi əmʉŋ tushaŋni iŋiwʉ sʉt taam gasa. ninihinba hɵɵmɵyɵ ʥikkənərdʉwi naaŋ əmʉŋ ninihinni iŋiwʉ sʉt taam gasa. tootʃʃi ərʉ owohedʉwi iitʃʃi sewi imom hɵɵmɵwi ʥitʃʃi, aaʃinar əriŋdʉwi ʃiwləŋgə dahini talani nənitʃʃi, bəldiirbəni tushaŋniwi iŋiʥiwi ilhəm bʉʉsɵ.

"iŋiʃi ittootʃʃi ənnəgəəŋ gaggarhe ooso yəm?"

"inig taŋiŋ maŋgettaya maltam ʥiʥʥir yəmʃi əmi gaggarhe ooro ittooro gə!"

"hoggodu ʃiŋariŋ biʃiŋ. iŋiwi imitʃʃidihi ilhəhə!"

tushaŋʃeŋ, ʃiŋariŋbani ʥitʃʃi ninihin iŋiʥini ilhəm bʉʉsɵ.

tushaŋʃeŋ ʉliʥihini ʃiwləŋgə dahini əri oreni baytadu səʥillətʃʃi, unuhuŋ tirim bodom iʃitʃəʃi, hariŋ altaŋ alaar moriŋtʃi altani məggəŋ nerogni ilaŋ məlʥəŋdʉ iim gʉnɵhəŋ, tushaŋʃeŋni bəydʉni iitəŋ biʥisəwə saasa.

timaaʃiŋ əddəniŋ məlʥəŋdʉ əməsəsəl urutʃʃi, boŋgoŋ neer oom moriŋna iruldir ooso. tushaŋʃeŋ naaŋ dagilaŋ ʃigga sagpelwi əlgəm nənitʃʃi:

"haaŋ aba, hatan ɵne sʉ daayalakkisuni bi naaŋ məlʥiyəŋdʉ iigte." gʉnɵhəŋ gələəsə. ʃigəltə haaŋ:

"ʃini nəgəəŋ hoʥigir naaŋ unaaʥduwi dorolam məlʥəŋdʉ iim gʉnɵnde? bihə! baamu!" gʉnɵrdʉni hataŋniŋ:

"əri ərʉ tushaŋʃeŋ ʥelewani əʥi nuudara. iikkiŋ iigəne!" gʉnɵhəŋ doliŋgiiʥ ʥiŋʥim bʉʉʥihini haaŋ dayaalasa.

tootʃʃi ilaŋ namaaʥ moriŋsal ilaŋ beegani bogni ilaŋ goolni əmʉŋ heelasuŋdihi tiinihəm əmərʥi ootʃʃi ʉlisɵ. tushaŋʃeŋ ʉkkəhəŋ tatʃʃalni uʥigiiʥi ʉlitʃʃi əmʉŋ dali bogdu nənitʃʃi, dagilaŋ ʃigga sappelwi alaar moriŋ ooʃim ugutʃʃi, ilaŋ beegani bogwo ilaŋ honor ʉlim, moriŋ tiinər bogdʉ eʃesa. tootʃʃi alaar moriŋbi hapettadiwi nəətʃʃi ʃappelwi yʉʉgʉtʃʃi aaʃiŋtʃa.

doliŋ ane ootʃʃi moriʃeŋsal eʃem əmətʃʃi, tushaŋʃeŋ ʉkkəhəŋni sappelwi tiinətəŋ aaʃiŋʥirbani iʃitʃʃi mandi geehaldisa.

tootʃtʃi tatʃtʃal ʉkkəhəŋbə əmi səriwʉr musuthahi məldʑəlditʃtʃi ʉlisə. tatʃtʃal ʉlitʃtʃi beega oosodihi amiʃihi ʉkkəhəŋ yʉʉtʃtʃi, alaar moriŋbi yʉʉgʉm ugutʃtʃi, əmʉŋ inigdʉ tatʃtʃalwa bohonom, ilahe inigdʉwi ʃigəltə haaŋni oddonthi daga eʃem, alaar moriŋbi hapettadʉwi nəətʃtʃi, sappelwi yʉʉgʉm ugutʃtʃi əmərdʉni ular geehaldisa. ʃigəltə haaŋ:

"tushaŋʃeŋ ʉkkəhəŋ, ʃi moriŋna tiinər bogdu eʃesaʃi gi?" gʉnəhəŋ sədʑil ləm aŋusa.

bi moriŋna tiinər bogdu tatʃtʃalthi doliŋ ane noorim eʃesu. doliŋ ane ootʃtʃi tatʃtʃal eʃetʃtʃi, miniwə əmi səriwʉr ʉʉʃihi iruldim gʉggʉltʃə, tatʃtʃal ʉlitʃtʃi beega ooso amiʃihi bi gʉggʉltʃʉ. tootʃtʃi tatʃtʃalwa inigdʉwi bohonom ilahe inigdʉwi ədʉ eʃem əməsʉ.

haaŋ hatandihi əəkkətʃtʃi ular sʉt dagilaŋ ʃegga sappelwi hʉləg gʉnəhəŋ bodoso.

dʑʉʉr beega ootʃtʃi, moriʃeŋsal təliŋ eʃem əmətʃtʃi, əmʉhe məldʑəŋbə tushaŋʃeŋ ʉkkəhəŋ gasa gʉnəŋ.

dahi norya gappar məldʑəŋ ooso. haaŋni oddoŋni dʑʉligʉ mʉgʉŋ deŋgaŋ oroondo iliwusa təməniwə ular gappatʃtʃi, əmʉŋ naaŋ əsə naagta. miiŋ udʑidu ʉkkəhəŋ gappatʃtʃi, təmənini ʃeenbani sət gappatʃtʃi dʑʉʉhe məldʑəŋbə naaŋ gasa gʉnəŋ.

dahi bʉhʉ dʑawaldir məldʑəŋ ootʃtʃi, miŋgan bʉhʉʃeŋni bʉhʉ dʑawalditʃtʃi miiŋ udʑidu ʉkkəhəŋ yəgiŋ daadun yəgiŋ adiggadʑi irohom əmməwʉsə təŋgərni təbəhəwʉ bogdʉ ilaŋ towor ʃiddətʃtʃi oohiŋ dʑoldotʃtʃi ilahe məldʑəŋbə naaŋ əmʉhedʉ gasa.

ilaŋ məldʑəŋbə sʉt ʉkkəhəŋ gasa dʑaariŋ, ʃigəltə haaŋ unaadʑwi bʉʉr dʑeleya aaʃiŋ dʑaha, tootʃtʃi tari:

"awu haaŋ gaddidu tiimutʃtʃi dʑaaŋ ane ooso nisʉhʉŋ unaadʑ ʃigləŋ dahina ootʃtʃi yəgiŋ altaŋ alaar nogohoŋbono əməwʉm ətəkkini tadu dʑʉʉr unaadʑwi bʉʉm!" gʉnəsə.

tootʃtʃi ʉkkəhəŋ ootʃtʃi ʃigəltə haaŋni nadan ahiŋ nəhʉŋ tʉʃiməlniŋ iggitʃtʃi baggetʃtʃi ʉlisə. mandi əmi goroldo ʉkkəhəŋ nadan ahiŋ nəhʉŋ tʉʃimə wə əmməm ulitʃtʃi, altaŋ alaar moriŋbi yuugum muŋkə dahawi dahalam. məni bəyəwi howilgam ilaŋ aneni bogwo ilaŋ beega oohonom, ilaŋ beegani bogwo ilaŋ honorʤi howilhanam baraŋ amiʃihi ilaŋ beega ulitʃtʃi əmuŋ uʃiləŋ aaʃiŋ gew geltariŋ ʤuuʤi ʤohiso. altani eʃem nənitʃtʃi moriŋbi hapettaduwi nəətʃtʃi ukkuniniŋ ʤakkali ʃiggiʃim iʃirdu, əmuŋ unaaʤ əmuhəyə yəəmə uldim təgəʃiʤisə.

"aya nerog bikkiwi ninihin nəgəəŋ tulili əʃiŋ ʃiggiʃira, iitʃtʃi əmərəŋ." gunərduni altani iim əmətʃtʃi:

"nono ʃi iləhi ohoŋdu uliʤir awu gunər bəy oonde?"

"bi bikkiwi ʃigəltə haaŋni taduhi ʃigləŋ dahina ootʃtʃi yəgiŋ altaŋ alaar noohoŋbono gələəm uliʤir altaŋ alaar moriŋʃi altani məggən oome!"

"bi ʃigləŋ unaaʤ oome. haaŋ gaddi tulləʃihi ulisə. inig doliŋ adoŋbi taʃim əmətʃtʃi, əyyə ʤəəŋgu hodirdihi altaŋ howoʤi muguŋ moŋgodiwi muu taanam adoŋbi imowuroŋ. ʃi hodir doolo iitʃtʃi tarini muuyə taanardu gappakki waam ətəʤigəʃe." gunəsə.

tootʃtʃi, inig doliŋ oor əriŋdu altani məggəŋ hodirdu iitʃtʃi, norwi taanam alaaʃisa. amashaŋ bitʃtʃi ʃigunbə dalisa əmuŋ yəəmə əmətʃtʃi, muuyə taanarduni altani məggəŋ tayyawa gappasa. toosoʃi haaŋ gaddi naabbum tihitʃtʃi busə. ʃigləŋ, yəgiŋ altaŋ alaar adiggaʤi haaŋ gaddiwa irohanam guribuutʃtʃi altani məggəŋbə yuugum gasa.

tootʃtʃi ʤuuri haaŋ garadini baraŋgu dəttəle ootʃtʃi altaŋ howo muguŋ moŋgowono moriŋ təggəəŋdu təwətʃtʃi uliʤihiniŋ, adoŋniŋ naaŋ aamigiʤiŋ aŋitʃtʃi ulisə. əʤʤi ʤuuri uligeer doliŋ bogdu eʃerdu, nadan ahiŋ nəhuŋ ootʃtʃi tuʃiməlni udəlitəŋ biʤisə. altani məggəŋ, ʃigləŋdu:

"ʃi əri tagguwa aaŋim uliʤihə. bu əmuŋdu yuum əməsəmuni bisə. bi tatʃtʃalʤi bahalditʃtʃi yuugte." gunətʃtʃi nənisə. nadan ahiŋ nəhuŋnel altani məggəŋbə waamuni gunəhəni yərəəŋ yəgiŋ daara oloŋ maltatʃtʃi oroonduni səttəggə səttətəŋ alaaʃiʤisa. altani məggəŋni eʃem nənitʃtʃi, moriŋdihiwi əwərduni tatʃtʃal yuum əmətʃtʃi:

"aha ʃi aya ulim əməsəʃi gi? moriŋboʃi ʤawam buugtimune." gunəsə.

"mini moriŋ bəydʉ əʃiŋ ʤawawura." gʉnɵtʃtʃi, altani məggəŋ moriŋbi tiinəsə. tootʃtʃi tayyasal altani məggəŋbə solim iigʉtʃtʃi, səttəggəni oroonduni təgəwum yərəəŋ yəgiŋ daara oloŋduwol tihiwʉsə. ottootʃtʃi tayyasal owohewal huttatʃtʃi, ʉliʤir ularni amigiʤini nənisə.

ahiŋ nəhʉŋ nadane ʉliʤiləhini, altaŋ alaar moriŋniŋ hɵɵwə oohom əmətʃtʃi gʉnɵnɵŋ:

"əʤiŋbi yə! ilaŋ honor təsəʤihə!" gʉnɵtʃtʃi dəglitʃtʃi ʉlisə.

tootʃtʃi alaar moriŋ təŋgərdʉ yʉʉtʃtʃi, hommos təŋgərni adoŋdu nənitʃtʃi əddʉg həyər ootʃtʃi nisʉhʉŋ həyərʤi bahaldim baytawi ʤiŋʤisa. əddʉg həyər hurlaŋga dahini oddoŋduni nənitʃtʃi bahaldim, alaar moriŋni gələəm əməsə baytawani ʤiŋʤim bʉʉm gələəʤihini, hurlaŋga tahiŋ daayalam, yəəmə məəməwi gatʃtʃi, amiŋ əniŋdihiwi sosam altaŋ alaar moriŋdu ugum bəyni yəttəŋtʃidʉ əwəm, altani məggəŋni tihisə oloŋni ammaduni əməsə. hurlaŋga tahiŋ yərəəŋ yəgiŋ daara nʉʉttʉwi iltʃam, altani məggəŋbə tihisə oloŋdihiniŋ yʉʉgʉm gasa.

tootʃtʃi altani məggəŋ hurlaŋga dahiniwa soondalatʃtʃi, ʃigəltə haaŋdala əmərdʉni nadan ahiŋ nəhʉŋ ʃiwləŋ dahini təliŋ eʃem əmətəŋ bisə. altani məggəŋ məni bəywi howilgam ʃigəltə haaŋʤi bahaldisa. tootʃtʃi məəni baytawi ʤakkagiʤini ʤiŋʤim bʉʉsə. ʃigəltə haaŋ nisʉhʉŋ unaaʤdihiwi aŋum saatʃtʃi nadan ahiŋ nəhʉŋbə pawlasa gʉnɵŋ.

tootʃtʃi ʃigəltə haaŋ altani məggəŋdʉ ʃiwləŋgə、ʃiwləŋ、hurlaŋga ilaŋ dahinawa bʉʉr namaaʤ aneni neer hodaya ooso gʉnɵŋ.

neer ətəsədihi amiʃigi altani məggəŋ yəgiŋ sʉwʉrdiwi ilaŋ gikkiwi əlbʉm muʃutʃtʃi, namaaʤ aneni neer ooso. tootʃtʃi altani məggəŋ ilaŋ gikkiʤiwi amiŋ əniŋbi hɵndɵlɵm iggim nandahaŋʤi inig baldim təgəsə gʉnɵŋ.

5. məggəŋ aŋaʤiŋ ʉt
英雄的孤儿

ilə noogu əriŋdʉ əmʉŋ aŋaʤiŋ ʉt bisə gʉnɵŋ.

aminiŋ bʉdərniwi nooguhan ʉtdʉwi əmʉŋ tʉggʉŋ boobe moriŋ ʉldəm bʉʉsə. tari moriŋniŋ humha, giisəŋ ootʃtʃi ʤəgərəŋ asam bohonor aya ʃidaltʃi bisə gʉnɵŋ.

ənʉŋ inig tari moriŋbi ugutoŋ bəyʉm yʉʉtʃtʃi, əmʉŋ humhawa baham iʃitʃtʃi gappasa nor nəgəəŋ asageer yag bohonom gʉŋʤirdʉ, atʃtʃathahiniŋ əmʉŋ somo bəy əmərwəni iʃim bahasa.

əriniŋ həriŋ gʉrʉŋni noyoŋ əmʉŋ baraaŋ ʤəggəʃi ʉlarwa aaŋihaŋtaŋ, bəyʉŋ oom ʉliʤisə gʉnɵŋ.

aŋaʤiŋ ʉt humhawi ʃigləm gappasadu humhaniŋ hokko toŋkolim tihsə gʉnɵŋ.

gʉrʉŋni noyoŋ ilə gorodihi tarini boobe moriŋboni dorolom iʃitʃtʃi, tarini ʤʉlidədʉni eʃem əməm:

"əri humhawa gʉrʉŋni noyoŋ bi bəyʤiwi gappam waasu" gʉnɵhəŋ geeholdam gʉnɵsə.

tari, gʉrʉŋni noyoŋni ʤʉlidədʉ geena əmi iggar humhawi əmi gada ʉlim gʉnɵsə.

ərʉ ʤeleʃi gʉrʉŋni noyoŋ ədʉ əmi ələr naaŋ:

"ʃini əri moriŋʃi dəndʉ aya, minidʉ bʉʉtʃtʃi nəəh!" gʉnɵhəŋni gʉnərdʉ, aŋaʤiŋ ʉt:

"əri bikkiwi mini amiŋbi minidʉ ʉldəm bʉʉsə boobe moriŋ ooroŋ. ʃinidʉ bʉʉm ooni oodoŋ!" gʉnɵhəŋni gʉnərdʉni, gʉrʉŋni waŋ əddʉg aleem:

"bi ʃiniwʉ waam bitʃtʃi moriŋbiʃi tiim gadam!" gʉnərdʉ, tari moriŋduwi oohi hayraʃi ʤaariŋ, tari moriŋbi oohi mulaŋtʃahat ʤaariŋ, aggaya aaʃiŋ moriŋdihiwi əwəm gʉrʉŋni noyoŋdu bʉʉsə gʉnɵŋ.

gurunni noyoŋ tarini moriŋ ootʃʃi waasa humhawani tiinəm ᵾlisə ami alani, tari əmᵾhəyə bog buhᵾldᵾ tənᵾm ᵾlisə.

əri gurunni noyoŋbo bikkiwi gərəŋ irgəŋdʒi hokko iittə hihim, tayyani dʒele ərᵾ salig saltʃir gunəhəŋ hoddom dʒiŋdʒimaʃir bisə.

awuhat bigene, aya yəəməʃil bikkini tayya aldar aaʃiŋ tiinəm gadatʃʃi əʃiŋ manar, naaŋ gərəŋ irgəŋni aya unesalbani ᵾldər aaʃiŋ tiinəm məəni oddoŋduwi əlbᵾgʃi gunəŋ. aŋadʒiŋ ᵾkkəhəŋ gurunni noyoŋni haraʃi ərᵾ aaʃilarduni doolowi mandi hoddom:

"aali əmᵾŋ inig gurunni noyoŋdihi dʒaawal himənbənigadame!" gunəhəŋni ᵾgkᵾldʒi dʒoonom ᵾlir bisə.

aŋadʒiŋ ᵾt moriŋ aaʃiŋ daramduwi məəni yəəməwi iiŋim bər norwi dʒawam ᵾlim, goroni ᵾrni oroondoni yᵾᵾtʃʃi əggiʃihi iʃirdᵾ, adi bəy əddᵾg dilgaŋdʒi soŋom bisə.

tari dʒele doolowi əddᵾgdʒi geeham, goddo oroondihi əwətʃʃi, talarni oldonduni dakkelam nənisə.

toosoʃi hariŋ adaŋ ahiŋ nəhᵾŋ əmᵾhəhəŋ unaadʒ nəhᵾŋbi gurunni noyoŋdu tiimᵾtəŋ soŋom bisə.

aŋadʒiŋ ᵾt:

"sᵾ ətʃʃᵾŋ dʒogoro. bi sᵾni hinuŋbusuni law gam bᵾᵾme, unaadʒ əhᵾŋbəsᵾni tiim əmbᵾᵾme!" gunəhəŋni gunəsə.

nadaŋ ahiŋ nəhᵾŋ dooldindor əddᵾgdʒi addam, amiŋ əniniwi bᵾdərdihiwi noogu ᵾldəm bᵾᵾsə, bəywi daldalam ətər boobe aawuŋba yᵾᵾgum bᵾᵾm, naaŋ:

"əri boobe aawuŋba aawulakki awuhat ʃiniwᵾ iʃim əʃiŋ bahara. əri ʃinidᵾ hərətʃʃi magda amiŋ!" gunəsə.

əri boobe aawuŋbani gam aawulam iʃisədu ᵾnəŋ awuhat iʃim əʃiŋ bahar ooso.

tari nadaŋ ahiŋ nəhᵾŋdihi ᵾyiʃim ᵾlisə.

dahiŋ ᵾligeer ilə goro bisə əmᵾŋ ᵾriəŋdᵾ eʃenam əməsə gunəŋ.

ᵾriəŋ dʒakkani əmᵾŋ dʒᵾᵾni ᵾkkᵾdᵾ, ətiggəŋ atiggəŋ dʒᵾᵾri mandi gumdum mogom soŋom bisə.

ʤuuduni iinəm soŋoʤir baytawani aŋusaʃi, ʤuur nasuŋʃi ularni məəni baldisa əmuŋ unaaʤiwani tiinug saaguʤiŋ, guruŋni noyoŋni bosogsol tiim əlbusəwəni saam bahasa.

aŋaʤiŋ ut ʤuur nasuŋʃi ularwu ʤiŋʤim guuruhəŋtʃəniŋ bikkiwi:

"bi tayya əru bayta ooso guruŋni noyoŋbo aalahat əmuŋ inig ʃiikkəm! suni hinuŋbusuni gam buum, unaaʤwusuni ittoosohot əmbuume." gunəhəŋ gunəsə.

ʤuur nasuʃi ular tarini gunərwəni dooldiʧʧi, ədduguʤi addam, məəni əmuŋ boobe ʃisugwi yuugum buusə.

"ʃi tari ʃisugwu ittihi musukkiʃi, ʤoonʧo bogduʃi eʃehanam ətərəŋ. tari ʃini hinuŋ gadwrduʃi ʃinibu tos oom ətərəŋ." gunəsə.

aŋaʤiŋ ut boobe ʃisugwu gam, ədiŋ taaŋkaŋeer ulirduwi boobe aawaŋbi yuugum tətirəʃi ʤuur nasuʃi ular iʃim baharbi udiso.

boobe ʃisugwi ulir ʃigthəhi ʃilbardu dəttəle ugguso nəgəəŋ dəglim dəgligeer amaggu bogdu dəglim eʃera gunəŋ.

tari boobe aawaŋ ooʧʃi ʃisugwi gammi, bər norwi iiŋim, uligeer uligeer naaŋ əmuŋ urirəŋdu eʃerdu, adi bəy əmuŋ boos uluŋkuwu timsəldim nanʃildirʤirwani iʃiʧʧi geeham:

"iima əri uluŋkuwu timsəldiʧʧuŋ yəm?" gunəhəŋ aŋusa. tari adi bəy:

"muni amiŋ əniŋmuni buderduwel bisə yəəmə boygoŋbi munidu əmuŋ əmuŋʤi hokko uusam buusə, əmuhəhəŋ əri əmul uluŋkuwu uusardu mandi ooʤihini əsə uusara." gunəhəŋ gunəsə. aŋaʤiŋ ut:

"əri ədduhu uluŋkuwu ohoŋ gunəhəŋ naaŋ timsəldiʧʧuŋ yəm gə?" gunəhəŋ gunəsədu, tari adine:

"ənətə, əri bikkiwi boobe uluŋku oorəŋ, tari bikkiwi oondihot yəəməwə hama aaʃiŋ doroŋ sanaʤiwi, ittu gunəkkiwi tattu hokkowoni təwəm battagam ətər biʧʧi, iŋiʧʧi ulirdu naaŋ məndi ənikkuŋ" gunəhəŋ gunəsə. aŋaʤiŋ ut delawi saʤim:

"bi əʃim ithərə!" gunəsəduni, tari adi bəy:

"bu adi bəy hokko uluŋkudu iinəm ətəmune, ʃi iiŋiʧʧi ulim iʃihə!"

gʉnetʃtʃi, tari adine uluŋkudu iinərdʉ, tari ilani hokko battasa.

aŋadʒiŋ ʉt iiɲim iʃirdʉ, ʉnəŋ ənikkʉŋ bisə.

tootʃtʃi əri uluŋku mandi hərətʃtʃi gʉnəhəŋ bodotʃtʃi uluŋkuwu bogdu nəəm adi bəy yʉʉm əməsə amila, aŋadʒiŋ ʉt:

"əri uluŋkuwu minidʉ bʉʉhəldʉne, oodoŋ gi? bi gʉrʉŋni ərʉ noyoŋdu tiimʉwʉm nənisə, unesalwa tiim əməwʉrni dʒaariŋ əri uluŋkuwusuni atʃtʃim baytalagte!" gʉnəhəŋ gʉnəsə.

əri adi bəy, gʉrʉŋni ərʉ noyoŋbo ʃiikkərni dʒaariŋ, əri uluŋkuwu atʃtʃim baytalam, arad irgəŋni hinuŋboni gam bʉʉrəŋ gʉnəsəwʉni dooldiʃtʃi, uluŋku timsəldirbi udisa, tootʃtʃi talar:

"ʉnəŋti gʉrʉŋni ərʉ noyoŋdihi hinuŋ gam gʉnəkkiwi, ʃi əri uluŋkuwu əlbʉtʃtʃi ʉlihə!" gʉnəsə.

aŋadʒiŋ ʉt uluŋkuwu gam, boobe aawaŋbi tətim iʃiwʉrbi udim, boobe ʃisugwi dʒorim ʉʉʃihi dəglim ʉlisə.

aŋadʒiŋ ʉt dəglim dəgligeer, gʉrʉŋni ərʉ noyoŋdula eʃem əməsə.

tootʃtʃi aawaŋbi tətisədʉni ərʉ noyoŋ iʃim əsə bahara.

aŋadʒiŋ ʉt, ərʉ noyoŋni bəysəldʉ əʃiŋ əʃiwʉr, bog bʉhʉŋbəni baysam iʃim ʉligeer, əmʉŋ əddʉg dʒʉʉdʉ iinərdʉ, dooloni nəəm bisə əmʉŋ yəəmədihiniŋ digiŋ talthahi ilaaŋ yʉʉm bisə.

aŋadʒiŋ ʉt nandahaŋdʒi ʃiŋdʒim əʃisəʃi, hariŋ altaŋ mʉgʉŋ boobesol dʒaluŋ təwəwʉsə addar bisə.

tari boobesolwo gatʃtʃi hokkowoni arad irgəŋdʉ uusam bʉʉkkiwi oondiaya gʉnəhəŋ bodoroŋ.

tootʃtʃi tari uluŋkuniwi ammawani naɲim bisə altaŋ mʉgʉŋbəni sʉt ul uŋkuduwi təwətʃtʃi, iiɲirdu əmʉŋ ohoŋkot əsə təwər nəgəəŋ ənikkʉŋ bisə.

tari uluŋkuwi iiɲim naaŋ əmʉŋ dʒʉʉni ʉkkʉdʉ eʃenam, dooʃihi iʃisədʉni dooloni gʉrʉŋni ərʉ noyoŋni tiim əmʉsə nmʉŋ baraaŋ nandahaŋ ʉnesal horiwutaŋ bisə.

tari səldʒi ooso ʉkkʉni dʒakkali iitʃtʃi:

"bi bikkiwi sʉniwʉ toslam awaram gʉnəhəŋ əməsə bəy oome!"

gʉnəhəŋni gʉnətʃtʃi uluŋkuni ammawani naŋim unesalwu hokko uluŋkuduwi iigʉsə gʉnəŋ.

aŋadʑiŋ ʉt tari uluŋkuwi iiŋitʃtʃi naaŋ gʉrʉŋni ərʉ noyoŋni moriŋni horigaŋduni nəniradʉni, boobe moriŋniŋ ədʑiŋbi taanatʃtʃi, ədʑiŋniwi oldoŋduni əmərdʉni tari məəni moriŋbi iʃitəni dʑeleniwi doolohi mulanam, moriŋbi naalladʑiwi ənikkʉhəŋ bilgʉm, gʉnər ʉgwi əmi bahar addaraŋ.

tootʃtʃi aŋadʑiŋ ʉt nor bərwi yʉʉgʉm naalladuwi dʑawataŋ, tʉm miŋgaŋbəywʉ horloso gʉrʉŋni ərʉ noyoŋni dʑʉlidədʉni eʃem əmətʃtʃi tayyawa gappam waasa gʉnəŋ.

tootʃtʃi aŋadʑiŋ ʉt məəni moriŋ ootʃtʃi unesalwu sʉtwəni uluŋkuduwi iigʉm iiŋitəŋ, boobe ʃisugdʑiwi diiʃihi ʃilbarduni, ədiŋ taanaham dəglim ʉlisə gʉnəŋ.

aŋadʑiŋ ʉt tiinəhəŋgeer əmʉŋ ʉrirəŋdʉ eʃem əmərdʉ, hariŋ boobe aawuŋ bʉʉsə ahiŋ nəhʉŋsəlni təgədʑir ʉrirəŋdʉ bisəʉ. tari nadan ahiŋ nəhʉŋdʉ talarni aaluŋbani musuhom bʉʉrdʉni, talar mʉni unaadʑ nəhʉŋbʉni awrasa aʃiʃi bəy gʉnəhəŋ, boobe aawuŋbal aŋadʑiŋ ʉtdʉ bʉʉsə gʉnəŋ.

dahi naaŋ dʑʉʉr nasoʃi ulardu unaadʑwani iraam bʉʉm, boobe ʃisugwoni əthəŋdʉ musuhonordu əthəŋ unaadʑwi awrasa aʃiʃi bəy gʉnəhəŋ, boobe ʃisugwi aŋadʑiŋ ʉtdʉ bʉʉsə gʉnəŋ.

boobe uluŋkuwu aŋadʑiŋ ʉtdʉ naaŋ bʉʉsədʉ tari altaŋ mʉgʉŋ ootʃtʃi has manor boobewi yʉʉgʉm ular bʉhʉldʉ uusam bʉʉsədʉ, gərəŋ baraaŋdʑiwal mandi addam:

"ʃi bikkiwiaya dʑalu bəy hʉŋ! gəbbiʃi nerog bəy hʉŋ! ʉnəŋbəni gʉnəkki ʃi mitini gʉrʉŋni noyoŋ hʉŋ!" gʉnəm, aŋadʑiŋ ʉtdʉwə gʉrʉŋniwi noyoŋ ooʃiso gʉnəŋ.

aŋadʑiŋ ʉt moriŋʃi, ʃisugʃi, aawuŋʃi, uluŋkuʃi digiŋ boobedʑiwi arada irgəŋniwi iniŋ baldirwani dʑoonom iniŋ taŋtiŋ mətər moriŋbi ugum bəyʉlə ʃim, bahasa bəyʉŋbi arad irgəŋsəldʉwi tətʃtʃidʑi uusam bʉʉm iʃisa bogdu ərʉ noyoŋ ʃikkʉl aaʃiŋ aya nandahaŋdʑi dʑiggam iniŋ baldim təgəsə gʉnəŋ.

6. hʉrəltʉ ootʃtʃi altaani ahiŋ nəhʉŋ
呼日勒图与阿尔塔尼兄弟

ayibti əriŋdʉ hөhө dale təgəəɲʃi hөhөdөөr haaŋ gʉnөhөŋ bisə gʉnөŋ. tari yəgiŋ mʉʉdəri yəgilde maŋgisʤi ilaŋ ane apalditʃtʃi pələʤiwi ərʉdəm patadʉwi tiriwʉr əriŋdiwi gikkiwi:

"mitini baldagga ərʉtiʤirəŋ. əʃi ʤʉʉ təgəəŋthiwi əyələr əriŋ daga ooʤiroŋ" gʉnөsө.

"mini gʉdʉgdʉwi iʃiwʉmələ ooso ʉrʉl biʃiŋ."

"tookki ʉrʉlwəl təgəəŋdʉwəl dutawutʃtʃi ʉligөrө."

tari dolobniŋ gikkiniŋ athu ʉkkəhəɲʃi ooso. hөhөdөөr haaŋ adoŋdihiwi hʉriŋ ʤəərdə ootʃtʃi altaŋ alaar noohoŋ ʤawatʃtʃi:

"hʉriŋ ʤəərdəwəni ugusoniŋ hʉrəltʉ məggəŋ oom, altaŋ alaarwani ugusoniŋ altaani məggəŋ oogine. ʤʉʉr ʉtwi boŋgoŋ ootʃtʃi mʉni amigiʤi ninigine" gʉnөhөŋ ʤiŋʤitʃtʃi əməgəl hadal, nor bərwəni ʤoohoni əggidədʉni bulasa gʉnөŋ.

timaaʃiŋniŋ yəgilde maŋgis əmətʃtʃi, hөhөdөөr haaŋ、gikki ootʃtʃi gəbbə ni ular, adosoŋ yəəheteni taʃitʃtʃi ʉlisө.

təgəəŋdʉwi dutasa ʤʉʉr ʉrəlniŋ holihaŋ hʉmihөŋ tewem ʤiggeer, aʃitʃtʃaŋ ʤumbarya ʤawam ʤittər ooso. əttʉ oogeer, boŋgoŋ toohi nəgəəŋ boŋgoŋ aretaŋ yəəhe bəyʉʃir pəɲʧiʃi ooso.

əmʉŋ inig əmʉŋniŋ bəyʉʃim ʉlitʃtʃi ʤʉʉr moriŋ iʃitʃtʃi, əmʉŋ inig asatʃtʃi asatʃtʃi ʤawam əsə ətərə. attaddi oor əriŋdʉ təliŋ musum əməggisə gʉnөŋ.

"əri inig ittʉ ottug əməggisə ʃe?"

"hʉriŋ ʤəərdə ootʃtʃi altan alaar moriŋʤi ʤohitʃtʃi əmʉŋ inig asasʉ. ʤawawur yəəmə өntө. timaaʃiŋ ʤʉʉri aggaʃim iʃidəwəl!" timaaʃiŋniŋ tari ʤʉʉri nəəriŋ oor əriŋdʉ yʉʉtʃtʃi ʤʉʉr moriŋbo ʃiwʉŋ ʃiŋgətʃtʃi oohiŋ asatʃtʃi mətər ʤawam əsə ətərə.

ilahe inigni inig doliŋ oordu təliŋ ʥawam gatʃtʃi əməgəl hadal gələəgeer, ʥoohoniwol əggidədihi əməgəl hadal, nor bərwə gələəm bahasa. tootʃtʃi ʥʉʉri moriŋbol hadallam əməgəl tohosa. ottootʃtʃi əmʉŋniŋ:

"ʃi moriŋbo noorom ʥawasaʥiwi ahiŋ ooho. bi uʥidu ʥawasaʥiwi nəhʉg oogore !" gʉnəsə. tariʥiwi ahiŋniŋ hʉrig ʥəərdə moriŋʃi hʉrəltʉ məggəg oom, nəhʉŋniŋ altaŋ alaar moriŋʃi altaani məggəŋ ooso gʉnəŋ.

"ahiŋ oosoʥiwi ʃi noorom uguho, nehʉŋ oosoʥiwi bi uʥidu ogogde."

hʉrəltʉ məggəŋ hʉriŋ ʥaardədiwi ugutʃtʃi ʉʉʃihi bogni oʃittowo taŋim ʥəhlihəm, əggiʃihi mʉʉdərini oshoŋbo taŋim ʥəhlihəm musum əmətʃtʃi:

"nəhʉŋbi! əʃi ʃini əəlʥi ooso." gʉnəsə. altaani məggəŋ altaŋ alaar moriŋ diwi ugutʃtʃi mətər bogni oʃittowo taŋim ʥəhlihəm, əggiʃihi mʉʉdərini oshoŋbo taŋim ʥəhlihəm musum əməsə. tootʃtʃi taduhi amiʃihi əri ʥʉʉri amilani gʉrəsʉŋbə amiʃihi bəyʉʃim, ʥʉliləni gʉrəsʉŋbə ʥʉliʃihi bəyʉʃir ooso.

əmʉŋ inig, baraŋ ʥʉligiʥi honnoriŋ bor moriŋʃi, honnoriŋ tooggo təggə tʃtʃiʃi bəy əmətʃtʃi.

"sʉ awu awu gʉnər? awuni ʉrəl yəm?"

"ahiŋbi bikkiwi hʉriŋ ʥəərdə moriŋʃi hʉrəltʉ məggəŋ gʉnəŋ. bi bikkiwi altaŋ alaar moriŋʃi altaani məggəŋ gʉnəme. bʉ ʥʉʉri nisʉhʉŋdihiwəl aŋaʥiŋ, əniŋ amiŋbal əʃimʉŋ saara."

"gʉʥəyə! minidʉli ʉgiim nənidəsʉne. ʥʉʉbi baraŋ ʥʉligʉ dərəŋdʉ biʃiŋ. bi bikkiwi honnoriŋ mʉʉdəri təgəəŋʃi honnoriŋ bor moriŋʃi haralde haaŋ gʉnər bəy oome." gʉnətʃtʃi tari bəy ʉlisə. ahiŋ nəhʉn ʥʉʉri əddəwʉhiwəl ʉldim, aaʃiŋbal aawitʃtʃi, timaaʃiŋ əddəniŋ haralde haaŋdula ʉgiinəm gʉnəhəŋ baraŋ ʥʉliləʃihi ʉlisə. ʉligeer ʉligeer haralde haaŋdula eʃetʃtʃi, ʥʉʉddʉni iitʃtʃi haralde haaŋʥi bahaldisa. haralde haaŋ əri ʥʉʉriwo əmʉŋ inig hʉndʉlətʃtʃi ʥʉʉhe inigdʉwi:

"bi harlun barlun unaaʥwi əmmənətʃtʃi ilaŋ ane ooʥime. iləwəl oondi mənəəŋ əlbʉsəwəni hət əʃim saara. sʉ ʥʉʉri nəhəldim bʉʉrtʃʉni gʉ?" gʉnəsədʉni. altaani:

"oodoŋ, timaaʃiŋ əddə aha mʉni ʥʉʉri moriləʥi gadamune." gʉnəhəŋ alaaʃim gasa.

timaaʃiŋ əddəniŋ yɯɯrdɯwəl hɯrəltɯ məggəŋ ahiniŋ:

"nerog bəyni oldʑi baraŋ amigu ootʃtʃi baraŋ dʑuligɯdɯ biʃiŋ gɯnər bikkə. miti noorotʃtʃi baraŋ amiʃihi ɯlim iʃigəre." gɯnөtʃtʃi dʑɯɯri ɯligeer ɯligeer əmɯŋ hultʃiŋ dʑɯɯdɯ iirduni əmɯŋ saddə təgəʃidʑisə. tari dʑɯɯrni aya baharduni saddə:

"ittihi ɯlidʑir awuduhaŋ gɯnər ɯrəlsal yəm?" gɯnөhөŋ aɲusa. altaani məggəŋ hanadu lohowuso untunbani iʃitʃtʃi."

"mɯni dʑɯɯri bikkiwi honnoriŋ mɯɯdəri təgəəɲʃi haralde haaɲni harlun barlun unaadʑiwani gələəm ɯlidʑir hɯrəltɯ məggəŋ ootʃtʃi altaani məggəŋ gɯnər ular oomune. ənihəŋen, mɯnidɯ neŋanam buum harlun barlun unaadʑ ithi ɯlisөwəni iʃim bɯɯnde gɯ?" gɯnөhөŋ daŋgaya təwəm gələəsəduni. sadde untunbi gatʃtʃi neŋanam səgɯŋniŋ əwəsə. altaani naaŋ daŋgaya təwətʃtʃi:

"ənihəŋ ohoŋ oodʑiroŋ?" gɯnөhөŋ aɲusaduni, sadde:

"harlun barlun dʑɯɯr unaadʑni udʑiniŋ baraŋ amiggu dərəŋni sahirmi geltariŋ goddoni orooŋduni nənitʃtʃi aaʃiŋ ooso. tadu nənim gələəm iʃihəldɯne!" gɯnөsө.

tootʃtʃi ahiŋ nəhɯŋ dʑɯɯri taduhi moriŋbol təŋkədʑini tutʃtʃaŋkageer tutʃtʃaŋkaŋgeer, sahirmi giltariŋ goddoni əggidədɯ eʃesa. sahirmi giltariŋ goddo gɯnөsөʃi ʃiwɯŋbə dalisa、tətʃtʃidɯ tulgasa ɯr bisə. hɯrəltɯ məggəŋ: "mitidɯ naaŋ agga biʃiŋ, berwəl taanatʃtʃi digiŋ dʑɯgthəhi gappatʃtʃi, nor ilə dʑɯgthəhi ɯlikki tari dʑɯgdɯ nerog bəyni gəbbə biʃiŋ!" gɯnөtʃtʃi bərwi murliŋ beega nəgəəŋ ootʃtʃohiŋ taanatʃtʃi, digiŋ dʑɯgthəhi gappardu, norniŋ sahirmi giltariŋ goddoni oroondoduhi dɯləsə. tootʃtʃi dʑɯɯri norniwi amigidʑini sahirmi giltariŋ goddoni oroondothohi həəwə oohoŋtʃo. altaani məggəŋ moriŋniwi baraŋgu ammawana baragŋu ʃeeŋduni eʃetʃtʃoohiŋ, sət taanatʃtʃi baraŋgu ogothi ʃilɯŋ ʃilɯŋ ɯldɯ tihitʃtʃoohiŋ ʃisugdam. dʑəəŋgɯ ammawani dʑəəŋgɯ ʃeeŋduni eʃetʃtʃoohiŋ sət taanatʃtʃi, dʑəəŋgu ogothi ʃilɯŋ ʃilɯŋ ɯldɯ tihitʃtʃoohiŋ ʃisugdam, sahirmi giltariŋ goddoni sɯgɯrduni yɯɯsөʃi, əmɯŋ how honnoriŋ saŋaal iʃiwɯsə. ahiŋniniŋ gappasa norniŋ saŋaalni ammaduni lohowutoŋ bisə. əriwʉ iʃitʃtʃi, altaani məggəŋ harlun barlun unaadʒi əli ʉlisə gʉnɵhəŋ saasa. altaani məggəŋ uggitʃtʃi əggiʃihi məndim iʃitʃəʃi, ahiŋniŋ moriŋdiwi nuudawutaŋ ʉʉʃihi mikkim bisə. amashuŋ bitʃtʃi dahi məndim iʃitʃəʃi, ahiŋni musum soldirim əwəm bidʒisə. altaani məggəŋ nerog bəywʉ ilaŋ mudaŋ alaʃiraŋ gʉnɵhəŋ dahi naaŋ amashuŋ alaaʃitʃtʃi, məndisəʃi, ahiŋniŋ mətər soldirim əwəməl bisə.

tootʃtʃi altaani məggəŋ əməgəlwi gatʃtʃi, moriŋbi tiinətʃtʃi, hommewi ʃelbudatʃtʃi, saŋaaldu iim gʉnɵrdʉni moriŋniŋ:

"ədʒiŋbi dʒəwsəg aaʃiŋ maŋgisdʒi ittʉ apuldim gʉnɵdʒinde?" gʉnɵhəŋ aŋudʒihiŋ, altaani məggəŋ moriŋdihiwi:

"nor bərdihi ɵntə oondi yəəmə hərətʃtʃi yəm?" gʉnɵrdʉni moriŋniŋ:

"saŋaalni oldooŋdu bidʒir tari yaʃiŋ mooʃi aya dʒəwsəg ɵntə yəm gi?!" gʉnɵsə.

tootʃtʃi altaani saŋaalni ammani oldooŋni yaʃiŋ moowo bolta taanam baldaar ooʃim dʒawatʃtʃi saŋaaldu iisə. saŋaaldu iitʃtʃi ʉligeer ʉligeer, bəldiir aldatʃtʃi saŋaalni ərniŋ dʒakka ʉmpʉrisɵ. altaani ilim gʉnɵsəʃi baraŋgu bəldiirniŋ hoŋtʃogso bisə. tari ʉʉʃihi məndisəʃi saŋaalni ammaniŋ oʃitta nəgəəŋ goro iʃiwʉdʒisə. tattu hʉləəʃim bidʒirdʉ ʉgigidʒini əmʉŋ aʃitʃtʃaŋ tihim əmətʃtʃi naaŋ əmʉŋ bəldiirwi hoŋtʃotso. tootʃtʃi tari aʃitʃtʃaŋ əmʉŋ oroottoni niintə maltam yʉʉgʉtʃtʃi doliŋboni dʒitʃtʃi bəldiirniŋ uratʃtʃi ʉlisə. altaani əriwʉ iʃitʃtʃi ʉlʉsə doliŋthiniŋ amashuŋ dʒitʃtʃəʃi hoŋtʃogso bəldiirniŋ doroj urasa. tootʃtʃi altaani ʉlʉsə amashuŋ niintəwəni əwərlətʃtʃi, əggigʉ yəttəŋtʃidʉ eʃem əməsə. tari əmʉŋ doo atʃtʃathi ʉlitʃtʃi, doo manawurduni baraaŋ unesal ʉlidʒirbəni iʃitʃtʃi əmʉŋ dʒoloni amidaduni məyəəmi hʉləəsə.

dʒʉʉr unaadʒi əmətʃtʃi, altaanini məyəənəm bisə dʒoloni orooŋdu təgətʃtʃi həərəldim əəkkəsə.

"bi əri dolob soniŋ tolkiʃigga tolkiʃisu."

"oondi soniŋ tolkiʃisaʃi gə?"

"mitini akkaŋgiidʒi mitiwʉ gələəm bəy əməsə gʉnɵhəŋ tolkiʃisu."

əriwu doolditʃtʃi altaan yʉʉmi əmətʃtʃi:

"sʉ ohoŋ ʥinʥildirtʃune?" gʉnөhөŋ aŋusaduni, ʥʉʉr unaaʥ mandi olo so gasa gʉnөŋ.

"ʃi oondi bəy yəm? ohoŋ gʉnөhөŋ əməsəʃe? pelgar aggaŋʃi hulihaŋ əri tiwdʉ əʃiŋ əmər yəm."

"sʉ pelgar aggaŋ bəldiirʃi bitʃtʃi ohoŋ gʉnөhөŋ əməsəsʉne?"

"ʉgigʉ əggigʉ tiwni gotiŋ əmʉŋ haaŋsal, ilaŋ delaʃi ʥaddan holeŋdu diiləwʉtʃtʃi unaaʥsalwal bʉʉsө. mʉni ʥʉʉri bikkiwi ahiŋ nөhʉŋ ʥʉʉri."

"sʉni ʥʉʉri awuni unaaʥniŋ? awu awu gʉnөrtʃʉne?"

"honnoriŋ mʉʉdəri təgəəŋʃi haralde haaŋni harlun barlun ʥʉʉr unaaʥ niŋ oomuni." gʉnөsө.

tootʃtʃi altaani məggəŋ, haralde haaŋni ʥeleʥini tatʃtʃalwu gələəm əməsəwi ʥinʥim bʉʉtʃtʃi, tari ʥʉʉrwʉ aaŋitʃtʃi baraaŋ unesalni taduni ninirdʉni tari unesal altaŋ maltam biʥisə.

"awudu altaŋ maltan bʉʉʥirtʃune?"

"ilaŋ delaʃi ʥaddan holeŋdu maltan bʉʉʥimʉne."

"sʉ өntө ohoŋna oortʃune?"

"dolob oordu ʥaddan holeŋ əmətʃtʃi mʉniwʉ ʥʉʉdʉwi əlbʉʉrəŋ. ʥaddan huleŋdu ilaŋ ʥʉʉʃi, baraŋgu ʥʉʉdʉni bʉ hөөmөyө ʥittəmʉŋ, ʥəəŋgʉ ʥʉʉdʉni bʉ amramune, doligu ʥʉʉdʉwi ʥaddan holeŋ mʉnʉwʉ təhəərəm hʉləətʃtʃi ʥaandahanaŋ. ʥaddan holeŋ hʉləəʃim mʉni ʥaandarba ʃiggaʃirduni ilaŋ delani sʉt təgəʃim ʃikkiʃiraŋ. attaddi oor əriŋdʉ ʥəəŋgʉ delaniŋ tihitʃtʃi 'hʉrt hʉrt' gʉnөhөŋ neeŋtʃiwi taanam aaʃianaŋ. doloboŋ doliŋni əriŋdʉ, baraŋgu delaniŋ tihitʃtʃi naaŋ 'hʉrt hʉrt' gʉnөhөŋ neeŋtʃiwi taanam aaʃinaŋ. nəəriŋ oorni ʥʉlidөhөndili doligu delaniŋ tihitʃtʃi naaŋla 'hʉrt hʉrt' gʉnөhөŋ neeŋtʃiwi taanam aaʃinaŋ. toorduni bʉʉ təliŋ ʥəəŋgʉ ʥʉʉdʉwʉl musum aaʃinamune. ʃiwʉŋ yʉʉʥilөhini ʥaddan holeŋ mʉnʉwʉ asam yʉʉgʉtʃtʃi altaŋ maltawuhanaŋ."

tootʃtʃi attaddi oor əriŋdʉ ədiŋ ədiŋtʃi ʥaddan holeŋ əmər əriŋdʉ, tatʃtʃil altaani məggəŋni ʥaariŋ ʥele ʥogom biʥisə. toorduni əmʉŋ unaaʥ altaaniwa ʉʉgʉtʃtʃi gilʉhəŋ ooʃitʃtʃi əwərləsə. ʥaddan holeŋ əmətʃtʃi tatʃtʃalwu ilara təhəəritʃtʃi:

"pilgar aggaŋ bəldiirʃi hulihaŋni ʉʉŋ yʉʉʤirөŋ." gʉnөsө.

"mʉnidʉhi yʉʉʤir ʉʉŋ өntө yəm gi?"

"tannagaŋkat yəm gʉ!" gʉnөtʃtʃi ʤaddaŋ holeŋ, tatʃtʃilwu asatʃtʃi ʤʉʉdʉwi mususo.

hөөmөyө ʤittər əriŋdʉ ʤaddaŋ holeŋ mətər:

"pilgar aggaŋ bəldiirʃi hulihaŋni ʉʉŋ yʉʉʤirөŋ." gʉnөsө.

"mʉni ʉʉg өntө gi?!"

"tannagaŋkat yəm gʉ!"

tootʃtʃi attaddi oor əriŋdʉ ʤaddaŋ holeŋni ʤəəŋgʉ delaniŋ tihitʃtʃi "hʉrthʉrt" gʉnөhөŋ neeŋtʃi taanam aaʃiŋtʃa.

altaani məggəŋ əmʉŋ gʉggʉltʃөʃi ʤaddaŋ holeŋni baraŋgu delaniŋ:

"pilgar aggaŋ bəldiirʃi hulihaŋni ʉʉŋniŋ mətər yʉʉʤirөŋ." gʉnөrdʉni:

"mʉni ʉʉŋ өntө gi?"

doloboŋ doliŋ əriŋdʉ ʤaddaŋ holeŋni baraŋgu delani tihim, naaŋ "hʉrthʉrt" gʉnөhөŋ neeŋtʃi taanam aaʃiŋtʃa. altaani mətər əmʉŋ gʉggʉltʃөʃi, ʤaddaŋ holeŋni doligu delaniŋ mətər:

"pilgar aggaŋ bəldiirʃi hulihaŋni ʉʉŋniŋ mətər ʉʉʤirөŋ." gʉnөsө.

"mʉni ʉʉŋ өntө yəm gil?"

nəəriŋ oor ʤʉlidөdʉli ʤaddaŋ holeŋni doligu delaniŋ tihim, "hʉrt hʉrt" gʉnөhөŋ neeŋtʃi taanam aaʃiŋtʃa. toorduni altaani məggəŋ mʉŋkə dahawi tətitʃtʃi məəni bəywi howilam yʉʉm əmətʃtʃi, yaʃiŋ moo baldaarʤiwi ʤaddaŋ holeŋni ilaŋ delawani nes nes mondasaduni. gotig ʤʉʉr unesal hөөwө oom yʉʉsө. altaani miiŋ uʤiduni yʉʉrdʉwi əggə tiinəʤisə holeŋni iggiduni ʤəəŋgʉ ogoniwi pʉr ʃikkadawusa. əmʉŋ unaaʤ ogoniwoni ʃiratʃtʃi aya ooʃiso. altaani məggəŋ:

"sʉ ʤaddaŋ holeŋdu ilaŋ ane ʤaandam bʉʉsөsʉnə. əʃi minidʉ ilan honoor ʤaandam bʉʉrtʃʉŋ gʉ?" gʉnөʤihini tatʃtʃil mənəəŋ doroŋʃi daayalatʃtʃi ilan honor ʤaandam bʉʉsө gʉnөŋ. altaani məggəŋ, harlun barlun unaaʤwa dutawutʃtʃi:

"sʉ sʉt ʥʉʉ ʥʉʉdʉwəl nənʉhəldʉne." gʉnəhəŋ ənte unesalwa sʉtwoni ʉlihəŋtʃə.

ottootʃtʃi, harlun barlunba aaɲihanam saŋaalni əggidəduni əmətʃtʃi:

"altaŋ alaar moriŋbi! dələ iggiwi ʃiraha!" gʉnəridʉni, altaŋ alaarniŋ dələ iggiwi əmʉŋ əmʉŋʥi ʃibbam ʃiram saŋaalni əggiʃihi iroham bʉʉsə. əri əriŋdʉ gənəthəŋ orooŋgiʥini:

"altaani məggəŋ, baraŋgu naallawi bʉʉhə." gʉnərdʉni altaani məggəŋ baraŋgu naallawi bʉʉsə. toodduni ʉgigiʥi baraŋgu naalladuni altaŋ unuhuttuŋ tihim əməme:

"bi bikkiwi əggigʉ tiwni ʃiŋariŋ mʉʉdəri təgəəŋʃi ʃirgatu haaŋni ʃirlun ʉnər unaaʥniŋ oome. amigu mʉnidʉli təhəərəm nənidəwi!" gʉnətʃtʃi, dilgaŋ aaʃiŋ ooso. altaani məggəŋ harlun barlunba noorotʃtʃi yʉʉhəldʉne gʉnəsə.

"ʉgigʉ əggigʉ tiwni gotiŋ əmʉŋ haaŋsal diilʉwʉsə ilaŋ delaʃi ʥaddaŋ holeŋba tirisə altaani məggəŋthi nooritʃtʃi əʃimuni yʉʉrə, ʃi mʉni əggidədʉ ʉlir geeŋ aaʃin."

"nerog bəy bahasawi noorotʃtʃi yʉʉgʉrəŋ." gʉnətʃtʃi altaani məggəŋ tari ʥʉʉriwʉ noorotʃtʃi yʉʉgʉm, məəni uʥigiʥini yʉʉsə.

hʉrəltə məggəŋ ahiŋniŋ adi inig mikkim maltageer araŋ gʉnəhəŋ saŋaalni ammaduni eʃem əmətəŋ biʥisə. harlun barlun yʉʉtʃtʃi əməʥihiŋ hʉrəltʉ məggəŋni hoddor ʥeleniŋ gʉggʉltʃi ʃibbattawani ugim yʉʉm əməʥir nəhʉŋbi əggitʃtʃi əggigʉ tiwni saŋaaldu tihiwʉsə. altaani tihitʃtʃi mətər ʥəəŋgʉ bəldiirbi hoŋtʃotso gʉnəŋ. tari əwərdihiwi ʉləsə nisʉhʉhəŋ oroottoni niintəwi yʉʉgʉm ʥiʥʥihini bəldiirniŋ urasa gʉnəŋ. tootʃtʃi, tari əggigʉ tiwni saŋaaldihi inig dolob aaʃiŋ mikkim makkim, araŋ ʃaraŋ yʉʉm əməsə gʉnəŋ. əri əriŋdʉ, tari gənəthəŋ ʃirlun unaaʥ ʥeleduni iitʃtʃi ʃiŋariŋ mʉʉdəri təgəəŋʃi ʃirgatu haaŋnidu nənim gʉnəhəŋ, baraŋ amiʃihi ʥʉgwə ʥawam ʉlisə. ʉligeer ʉligeer əmʉŋ nandahaŋ oddoŋdu eʃetʃtʃi aɲusaʃi ʃirgatu haaŋni oddoŋniŋ bisə. altaani məggəŋ himbarawi irosa gələəʃiŋ ootʃtʃi nənisə. ʃirgatu haaŋ unaaʥniwi əməggisədʉ neer ooʥiso. tariwa əru gələəʃiŋ gʉnəhəŋ miiŋ əggidədʉ təgəwʉsə. ʃirlun unaaʥ ʉgigiʥi akkiya ʥawageer miiŋ uʥidu altaanidu ʤawasa. altaani məggəŋ ʉrʉʉŋkʉwəni ʤɔəŋgʉ naallaʤiwi gadarduni ʃirlʉn unaaʤ aleem:

"ittʉ geen əʃiŋ saara bəy yəm! ʃinidʉ baraŋgu naalla gʉnəhəŋ aaʃiŋ yə m gi?" gʉnərdʉni, altaani paaya aaʃiŋ baraŋgu naallaʤiwi gasa. ʃirlun unaaʤəri əriŋdʉ gənəthəŋ altaani məggəŋni tʉləsə altaŋ unuhuttuŋboni iʃitʃtʃi, altaani məggəŋ gʉnəhəŋ taatʃtʃi, tarini naalladihiniŋ əlgəm amiŋniwi ʤʉlidəduni əmətʃtʃi:

"ʉgigʉ əggigʉ tiwni gotiŋ əmʉŋ haaŋsalni diiləwʉsə, ilaŋ delaʃi ʤaddaŋholeŋbo tirisə altaani məggəŋ gʉnər əri bəy oorɔŋ." gʉnəhəŋ amiŋniduwi ʤiŋʤim bʉʉsə.

əri əriŋdʉ altaani məggəŋ mʉŋkə dahawi tətitʃtʃi məəni bəywi howihaŋtʃa. ʃirgatu haaŋ addam gʉnəhəŋ addasa gi! tootʃtʃi unaaʤwi altaanidu bʉʉn əddʉgdihi əddʉg neera ooso gʉnəŋ.

altaani məggəŋ ədʉ adi ane təgətʃtʃi, gənəthəŋ əmʉŋ inig dilgaŋkat əʃiŋ yʉʉr, əʃiŋkət imor ʤittər ooso gʉnəŋ. ʃirlun unaaʤ amiŋduwi nənitʃtʃi ʤiŋʤiʤihini amiŋniŋ əmətʃtʃi:

"unaaʤwi ərʉ gi? həəmə se ərʉ gʉ? oondi yəəmə abalʤiraŋ?" gʉnəhəŋ aŋusaduni altaani məggəŋ:

"tannagaŋ əntə, bi təgəəŋʃi、moriŋʃi ahaʃi. bi təgəəŋbi ʤoonom、muriŋbi ʤoonom、ahiŋbi ʤoonoʤime."

"ohoŋ gʉnəhəŋ goddoyo əʃinde ʤiŋʤira bəywi ʤogohonde! sʉ ʤʉʉri ʉlidəsʉni. bi ʃinidʉ oriŋ inig bitigyə ʃilbakte. sʉ ʤʉʉri mʉriwʉ naaŋ ugumtatihaldune." gʉnəhəŋ ʃirgatu haaŋ gʉnəsə.

tootʃtʃi altaani məggəŋ bitəgyə tatm, gikkiʤiwi əməndʉ mʉriyə naaŋ ugum tatisa.

əttootʃtʃi tari ʤʉʉri amiŋ əniŋdʉwəl ʤʉʉrə yos doryo ootʃtʃi, mʉridʉwəlugum tayya saŋaaldihii yʉʉm, mʉriwəl musuthohi tiiŋtʃə. altaani məggəŋ moriŋbi əərim gasa. moriŋniniŋ igginiŋ bobbilini uyiwusawuni iʃitʃtʃi altaani məggəŋ ahiŋniwi horlosowoni saasa. ʃirlun əwərtihiwi ʃiŋariŋ tooggo ʉʉŋkʉyə yʉʉgum ʃigʉŋthəhi əggihənəm altaŋ ʃigga moriŋ ooʃitʃtʃi,ʤʉʉri honnoriŋmʉʉdəri təgəəŋʃi haralde haaŋba ʃigləm gʉggʉltʃɵ. hʉrəltʉ məggəŋ harlun barlunba aʃewi ooʃitaŋ biʥisə. əmʉŋ iniŋ harlun：

"altaani ʃiniwʉ waam gʉnɵhɵŋ əməʥirəŋ." gʉnɵsə. barlun：

"ʃi deladuwi gorol nohotʃtʃi lattawugaha." gʉnɵtʃtʃi hʉrəltʉ məggəŋni deladuni gorol nohotʃtʃi lattawugasa. toodduloni altaani məggəŋ ʃirlunbi aaŋihanam bərwi taanataŋ eʃetʃtʃi əməsə. barlun：

"amashaŋ alaaʃiʥiha. gotiŋ əmʉŋ haaŋsalni diilʉwʉsɵ ilaŋ delaʃi ʥaddan huleŋba tirisə bəydʉ ərʉ ahiŋbi waatʃtʃi ohoŋ biʥigə. ahiŋʃi moriŋniʃi iggəwənə uyim ʃinəwə tihiwʉtʃtʃi, ilaŋ ane aamaya aaʃiŋ digiŋ ane ʥele ʥogotʃtʃi nʉʉttʉniŋ sʉt giltesa. ʃi waanande gʉ! əʃinde gʉ? məəŋkəŋ saaha!" gʉnɵsə.

altaani ahiŋbi ayaʥi məndim iʃitʃəʃi nʉʉttʉniŋ sʉt giltetʃtʃi, dərəlniŋ hunnesa bisə. altaanini ʥeleniŋ dəyəkkʉŋ ootʃtʃi ahiŋbi uuʃilasa. tootʃtʃi harade haaŋ altaaniwa ayaʥi hɵndɵlɵm nadan aneni neera oom adosoŋ buygunniwi doliŋboni uusam bʉʉsɵ.

əmʉŋ iniŋ altaan məggəŋ ahinduwi：

"ahiŋ! miti təgəəŋʃi ular huŋ da, bəyni təgəəŋdʉni iniŋ baldirniwi orduni, məəni təgəəŋdʉwəl musum iniŋ baldigare." gʉnɵʥihiŋ, hʉrəltʉ məggəŋ dayalasa. tootʃtʃi tari ʥʉʉri haralde haaŋdu ʥiŋʥitʃtʃi, gikkiwəl aaŋiham uusam bahasa adosoŋbol taʃitʃtʃi, təgəəŋdʉwəl musum, ʥʉʉ awor iliwum təgəsə gʉnɵŋ.

ədʉ əməsədihi amaʃihi altaani iniŋ taŋiŋ tʉlləʃihi ʉlir ooso.

əmʉŋ iniŋ tari baruŋ amaʃihi yʉʉtʃtʃi irəəttə təggʉʥi ʥohim, təggʉwʉ atʃtʃathahi ʥəəŋ ʥʉliguʃihi uʥim ʉlitʃtʃi, əmʉŋ irəəttə ʥugaldu eʃem təggʉniŋ manawusa. tari ʥugaldu əmʉŋ yaalu ʉkkʉ biʥirbə iʃitʃtʃi moriŋdihiwi əwətʃtʃi tariwam pəsəgləm hʉbbʉhɵŋtʃəʃi, ilaŋ daar saalbaŋ mooni taladu ʥoriwuso bitəg yʉʉm əməsə. altaani bitəgwə gam iʃitʃəʃi：

"hɵhɵ mʉʉdəri təgəəŋʃi hɵhɵdɵr haaŋ bi. baruuŋ amigu dərni yəgiŋ delaʃi yəgilde, maŋgisʥi ilaŋ ane apalditʃtʃi, tardani paptaduwi tiriwʉm, yəgilde maŋgisdu hurigaŋ hotowi huttuwutʃtʃi, buyganbi uruuwum baruuŋ amaʃihi əbbʉwʉrdʉwi, hʉrəltʉ altaani məggən ahiŋ nəhʉŋ ootʃtʃi hʉriŋ ʥəərdʉ altaŋ alaar ʥʉʉr nogohoŋbo golomtoduwi ʉlədətʃtʃi ʉlisʉ. ʥʉʉr ʉtwi! nerug ootʃtʃi ʉʃəwi gam buudasune." gʉnəhəŋ ʥoriwusa bisə. altaani məggən əərim iʃitʃtʃi, biʃir baytawu sʉt saam ʥʉʉdʉwi musum ahiŋduwi ʥiŋʥim, baruuŋ amaʃihi yəgilde maŋgiswu nəhəəldəm waatʃtʃi, amiŋ əniŋbəl əməwʉgəre gʉnəsə.tooʥihini ahiŋniŋ:

"tayyaʃi oohi aneni bayta! əʃi sʉt bʉsə əʥigə biʃi gi! əliŋ abani əsə tərəər maŋgiswu miti ʥʉʉri ittʉ tərəərte. bee əggəwəl iraarni orduni ədʉwəl ʥiggam təgəʃigəre." gʉnəhəŋ əʃiŋ ʉlim bʉʉrdʉni altaani məggən aleem əddəwʉhiwi ʉldim, aaʃiŋbi aawitʃtʃi, baruuŋ amaʃihi ʉlisə gʉnəŋ. altaani məggən həkkʉ tʉʉrəkkini nəkki ooʥiroŋ gʉnəhəŋ,saaʥige saagikkini tʉg ooʥiroŋ gʉnəhəŋ bodom ʉlim ʉligeer, əmʉŋ inig yəgildi maŋgisni təgəəŋdʉni eʃem əmətʃtʃi, moriŋdʉhiwi əwəmi:

"huuta nəgəəŋ oʃittaʃi

hʉʉdi nəgəəŋ dələʃi

homme nəgəəŋ tigəʃi

hulaŋ nəgəəŋ bʉggʉdəwi!"

gʉnəhəŋ altaŋ alaar moriŋbi tiiŋtʃi yoohoŋ ʉlisə.

altaani məggəŋni tattu ʉlim biʥirdʉ, həwər ʥaluŋ bəltʃisə ʉhʉrni doolohiŋ gotiŋ ʥʉʉr daara iigəʃi həriŋ ələər daadun toosuŋ buggihaŋgeer, mʉggʉləm əmərdʉni altaani məggən gotiŋ ʥʉʉr daara iigədihini ʥawatʃtʃi, bogwu soppo ʃikkidam waataŋ, bʉhʉlʥini ʃiram ʥitʃtʃi aaʃiŋtʃa gʉnəŋ. əmʉŋ sərirdʉ həhə daadunba bulduhilasa aʃe:

"əri ondi boŋgoŋ meegaɲʃi bəy yəm? yəgiŋ delaʃi yəgəlde maŋgisni hayraʃi daadunbani waatʃtʃi ʃiram ʥittəm gʉnəsəʃi." gʉnəhəŋ dʉdʉrim baraŋ amiʃihi ʉlirdʉni, altaani məggən amigiʥini aaŋim ʉlisə. tari aʃe ʉligeer, əmʉŋ nandahaŋ ilaŋ dakkur oddondu iisə. altaani məggəŋ,tari oddonni baruuŋ gidaduni bisə ərʉ meeʥahu owohedu ninitʃtʃi iirdʉni, əmʉŋ əthəŋ təgəʃiʥisə.

altaani məggəŋ aya bahatʃtʃi, baraŋgu orduni hʉləətʃtʃi, aaʃiŋtʃa nəgəəŋ neeŋtʃiwi taaŋtʃa. amashaŋ bitʃtʃi əmʉn sadde iim əmətʃtʃi:

"ʃi ohoŋ gʉnɵhɵŋ seya əʃiŋde ələərə? oohi ane mitilə bəy əsə əmərə." gʉnɵtʃtʃi iihəwi tuulgim seya ələəm təgəʃisə. tootʃtʃi əthəŋdʉwi:

"bi tiinʉg dolob nisʉhʉŋ ʉkkəhəŋbi əməsə gʉnɵhɵŋ tokkaʃisu." gʉnɵsə.

"mitini tari ʤʉʉr buyha bəy ooso gi da!?"

"ʃi ʤʉʉr noohoŋbi ʉlədərdʉwi ohoŋ gʉnɵhɵŋ yɵrɵsɵʃe?"

"hɵriŋ ʤəərdəwəni ugusoniŋ hʉrəltʉ məggəŋ oogine, altaŋ alaarwani uguso altaani məggəŋ oogine gʉnɵhɵŋ yɵrɵsʉ bisʉ."

seniŋ ʉyiʤihiŋ əthəŋ altaani məggəŋbə əərim yʉʉgʉtʃtʃi, saddeniŋ seya sohoso. seya imom bigeer əthəŋ:

"ʃi awuni ʉkkəhəŋ yəmə? iləhi ittihi ohoŋdu ʉliʤir awu gʉnɵr ʉkkəhəŋ yəmə?" gʉnɵhɵŋ aŋusa.

"bi bikkiwi hɵhɵ mʉʉdəri təgəəŋʃi hɵhɵdʉ haaŋni altaŋ alaar moriŋʃi altaani məggəŋ gʉnɵr ʉkkəhəŋ oome, yəgiŋ delaʃi yəgilde maŋgiswu waam amiŋ əniŋbi gaʤiggimi gʉnɵhɵŋ ʉliʤime." gʉnɵsə.

"bi ohoŋ gʉnɵsʉ bikkə. nisʉhʉŋ ʉkkəhəŋbi əməsə gʉnɵhɵŋ tokkaʃisu bisə əsʉ gʉnɵ gi?!"

tootʃtʃi ilani nəəriŋ ootʃtʃi oohiŋ həərəldim təgəʃisə.

timaaʃiŋniŋ yəgiŋ delaʃi yəgilde maŋgis, əthəŋ saddeni ʉhʉrniŋ bəltʃisə biʤiləhiŋ ʉhʉrdʉwɵl aʤihini ʉlirdʉni aletʃtʃi əmʉn luuʤinbi ʉlihɵŋtʃɵ. tayya luuʤiŋniŋ əmətʃtʃi əthəŋ saddewa ʉhʉrdʉwɵl ʉkkəldʉni gʉnɵhɵŋ ʤannaddu altaani məggəŋ baruuŋgu naallawani hoŋtʃo mokkitʃtʃi asam ʉlihɵŋtʃɵ. tayya luuʤinniŋ nənʉm yəgilde maŋgisdu ʤiŋʤiʤihini yəgilde maŋgis naaŋ əmʉn luuʤinbi ʉlihɵnɵm altaani məggəŋbə ʤʉʉdʉwi solihoŋtʃo. toorduni əniŋniŋ:

"ʉtwi! əʤi nənirə. maŋgis ʃiniwʉ horloroŋ kuŋ." gʉnɵsə.

"əmmə! baytaya aaʃiŋ,bi nənitʃtʃi tayyani ittoorboni iʃikte!"

"ʉtwi! ayaʤi hisədəwi. tayyani giltariŋ uurʃi, hɵhɵ uurʃi, uliriŋ uurʃi akkiwani əʤi imora, sʉt horʃi akki huŋ!"

"əmmə!bi saasu." gʉnɵtʃtʃi altaani məggəŋ tayya luuʤinbo aaŋitʃtʃi ʉlisə.

tarini yəgildə maŋgisni ʤʉʉdʉni iim nənirdʉni mʉɢʉŋ təgəŋkə nəəm bʉʉrdʉni dəlpə təgəsə. təgəŋkə nəəm bʉʉrdʉni mətər dəlpə təgəsə. əyətʃtʃi təgəŋkə nəəm bʉʉrdʉni təgəsəʃi tʉʉrətʃtʃi təsəsə. tootʃtʃi yəgildə maŋgis yəgiŋ iggəʤi hʉndʉlʉrdʉ sʉtwəni ʤitʃtʃi, yəgiŋ ɢaŋ akkiʤi ʃihardu sʉtwəni imosa, tooʤihini yəgilde maŋgis nəəlitʃtʃi giltariŋ uurʃi akkiwi ʤawardunI altaani məggəŋ doolowi imokki ittoor yəm gʉnɵhəŋ bodotʃtʃi imosa, hɵhə uurʃi akkiya ʤawardu mətər imosa, uliriŋ uurʃi akkiwa ʤawardu imotʃtʃi uhaya aldasa. tooʤihini yəgilde maŋgis ilaŋ daaduni sʉmʉlʤi ilaŋ unuhuŋ ʃiddətʃtʃi oohin bohitʃtʃi, ʃigedu aretaŋni ʉʉsə oogiŋ gʉnɵhəŋ nuudasa.

altaani məggəŋni səggərdʉ, məəni ʃirgatu haaŋni oddoŋdu biʤisə. ʃirgatu haaŋ：

"ʃi yəgilde maŋgisni ilaŋ ɵŋɵni horʃi akkiwani imotʃtʃi hordotʃtʃi uha aldaʤihiʃi, yəgilde maŋgis ʃiniwə ilaŋ daaduni sʉmʉlʤi ilaŋ unuhuŋ ʃiddətʃtʃi ooʤihini bohitʃtʃi, ʃigedu aretaŋni ʉʉsə oogiŋ gʉnɵhəŋ nuudasawani, yəgildə maŋgisni unaaʤniŋ awaratʃtʃi mini ədʉ iraatʃtʃi ʉlisə." gʉnɵsə.

"yəgildə maŋgisni unaaʤniŋ miniwʉ awarar geeŋ biʃir yəm gi?!"

"tari unaaʤi bikkiwi yəgilde magŋisni balʧa unaaʤniŋ ɵntɵ, tarini nisʉhʉŋ biʃir əriŋdʉ yəgilde maŋgis amin əniŋthiniŋ tiinəm əlbʉʉtʃtʃi iggisə. oʤiduni yəgilde maŋgis, ilaŋ delaʃi ʤaddaŋ holeŋdu diiləwʉtʃtʃi tiimʉsə bisə. ʃi ilaŋ delaʃi ʤaddaŋ holeŋba tiritʃtʃi tarini əggəwəni awarasa yəmʃi, əri mudan tari ʃiniwʉ əʃiŋ awarar bayta biʃin yəm ʃi!" gʉnɵsə? tootʃtʃi altaani məggəŋ：

"altaŋ alaar moriŋbi, huuta nəgəəŋ oʃittaʃi, homme nəgəŋ dələnə gasaʃi gi? əməhə! əməhə !" gʉnɵhəŋ moriŋbi əərim gadarduni, ʃirgatu haaŋkat ʃigga moriŋbi ugutʃtʃi ʤʉʉri altaanini huda haralde haaŋnidu nənitʃtʃi, tariwuhat aaŋihanam, ilani yəgilde maŋgiswu tirim gʉnɵhəŋ ʉlisə.

əmʉŋ inig yəgilde maŋgisni unaaʤniŋ：

"aba! tari altaŋ alaar moriŋʃi altaanini məggəŋ, ʃiŋariŋ mʉʉdəri təgəəŋʃi ʃirgatu haaŋ ootʃtʃi honnoriŋ mʉʉdəri təgəəŋʃi haralde haaŋ ʤʉʉriwʉ aaŋihanam, ʃiniwʉ tirim gʉnɵhəŋ əməʤirəŋ. altaani məggəŋ mini əggədʉwi iisə ʤaha, bi ʃinidʉ ayaʃilam əʃim ətərə. bi əʃi ʉlime." gʉnɵtʃʃi ʉlisɵ.

tooʤihini yəgilde maŋgis hada nəgəəŋ haltarduwi yəgiŋ bəyʤi əməgəl tohohom ugutʃʃi ʤaaŋ toŋ hʉʉde nəgəəŋ boloowi ʤawam bular yʉʉtʃʃi oohiŋ tiiŋkəm, bolʤoni bor delatudu yʉʉm, tari ilaniʤi bahaldisa. ʃirgatu haaŋyəgilde maŋgisdu：

"yəgiŋ delaʃi yəgilde maŋgis ʃi awuʤi apaldim gʉnɵhɵŋbiʤinde?" gʉnɵhɵŋ wakkirsa. yəgilde maŋgis：

"altaŋ alaar moriŋʃii altaani məggəŋʤi apaldime." gʉnɵhɵŋ wakkirasa.

tooʤihini haralde haaŋ：

"ʉgigʉ əggəgʉ tiwni gotiŋ əmʉŋ haaŋsalni diiləwʉsə ilaŋ delaʃi ʤaddaŋ holeŋba awu tirisə?" gʉnɵʤihini yəgilde maŋgis：

"altani məggəŋ ʃiŋʤə." gʉnɵsɵ. tooʤihini ʃirgatu haaŋ：

"yəgiŋ delaʃi yəgilde maŋgis ʃi tadu ohoŋ oonde!" gʉnɵrdʉni, yəgildə maŋgis aleerni mandiʤi aleeʤihiŋ, tarini yəgiŋ delaniŋ doolowol mʉggʉldim biʤisə. tootʃʃi altaani məggəŋ ootʃʃi yəgilde maŋgis ʤʉʉri ʉrwʉ həwər ootʃʃi oohiŋ, həwərwu amaʤi ootʃʃi oohiŋ apaldirdu, yəgilde maŋgis diiləwʉm bisə. toorduni haralde haaŋ：

"altaani huda! əriwu waatʃʃi ohoŋa oonde gə?! əyyəʃi hariŋ mənəəŋ pəŋtʃiʃi biʤirəŋ kʉŋ. əriwʉ waarni ordu əlbʉtʃʃi mʉʉwi təwəwʉhəm, mooyo satʃʃihaŋkaŋkiʃi aya ɵntɵ gi?!" gʉnɵhɵŋ wakkirasa.

tooʤihini altaani məggəŋ yəgilde maŋgiswu əmi waar, gəbbəŋʃiŋbi ooʃim gasa. tootʃʃi altaani məggəŋ amiŋ əniŋbi əlbʉʉm, yəgilde maŋgisni hurigaŋbana hottotʃʃi, ʤʉʉ oddoŋboni dalgatʃʃi, təgəəŋdʉwi musum, namaaʤ aneni neeraya oom, gotiŋ aneni hudaya oom, nandahaŋʤi ʤiggam təgəsə gʉnɵŋ.

7. məggəŋ uhaŋʤi ʃikkɯlwɯ tirisəniŋ
英雄用智慧征服了阴险的妖魔

ayitte noogu əriɳdu hiŋgaŋ orooŋni əwərli təgəʤisə əmɯŋ soloŋ məggəŋ bisə gɯnəŋ.

əmɯŋ inig əri məggəŋ ʤəgərəŋ bogwu nannaʃim asam ətər sappel moriŋbi ugutʃtʃi, ʤəəŋthəhi ʃigləm bəyɯʃim ɯlisə gɯnəŋ.

soloŋ məggəŋni aʃeniŋ, nisɯhɯŋ ʤɯɯr ɯtʤi ilani, əmɯŋ inigni gəbbəwi ʤohiham manatʃtʃi, dolob oorduni owoheni ʤɯlidədɯ tog təŋkim, tarini ɯgilǝni lohowuso iihədɯwi arukkuŋ mɯɯ nəəm, ʤəgərəŋni ɯldɯ ələəm ʤittərʤi bələhəsə.

tari ʤɯɯr ɯtʤiwi əri tari ʤiŋʤildim təgəʃirdɯ, lohomol iihəniniŋ arukkuŋ mɯɯdɯni ʃikkɯlni dərəlniŋ iʃiwɯrdɯ, əniŋni amar amiʃihi uggim ɯrni ɯgilǝ iʃirdɯ, ɯnəŋ əmɯŋ ʃikkɯl toorol dəddɯhəm ɯliʤisə.

nəələsə bəydɯ uhaŋ baraaŋʃi nəgəəŋ, əniŋniŋ ʤɯɯr ɯtdɯwi:

"ʃikkɯl əməʤirwəni bi saasu, tayyaduhi nəələm uutam əʃiŋ oodo! əniŋdɯsɯni məggəŋ uhaŋ biʃiŋ!" gɯnəhəŋ ɯrɯlwi ʤoriɡʤihoŋtʃo. əsəhət udar ʃikkɯl tatʃtʃini togni oldoŋdu eʃem əmətʃtʃi, soyoloŋ nonom iittəwi eʤʤeham, naallawi sabbeham bitʃtʃi:

"ʤɯɯr ɯtʃi ɯnəŋ bɯggɯ biʤirəŋ! mini ʤəmɯɲtʃə gɯdɯgwi ələwɯhənər aya həəmə da!" gɯnətʃtʃi, ɯr hadar doggiltʃohiŋ nəttətʃtʃi, ammawi aŋgem, iisalwi bɯltelhəm, talarni dagalani soŋtʃem təgəsə gɯnəŋ.

ʃikkɯl bikkiwi hadal ootʃtʃi ʃidərdihi sɯnsɯwi yɯɯtʃtʃi oohiŋ nəələrəŋ gɯnərəwə saar oorduwi, əniŋniŋ goddoyo abani hadal ʃidərwəni ʤɯɯr ɯtdɯwi ʤawawuhaŋtʃa. ʃikkɯl ʤɯɯr ɯtni naalladuwi ʤawasa hadal ʃidərwəni iʃitʃtʃi, nənim ʤawam gɯnəsəwi uditʃtʃi, adira aggaʃigga amiʃihahi mitam, haragaŋbi ɯtni əniŋthhəhini ʃiʤɯhɯŋtʃə.

ʃikkɯl əniniŋ naallaniŋ hoosoŋ biʃiwəni iʃitʃtʃi, tarithahi dakkelam əmərduni, əniŋniŋ ashuŋkat əsə nəələm uutara.

tari ʃikkulni əmərni ʤulidədu togni ʤuur oldoŋdu əmunduni muuʃi hoŋge, əmuŋduni imitʧiʃi hoŋgewo bələhətəŋ bisə.

ʃikkul naallawi sabbeggam əmərdu, tari hoŋge dooloni muuwu həŋgərduwi sasum awarduni, ʃikkul: "ʃi bəywi ʃikkikkaʃi, bi naaŋ bəywi ʃikkim arakkuŋ oogte!" gunəʧʧi, togni saagila biʃir hoŋgeʃi imitʧiwu həŋgərduwi ʤaluŋ sasum təgəʃisə.

əniŋniŋ ʃikkul bəyni gugguldərwəni almar doroʃiwoni gətəhuŋ saar ʤahaʃi, ʤuur naallaʤiwi togni iilʧiwə ukkuʤir yaŋʤi yuugum aaʃilardu, ʃikkul iʃitʧi naaŋ naallaʤiwi togwu ukkusodu, tarini həŋgərni imitʧiduni tog tokkotʧi təŋkisə. ʃikkulni bəyni togniŋ təŋkiger tayyani deladuni eʃenatʧi, nadan saŋaaldihiniŋ tog huʤim, honnoriŋ saŋaŋ paagim yuurdu, ʃikkul əruhəyə dilgaŋʤi wakkiram niŋum soŋogeer, hadarni əwərdu taŋga tihitʧi busə gunəŋ.

8. naaway məggəŋ
英雄的那崴

noogutti əriŋdu ʃiguŋ yuuʤir bogdihi əmuŋ naaway gunər bəyuʃeŋ ʃigeʃi ur hadani doolo uligeer, əmuŋ agoyni oldoŋdulini nutʧirdu, gənəthəŋ agoy doolohi "uuŋ! uuŋ!" gunəhəŋ soŋor dilgaŋ dooldiwurdu, dooʃihi iitʧi iʃitʃədu, əmuŋ əniŋ bəy soŋom təgəʃirəŋ. naaway məggəŋ:

"əniŋ! yoodo soŋonde?"

"hee! ane taŋiŋ ətirgəŋni əruwəni iʃim, əggə iggim ətərwəl udisamune!" gunərwəni doolditʧi, tari doolowi:

"əri bogdu bəy bitʧi ittootʧi ətiggəŋbə tərəəm əʃiŋ ətr yəmə? law iŋʧer uʃitʧi magad aaʃiŋ!" gunəhəŋni bodotʧi:

"əniŋ! əʤi ʤogoro! bi ʃiniwu məəni doroʤi ʃiniwu ayaʃilam, əri horni dagsaŋbani aaʃiŋ ooʃim buugte!" gunərdu, əniŋ tarini ohoŋdihihod əʃiŋ nəələr bokkowoni iʃitʃtʃi, ʥeleniŋ amram nəttəsə.

əri əniŋ aymarni ularbi əərim əməwʉm, əri gorodihi əməsə ayiltʃiŋbi əddʉgʥi atʃtʃam gasa.

ʉrirəŋniniŋ ularsol：

"ʃi ətiggəŋdihi əʃinde nəələr gi?"

"ətiggəŋdihi nəələrwə naaŋ bəyʉʃeŋ gʉnөhөŋni gʉnөŋ gi?!"

"əri ʉg naaŋ ʥohiraŋ, bəyʉʃeŋ bəy bitʃtʃi yoodo naaŋ ətiggəŋdihi nəələgigə bisə yʉm. əri ʥalu ʉnənti meegaŋʃi amar aaʃiŋ ʥalu da!" gʉnөhөŋni baraŋʥiwal bodom biʥirdʉ, əmʉŋ samaaŋ yʉʉm əmətʃtʃi, naaway məggəŋdihi：

"ʃini əri yaŋʥiʥi ətiggəŋbə aggalam ətəʥigəʃi gi da?! mʉni ələni əmʉŋ baraaŋ bəyʉʃeŋ hokko əri ətiggəŋdʉ ʥittəwʉsə, tari səkkəhəŋ ətiggəŋ өntө, hariŋ bokkoŋ ətirgəŋ oodoŋ, ʃi ashuŋ həŋʥəwi saha! tadu amakkaŋ hʉʥi təŋkim, ʥalbarim mʉggʉhө, tattu əʃikkiwi oor əggəʃi aaʃiŋ ooroŋ, tari bikkiwi mʉni ʉgigʉ ʥalaŋdihi howilam əməsə gʉnөrwө ʃinidʉ ʉnəŋgiʥi ʥiŋʥim bʉʉgte!" gʉnөrdʉ, naaway məggəŋ：

"mʉni ugilө ʥalaŋdihi howirom əməsə bitʃtʃi, ohoŋ gʉnөhөŋni məəni bəywi əʃiŋ ayaʃilar hariŋ horlor yəm?!" gʉnөrdʉ, samaaŋ aleetʃtʃi məəni ʥiŋʥisawi gətəhʉlərni ʥaariŋ, baraaŋni doliŋduni əmʉŋ ənnəgəŋ ʉnʉgʉl ʥiŋʥim buuso：

"noogu əriŋdʉ mʉni ugilө ʥaliŋni bəyʉʃeŋ əmʉŋ əriŋni bəyʉʃir doliŋdu, ʥaaŋ adi honoor ədiŋ ədinəm, imanda imaŋtʃaduni, bəgim əʃiŋ təsərdʉwi, əmʉŋ agoy baham amram hʉləərdʉwi, aamaniŋ eʃem aaʃinardʉwi əttʉ tokkoʃisa gʉnөŋ. tootʃtʃi tokkoʃirdʉwi ʉrni əndʉr əmətʃtʃi, agoydu aaʃiŋtʃa bəy hokko ʥərlig amitaŋ ooroŋ' gʉnөhөŋni gʉnөsө. tarini səriddʉni bəydʉni nonom iŋatta balditʃtʃi, naalla bəldiirdʉni sabbatta uggum, əmʉŋ ətiggəg oom howiltʃa gʉnөŋ. ətiggəŋ baraaŋ talgiʥi yag bəy nəgəəŋ oorduliwi miti ʉgigʉ ʥalaŋmuni gʉnөhөŋ hʉndʉlum iʃir ooso." gʉnөsөdʉ, naaway məggəŋ əddʉg dilgaŋʥi nəttəm：

"ʉnəŋ ənnəgəŋ bikkiwi, bi nənim tariwa ittootʃtʃi ənnəgəŋ hakkis oosowoni iʃigte. bi ʤaawal waame!" gʉnɵsɵdʉ, samaaŋ ədduɡʤi aleem：

"ʃi əri yaŋʤiʤi məəŋkəni hɵɵmɵ oodor doroʃi bikkiwi nənih! awuniŋ awudiwi hɵɵmɵ oorwosuni iʃim saagare!" gʉnɵsɵ.

naaway məggəŋ nor bərwi iiŋim, baraaŋdihi əyilərdʉ, ʉrirəŋni ular tarithahi：

"ʉtwi! ʃi bodom ʉlidɵwe!" gʉnɵtʃtʃi moridawuhaŋtʃa.

naaway məggəŋ ilaŋ bera doo, niŋʉŋ amaʤi, yəgiŋ ʉrwʉ tʉttʉgɵm nʉtʃtʃigɵtʃtʃi, ʃigʉŋ ʉrni saagila əwərdʉ, naaŋ tari ətiggəŋbə əmi bahar, agga aaʃiŋ əmʉŋ bog gələəm owohe iliwʉm, adi moowu owoolotʃtʃi, tog təŋkim təgəʃiʤirdʉ ətiggəŋdʉ əru iʃiwʉsə təgləŋ ootʃtʃi hərəm əməm ətiggəŋni ʤuligʉ ʉrdʉ biʃir bogwoni səməəkkəhəŋʤi gʉm bʉutʃtʃi dəglim ʉlisɵ.

naaway məggəŋ ʉrni hiralini ʉgiʃihi yʉuʤindʉni, gənəthəŋ ʉrni əggilə əmʉŋ bəy ʃiikkəʤirwəni doolditʃtʃi, əri bikkiwi miniwʉ ʉgiʃihi tʉttʉgɵkkiʃi əʃiŋ oodo gʉnɵhɵŋni gʉm bʉuʤir uhaŋ gʉnɵhɵŋni saatʃtʃi, delawi ʉgirim ʉgiʃihi iʃitʃədʉ, oriŋ aggaʃigga əʃiŋ eʃer ʤoloni oldoŋdu, əmʉŋ ətiggəŋ saaʃihi iʃim ʤolowu ubbuwuhanam, ʤoloni ʤakkaduni uduruwi iigʉrdʉ, oboglʤiŋ yʉum əməsə iirittəsəl ətirgəŋ amma neeŋtʃiduni iirdʉni, mandi antaŋʃi ʤimmə bisə. tayya ətiggəŋ naaway əməsəwə əmi saar iirittəsəlwə ʤimmə ətətʃtʃi, saaʃihi adi aggaʃim ʉlitɵŋ, moodihi amigu ʤʉur bəldiirʤi tʉʃim ilitʃtʃi, ʤuligʉ aggaŋʤiwi mooni garawani taam əməwʉtʃtʃi, ammaʤiwi oggoso ʉlittəwə gewem ʤimmə iliʃirwani mandi sonikkom iʃim təgəʃiʤisə naaway ʉrni əggiləhi nor bərwi yʉuɡʉm ətirgəŋbə gappsadu, ətiggəŋ naabbum əru dilgaŋ yʉutʃtʃi əggildim tihirwəni ʤaddam, naaway məggəŋ naaŋ adirahat gappatʃtʃi amtʃasa.

ətiggəŋ nordu naabbum əru dilgaŋ yʉum tihitʃtʃi əsə gʉggʉldʉr ooʤihini, naaway məggəŋ əʃihʉn bʉsɵ gʉnɵhɵŋ, dakkilam eʃerduni ətiggəŋ gəntəhəŋ totʃtʃanam yʉum, naawaythahi tokkom əməsədʉ, naaway ʉr əggiʃihi sʉŋgirim, dahi ilitʃtʃi ʉttʉlirdʉ, ətirgəŋ naaŋ amigiʤiŋ nəhəldəm əmərdʉni, naaway uutarduwi əmʉŋ saalbaŋ mooni ʉgiləni tʉttʉgɵm yʉusɵdʉ, ətiggəŋ mooni əggiləhi ʉgiʃihi ashuŋ iʃitʃtʃi, ʉgiʃihi tʉttʉgɵʤirdʉni mooni garaniŋ "ʃar! ʃar!"

gᴜnөhəŋ tᵻᵻrəm bisə gᴜnөŋ.

naaway əggiʃihi iʃirdᵻni, ətiggəŋni bəydᵻ əmᴜŋ dakkur ʥadda mooni imitʃtʃi lattasa bisəwəni təliŋ saasa. toodduwi tayyani bəydᵻni ᴜshəŋ ootʃtʃi bər iinərdᵻ mandi gᴜnərwəni saam ətiggəŋ ᴜgiʃihi aggaŋbi sabbaggarwani ʥaddam nor bərʥi atʃtʃathahiniŋ gappasadu, bərniŋ ʥᴜligᴜ bəldiirni aggaŋbani taw gappasa. ətiggəŋ sᴜŋgᴜrim tihirdᴜni saalbaŋ moo ub uliriŋ səətʃtʃiʥi baltʃiwusa.

ʥᵻᵻhe əriŋ ətiggəŋ əmᴜŋ ʥᴜligᴜ aggaŋʥiwi moo ᴜgiʃihi tᴜttᴜgəm əmərdᴜ naaway bərwi daramdihiwi taam gadam gᴜnərdᴜ, bərniŋ aaʃiŋ ooso bisə gᴜnөŋ.

əʃi ittooroŋ? ətiggəŋ tᴜttᴜgəm yᴜᴜm əmətʃtʃi bəldiirdihi asuglarduni, naaway məggəŋ nordihi iŋtʃer yəəmə aaʃiŋ ooso. tooddiliwi norʥiwi ətiggəŋni delawani mondasadu, ətiggəŋ aggaŋbi aldam bogdu pᴜs oohiŋ tihisə.

ilahe əriŋ moodu tᴜttᴜgəm yᴜᴜrdᴜwi, iləhini yᴜᴜsө hᴜsᴜŋbө əʃiŋ saara, naawayni bəldiir gᴜdᴜgwəni taw asuglarduni, norʥiwi ittᴜ mondasa ʥaariŋ aggaŋbi əʃiŋ tiinər bisə. naaway məggəŋ ətiggəŋʥi tokkoldigeer, mooni garaniŋ hoŋtʃoggom bog diiləni tihiʥiləəhiŋbi yᴜᴜtʃtʃi ᴜttᴜlisə. tari ᴜttᴜlirdᴜwi amiʃihi oggim ʃisəʃi, ətiggəŋ mooni diiləni təgəm naaway məggəŋni ᴜttᴜlirbəni iʃim bisə. tari ʥᵻᵻhe uda oggim iʃitʃəʃi, ətiggəŋ tarini oldoŋduni əmətəŋ bisə. naaway məggəŋ boŋgoŋ saalbaŋ moowu əggim oohiʃiŋ ᴜttᴜlisəwəni əʃiŋ saara. naaway məggəŋni ətiggəŋdᴜ ʥawawum ladawusa gᴜdᴜgniŋ əʃiŋ təsər ənᴜərdᴜ, naallaʥi gᴜdᴜgwi hᴜmlim ᴜttᴜligeer ətiggəŋni aŋarni əggiləni tiriwᴜm, əggəniŋ bᴜtᴜrdᴜni iisalbi naŋisaʃi ətiggəŋ ammawi aŋgeham tariwu ʥittərʥi aaʃilaʥirduni, naaway məggəŋ əʃi bi ittoome? gᴜnөhəŋ doolowi uutam bodoroŋ.

naaway gənəthəŋ dəwəhini diilə biʥir ᴜshəŋbi bodom bahatʃtʃi, ᴜshəŋbisug tanam ətiggəŋni ammathahiniŋ akkisadu, tari ətiggəŋ "ᴜᴜŋ! ᴜᴜŋ!" gᴜnөhəŋ əddᴜgʥi wakkiram tokkoldirduni, naaway ᴜshəŋʥi tayyani ammathahiniŋ hᴜsᴜŋʥi akkisadu, ətiggəŋ ənᴜnətʃtʃi əʃiŋ təsər naaway məggəŋbə ʥaaŋ miitərni goro sasaglam ᴜlihəŋtʃə. əri ʥəligdᴜ naaway məggəŋ bahasa əmʉŋ bərʤi gappasadu, ətiggəŋ neegem seegegeer adihat əsə aggaʃir toŋkolim tihisə.

əri əriŋdʉ naaway məggəŋ dərəlwi iləhəsədʉ naallani sʉt səətʃʧi ooso.

tari ətiggəŋni dagalani eʃenardu, neeŋʧidihini yʉʉrθ bəkkə ərʉ ʉʉŋdʉ delaniŋ ənʉŋʧə ʤaariŋ, əri ətiggəŋbə waam ətəsədʉwi addam, tayyawa irom əməwʉrədʉ ʉrirəŋni ular sʉt əddəgʤi addasa gʉnθŋ.

tari əriŋdihi əəkkəm, bəysəl ətiggəŋdihi nəələrbi udim, ətiggəŋbə bəyʉʃim waar ooso gʉnθŋ.

9. maŋgiswa tirisəniŋ
征服妖怪的英雄

ayitti əriŋdʉ əmʉŋ mohoŋni oriŋ eʃer ʉrirəŋ bəyʉ bəyʉʃim, adsuŋ adulam inig baliʤisa gʉnθŋ. əmʉŋ inig taʧʧilni baraŋgu ʉrdʉni əmʉŋ maŋgis əməʧʧi, əʧʧəl ooʧʧi adsuŋbani ʤawam ʤittər ooso. taʧʧildu əyyə maŋgiswʉ tirim ətər bəŋʧiŋʃi bəy gʉnθhəŋ aaʃiŋ bisə.

əmʉŋ inig əmʉŋ bəyʉʃeŋ əthəŋ:

"nasuŋbi ʉlisθ yəmʃi, baraaŋniwi ʤaariŋ maŋgisdu ʤiwʉsə ʤaariŋ ittooʤogo. ittoosohot ʤaariŋ maŋgisʤi əmʉŋ iʃildigte!" gʉnθhəŋ bodom bodoʧʧi, nor bərwi iiŋiʧʧi, maŋgiswu gələənəm gʉnθhəŋ ʉlisθ.

əthəŋ bəyʉʃeŋ maŋgisni aŋguduni eʃem nəniʤihini maŋgis:

"bələŋ ʉldʉ əməsə!" gʉnθhəŋ addam hθθwθ oom əməʧʧi:

"ʃi miniwə bələhə ʉldʉ gʉnθhəŋ gʉnθnde?! əʃi bi ʃiniwʉ waam gʉnθhəŋ əməsʉ. ʃi aya nerog bikkiwi miniʤi məlʤildim iʃih!" gʉnθhəŋ əthəŋ gollir aaʃiŋ ʤiŋʤisa. maŋgis əttʉ gʉnθrwθni doolʤiʧʧi doolowi mandi olosowi ʤaariŋ:

"ʃini nəgəəŋ ərʉ əthəŋdʉ oondi pəŋʧiŋ biʤigə! ohoŋ məlʤim gʉnθʤindθ gə?" gʉnθhəŋ, əsə tooro nəgəəhəŋ ʤiŋʤisadu. ətθhəŋ:

"mnidʉ oondi pəŋʧiŋ biʤigə. mini əmʉŋ wakkirarduwi ʃini delaʃi dəppəggərəŋ." gʉnɵrdʉni maŋgis naaŋ:

"mini ɵmʉŋ wakkirarduwi ʃini delaʃi naaŋ dəppəggərəŋ." gʉnɵsɵ. tootʃtʃi ʥʉʉri məlʥiyəŋ oor ooso. əthəŋ:

"ʃi nooritʃtʃi wakkiraha!" gʉnɵsɵdʉ. maŋgis:

"oodoŋ, bi nooritʃtʃi wakkiragde!" gʉnɵrdʉni əthəŋ hommewi loggim gatʃtʃi, ʃeeŋbi ahutʃtʃi, delawi əkkəsə. tootʃtʃi maŋgisni saaʃihi uggitʃtʃi, wakkirar əriŋdʉni əthəŋ hɵɵndi moodu delawi ʃitʃtʃim iigʉsəʃi, mooniŋ dəppəggətʃtʃi əthənni ʃeenni giŋginam, delani dʉŋginətʃtʃi əthəŋbə ittʉhət əsə oor gʉnɵhəŋ bodom əli nəələtʃtʃi:

"əʃi ʃini əəlʥiʃi ooso." gʉnɵsɵdʉni, əthəŋ:

"mini wakkirar dilgaŋduwi, ʃi ədimʉtʃtʃi bogdu mʉggʉlɵtʃtʃi bʉdɵnde. bi ʃiniwʉ əyyə moodihi əʃiŋ ʉyir əʃiŋ oodo." gʉnɵrdʉni maŋgis nəələtʃtʃi ʉgwɵni gasa. əthəŋ saalbani halisuŋʥi maŋgiswu ʥadda moodu lattuhaŋtʃi dakkur dakkur ʉyitʃtʃi:

"bi əʃi wakkirame. ʃi iisalwi əʃihiʃi nindər bikki, iisaltʃi bʉltʉgrəŋ." gʉnɵrdʉni, maŋgis dilgaŋ aaʃiŋ iisalwi tag nindisə. əthəŋ norwi maŋgisni maŋgildʉni ʥohiham bitʃtʃi gappardawi delawani dəlpə gappatʃtʃi waasa.

əthəŋ mohoŋniwi maŋgiswa tiritʃtʃi, baraaŋduwi horoyo aaʃiŋ ooʃim bʉʉsɵ gʉnɵŋ. tootʃtʃi mohoŋni ularniŋ əthəŋbə hɵndɵlɵsɵʥi əʃiŋ manara, naaŋ boŋgoŋʥi naggim, nandahaŋ inig baldim təgəsə gʉnɵŋ.

digihidu samaaŋ ootʃtʃi bokkoŋni ʉnʉgʉl
第四部分　萨满信仰和神仙的故事

1. samaaŋni tuŋkʉni ʉnʉgʉl
萨满神鼓的传说

ayibti əriŋdʉ bəyni yəttəŋtʃi mandi nisʉhʉŋ bisə gʉnəŋ. tuttaŋdiwi əri yəttəŋtʃini ʉrniŋ bəyni lantu nəgəəhəŋ bisə, doo biraniŋ ʃirittə nəgəəhəŋ nənnikkʉŋ bisə. uʤiduni bəŋtʃiŋ ʃidal əddʉgʃi samaaŋ yʉʉm əməsədihi təliŋ bəyni inig baldir əri yəttəŋtʃi əʃitte nəgəəŋ boŋgoŋ ooso gʉnəŋ.

samaaŋdu boho nandaʤi bʉrʉsə əddəni tuŋkʉʃi. samaaŋ tuŋkʉbi mondar taŋiŋ yəttəŋtʃi boŋgoŋ ooroŋ. taduhi amaʃihi yəttəŋtʃi ʤakkaya aaʃin boŋgoŋ ootʃtʃi, tətʃtʃidʉ eʃer goddo ʉr yuutʃtʃi əyənətʃtʃi əʃiŋ manawur bira yʉʉtʃtʃi, ʤakkaniŋ əʃiŋ iʃiwʉr əddʉg mʉʉdəriʃi ooso gʉnəŋ.

samaaŋ tuŋkʉbi mondager usunuddiwi tuŋkʉbi dəbbələtʃtʃi aaʃiŋtʃa gʉnəŋ. samaaŋ əttʉ oohiʃiŋ ane aaʃiŋtʃawani əʃiŋ saara. samaaŋ gənəthəŋ əmʉŋ inig aamadihiwi sərirdʉni bəyni inig baldir yəttəŋtʃidʉ ʃikkʉl maŋgis ʤaluttaŋ, bəy ulawa iini paaya aaʃiŋ mogohom waam biʤisə gʉnəŋ. tari mandi aletʃtʃi əddəni tuŋkʉbi abugu bəŋtʃiŋʤiwi mondaʤihiniŋ bisə ʃikkʉl maŋgissal hokko tiriwʉsə gʉnəŋ. tadudihi amaʃihi naaŋ lam gʉnəhəŋ gəbbiʃi bokkoŋʃi ooso gʉnəŋ. tari lam gʉnər bokkoŋ yəddiwi samaaŋʤi əʃiŋ ʤohildir gʉnəŋ, tari ʤʉʉri adi əriŋ mondaldittʃi lam hokko samaaŋdu tiriwʉsə gʉnəŋ.

lam samaaŋba tirim gʉnɵhəŋ adi əriŋ pələwi aaʃiŋ ootʃtʃi oohiŋ samaaŋʥi bʉʉldisəwi ʥaariŋ samaaŋ tʉŋkʉbi mondar taŋiŋ lam bogdu əŋəntəm dahi əʃim haalda gʉnɵhəŋ gələər bisə gʉnəŋ. tadudihi amaʃihi lam doolowi：

samaanba tirim gʉnɵkkiwi noorom buhul nandaʥi ooso tʉŋkʉbəni əddər aaʃin əʃiŋ oodo! gʉnɵhəŋ ʥalidiwi gatʃtʃi, samaanʥi mandi aya ahiŋ nəhʉŋ ʥawaldisa gʉnəŋ. samaankat lamwʉ tirim ətəsʉ? gʉnɵhəŋʥalidiwi eehat əmi gada lamʥi ahiŋ nəhʉŋ ʥawalditʃtʃi nəəsə gʉnəŋ.

əmʉŋ inig samaaŋni aaʃiŋʥirduni lam tʉŋkʉbəni gəbbətʃtʃi əlbʉtəŋ əddəm gʉnɵhəŋ ittʉhət oroldisawi ʥaariŋ dilgaŋ yʉʉgʉm əsə ətərbəni əʥi gʉnə, yadarduwi ʃitʃtʃihnamhaŋkat əsə ətər gʉnəŋ. tootʃtʃi tog doolo nuudasaʃi daggawurwani ʥiŋʥir aaʃiŋ ʉŋgʉnihət ənte əsə ooro. lam əri tʉŋkʉbəni əddəm gʉnɵhəŋ ittʉhət orolditʃtʃi əsə ətər gʉnəŋ. tootʃtʃi tayya mənəəŋ aleddiwi tʉŋkʉbəni ʉrni iiggiʃi ʥolothohi nadan inig nadan dolob iggutʃtʃi təliŋ əmʉŋ nisʉhʉŋkəŋ saŋaal yʉʉgʉsə gʉnəŋ. toosoʃi taria nisʉhʉŋkəŋ saŋaaldihi yəttəŋtʃi ʥaluŋ mandi əddʉg ədiŋ ədimʉtʃtʃi, əŋkʉwʉr uduŋ udunotʃtʃi, mʉʉdəri birani mʉʉniŋ taardihiwi yʉʉtʃtʃi, ʉr hadar nuggatʃtʃi, nəŋəriddi nəəlimʉddi ooso gʉnəŋ. lam əriwʉ iʃitʃtʃi nəəlirdʉwi samaaŋni tʉŋkʉbəni hadarni ʥakkalini nuudatʃtʃi, məəni əmʉŋ boŋgoŋ hadarni nisʉhʉŋ ʥakkali mikkim hʉdirim məyəŋtʃə gʉnəŋ. samaaŋ nandahaŋ aamadihiwi olom yuutʃtʃi yəttəŋtʃini ənnəggəŋ oosowoni iʃitʃtʃi oondi bayta yʉʉsəwoni saatʃtʃi adi inig adi dolob ʉŋtʉŋkubi gələətʃtʃi, təliŋ hadarni ʥakkadihi bahasa gʉnəŋ. tari tʉŋkʉbi iʃisəʃi saŋaal yʉʉtʃtʃi bəŋtʃiŋ aaʃiŋ ooton bisə. samaaŋ aleddiwi tʉŋkʉniwi əmʉŋ oldoŋboni gatʃtʃi nuudasaʃi əʃitte nəgəəŋ əmʉŋ oldoŋʃi tʉŋkʉ ooso gʉnəŋ. hadarni ʥakkaduni məyəntəŋ bisə lam mənəəŋ iʃitʃtʃi addam yʉʉm əmətʃtʃi samaanthahi：

əʃihʉŋ bikkiwi ʃi minidʉ tərəərwi udisaʃi? gʉnɵhəŋ nəttəm ʥiŋʥirduni samaaŋ：

ʃini nəgəəŋ ərʉ mənəəŋdʉ diilʉm gʉnɵhəŋ ne! tʉŋkʉniwi əmʉŋ oldoŋboni əddəsəhət ʥaariŋ, əmʉhəŋ oldoŋʃi tʉŋkʉʥiwi ʃiniwʉ tirim ətəme hʉŋ. gʉnətʃtʃi tʉŋkʉbi hʉsʉŋʥi mundasaʃi tʉŋkʉniŋ ayittethiwi boŋgoŋ dilgaŋ yʉʉtʃtʃi lam iliʃisa bogduwi tihitʃtʃi nəəsə gʉnɵŋ.

samaaŋ tootʃtʃi əmʉŋ oldoʃi tʉŋkʉbi iiɲitʃtʃi məəni təgəəŋdʉwi nənʉsə gʉnɵŋ. taduhi amaʃihi samaaŋni tʉŋkʉniŋ yəttəŋtʃi ootʃtʃi yəttəŋtʃini yəəməwə nisʉhʉŋ boŋgog ooʃim ətərwi uditʃtʃi, ʃikkʉl maŋgiswa nəəlʉhəm asam ətərlə bəŋtʃiʃi ooso gʉnɵŋ.

2. nisaŋ samaaŋ
尼桑萨满

ayitte əriŋdʉ, bayin birani əwərdʉni baldu bayin gʉnɵhɵŋ bisə gʉnɵŋ. baldu bayindu hotgor ʥaluŋ hoŋgor adooɲʃi, həwər ʥaluŋ həyir adooɲʃiwi ʥaariŋ, taŋgathahi tihikki taanar ʉtyɵ aaʃiŋ, ʉməthəhi tihikki ʉgirir ʉtyɵ aaʃiŋ gʉnɵŋ. tootʃtʃi əthəŋ sadde ʥʉʉri oŋgo bəttəwəl tahim hommos bogdadihi ʉrʉl gələətʃtʃi ilaŋ ane ooso.

əmʉŋ inig, hommos bogdani neeŋtʃiduni hʉʥini ʉʉŋ ʉʉŋʉʥihiŋ, tari unuhʉŋ tirim bodom iʃisəʃi, əggigʉ yəttəŋtʃini bayin biradu təgəsə baldu əthəŋ sadde ʥʉʉri məənithəhiniŋ ʉrʉl gələətʃtʃi ilaŋ ane ooso bisə.

tootʃtʃi hommos bogda yəgiŋ unaaʥwi əərim əməwʉtʃtʃi, əddʉgdihiniŋ:

"ʃinidʉ ʉrʉl biʃiŋ gi?" gʉnɵhɵŋ aŋurduni:

"bəydʉ əsə yʉʉr minidʉ oondi ʉrʉl biʃiŋ gə?" gʉnɵhɵŋ mandi alesa gʉnɵŋ. hommos bogda ʥahʉŋ unaaʥwi ʥakka ʥakkaggiʥini aŋurduni, sʉt bəydʉ əsə yʉʉr yəm ʃi, mʉnidʉ oondi ʉrʉl biʃiŋ gʉnɵhɵŋ alesa gʉnɵŋ. miiŋ uʥidu nekke unaaʥdihiwi dahi lawlam aŋuʥihiniŋ, tari ilaŋ baatʃtʃi ʉkkəhəŋ biʃiŋ gʉnɵsə. tootʃtʃi hommos bogda unaaʥdihiwi ʉkkəhəŋbəʃi əggigʉ yəttəŋtʃini baldu bayindu bʉʉgɵre gʉnɵʥihini, nekke unaaʥniŋ ʉkkəhəŋbi bʉʉr doroŋ aaʃiŋbi ʥaariŋ, amiŋniwi ʥaliwani əddəm əmi ətər paaya aaʃiŋ daayalsa gɵnɵŋ.

hommos bogdo omole ʉkkəhəŋniwi sʉnsʉbɵni əəŋdʉ moholitʃtʃi saŋaŋ əthəŋbə əərimi əməwʉtʃtʃi:

"əriwʉ bayin biradu təgəsə baldu bayinni saddeni ammaduni nuudatʃtʃi əməhə." gʉnəhəŋ ʥiŋʥisa.

saŋaŋ əthəŋ tətʃtʃəyə taanahanam əggigʉ yəttəŋtʃidʉ əwətʃtʃi, baldu bayinnidu esetʃtʃi, ɵrhəlini ʃegeʃisaʃi əthəŋ sadde ʥʉʉri hɵɵməwəl ʥiʥʥisə. saŋaŋ əthəŋ saddeni taŋgurduni moholi əəŋbi nuudarduni sadde hɵɵməʥiwi əmʉŋduni ʥitʃtʃə gʉnəŋ. saŋaŋ əthəŋ əriwə iʃitʃtʃi mususo.

taduhi amiʃigi saddeni gʉdʉgniŋ inig taŋiŋ boŋgoŋ oomi, ʥaaŋ beega oorduni əmʉŋ bʉggʉ giltariŋ ʉkkəhəŋʃi ooso gʉnəŋ. əthəŋ sadde ʥʉʉri ʉkkəhəŋbəl naalladiwal ʥawakki tihimlə, ammadiwal ammaŋkki ʉʉnəmlə iinihiŋ orhode nəgəəŋ iggəsə gʉnəŋ. tootʃtʃi baara ʥalusala, məənisəlbəl soltʃtʃi ʉkkəhəndʉwi baara haŋʥir neerba oom bʉʉm gəbbiyə bʉʉm gʉnəsə. neerdu əməsə ulardu ʉkkəhəndʉni gəbbi bʉʉm ətər bəy aaʃiŋ bisə.

saŋaŋ əthəŋ əggigʉ bogli ʉliʥitʃtʃi iisalniŋ taanaŋ. tari unuhuŋ tirim bodom iʃisəʃi baldu bayin ʉkkəhəŋdʉwi baara haŋʥisa neer ooʥso gʉnəŋ. ʉkkəhəŋdʉni gəbbiwə bʉʉm ətər bəy aaʃiŋ bisə. tootʃtʃi saŋaŋ ətəhəŋ lottara təggətʃtʃiʃi hembarawi irosa gələəʃeŋ əthəŋ ootʃtʃi baldu bayindu ninisə. ʉkkʉni bəy əʃiŋ iigʉr soogildim biʥirduni baldu bayin saatʃtʃi:

"guʥəyə əthəŋbə amakkaŋ iigʉhəldʉne. ʉkkəhəŋniwi aya inigdʉ buyaŋ oogine." gʉnətʃtʃi əthəŋbə solim iigʉtʃtʃi akkiya ʥawatʃtʃi:

"sadde ahiŋ! ʉkkəhəŋdʉwi gəbbiwə tʉlʉm bʉʉnde gʉ?" gʉnəhəŋ gələəsə. sadde əthəŋ akkiwani gatʃtʃi, ʉkkəhəŋdʉni sərwʉldipəŋkʉ gʉnər gəbbiwə bʉʉtʃtʃi iisal nindir ʃiddəndʉ aaʃiŋ ooso gʉnəŋ. ular tariwa saŋaŋ əthəŋ gʉnəhəŋ saatʃtʃi baldu bayindu aya ayaŋugeer naggigeer ətəsə.

sərwʉldipənkʉ ʥaaŋ toŋ baatʃtʃi ooso. baldu bayin əmʉŋ inig ʉkkəhəŋʥiwi adi namaaʥi bəy aaŋihaŋtʃi ʉrdu yʉʉm likkə bəyʉwə taanasa. tootʃtʃi adi namaaʥi bogni likkə bəyʉ taanatʃtʃi toŋohe inigni dolob oor əriŋdʉ sərwʉpdilənkʉ gənthəŋ ənʉnətʃtʃi iisal ammaniŋ həwəwʉtʃtʃi uha aldasa. baldu bayin bəyʉwi ilitʃtʃi musum əməggitʃtʃi mohoŋniwi samaaŋbi əməwʉmi neŋahaŋtʃa ʥaariŋ ʉkkəhəŋniŋ əʃiŋ aya oor əli ʉggʉddi ootʃtʃi əggə tiimələ ooso gʉnəŋ.

saŋaŋ əthəŋ bəyni yəttəŋtʃili bəywə ayaʃilam ᵾlidʑitʃi, baldu bayinni ᵾkkəhəŋni ᵾgguddi ənᵾhᵾdᵾ dʑawawutʃtʃi, əggə tiimələ bidʑirwə saatʃtʃi, mətər əmᵾŋ gələəʃeŋ əthəŋ oom baldu bayindu ninitʃtʃi:

"ᵾkkəhəŋbi aya ooʃim gᵾnəkkiwi nahun biradu ninitʃtʃi tᵾgdᵾŋ halani nisaŋ samaaŋba soliha." gᵾnətʃtʃi tətʃtʃəwə taanahaŋtʃi ᵾlisə gᵾnəŋ.

baldu bayin dʑᵾᵾr moriŋ həələsə təggəətʃtʃi nahun biradihi ᵾlitʃtʃi, tᵾgdᵾŋ mohoŋdu esetʃtʃi, nisaŋ samaaŋni dʑᵾᵾwəni aŋuudʑihini dʑᵾligᵾ atʃtʃi ᵾrirəŋni baraŋgu dʑakka dʑᵾᵾ gᵾnəhəŋ ʃilbam bᵾᵾsə.

baldu bayin dʑᵾligᵾ atʃtʃi ᵾrirəŋdᵾ eʃetʃtʃi, miŋ baraŋgu dʑakkani dʑᵾᵾdᵾ iirdᵾni baruŋgudaduni əmᵾŋ sadde, dʑəəŋgᵾ orduni əmᵾŋ aʃe təgəʃidʑisə. baldu bayin baraŋgudadu təgəʃidʑisə saddedu bəldiir taam aya bahatʃtʃi:

"ᵾkkəhəŋbi ənᵾnətʃtʃi ᵾgguddi bidʑirəŋ. nisaŋ samaaŋ ʃiniwᵾ solinam əməsᵾ." gᵾnəhəŋ daŋgaya təwədʑidʑihiniŋ tari sadde:

bi nisaŋ samaaŋ əntə. nisaŋ samaaŋ bikkiwi mini hᵾhiŋbi yəm gᵾnəsə. toodʑihini baldu bayin tari aʃedu daŋgaya təwətʃtʃi:

"ᵾkkəhəŋbi ənᵾnətʃtʃi ᵾgguddi bidʑirəŋ. nisaŋ samaaŋ ʃiniwᵾ solinam əməsᵾ." gᵾnədʑihiniŋ tari aʃe:

bi nisaŋ samaaŋ əntə. nisaŋ samaaŋ bikkiwi mini nəhᵾŋ hᵾhiŋbi yəm. əʃi mᵾᵾdᵾ ᵾlisə, maasaŋ əməggidʑigə gᵾnəsə. tootʃtʃi əmi udar mᵾᵾwə dʑawasa nisᵾhᵾŋ hᵾhiŋ iim əmədʑihini baldu bayin naaŋ bəldiir taami aya baham, daŋgaya təwətʃtʃi:

"ᵾkkəhəŋbi ənᵾhᵾdᵾ dʑawawutʃtʃi mandi ᵾgguddi bidʑirəŋ, saŋaŋ əthəŋ ʃiniwᵾ solitʃtʃi neŋahaŋkki aya oorəŋ gᵾnəsə. bi ʃiniwᵾ solinam əməsᵾ." gᵾnədʑihini nisaŋ samaaŋ:

"əniŋthəhiwi aŋum iʃihə." gᵾnəsə. baldu bayin mətər saddedu daŋgawa təwətʃtʃi:

"hᵾhiŋbiʃi solitʃtʃi neŋahaŋkte." gᵾnərduni sadde:

"əhiŋdihiniŋ aŋuha." gᵾnəhəŋ doroŋʃi doroŋ aaʃiŋ dʑiŋdʑisa. baldu bayin mətər tari aʃedu daŋgaya təwəm aŋurduni:

"ᵾlir doroŋʃi bikkiwi ᵾligiŋ." gᵾnəhəŋ alem dʑiŋdʑisa. toodʑihiniŋ nisaŋ samaaŋ:

"oodoŋ. hariŋ dahi narguldipenkuwu naaŋ soliho." gʉnɵrdʉni baldu bayin ʤɔɔŋgʉ ʤʉʉdʉni iitʃtʃi narguldipenkuwu solitʃtʃi, tari ʤʉʉrwʉ təgəwʉtʃtʃi ʤʉʉthɵhiwi tutʃtʃaŋkantʃa.

tatʃtʃalni eʃem əmərdʉni sərwʉldipənkʉ bʉtʃtʃi ʤʉʉr aaŋasa bisə. nisaŋ samaaŋ iʃitʃtʃi baldu bayinthahi honnoriŋ ninihin honnoriŋ ʉnʉgʉŋ, əmʉŋ hoŋge misʉn gatʃtʃi ʤawawi titiʃtʃi, ʉŋtʉŋbi ʤawatʃtʃi neŋanisa. əmʉŋ dolob neŋanitʃtʃi, timaaʃiŋ əddəniŋ tarini manaram tihiʤihini narguldipenku hɵɵmɵwɵni ʉʃiʤi hahurihantʃa, toodduni bog əggidədʉ dʉr dʉr gʉnɵhəŋ ʉŋtʉŋni tʉʉrər dilagaŋdihi ular nisaŋ samaaŋni əggigʉ bogdu ninisəwəni saasa. narguldipenku, ninihin ʉnʉgʉŋbəni waatʃtʃi əmʉŋ hoŋge misʉnteni əmʉŋdʉ dalgasa.

nisaŋ samaaŋ ninihin ʉnʉgʉŋbi əlgətʃtʃi misunbi iiŋitʃtʃi əggigʉ bogdu iim ərlig haaŋni oddoŋthini daga oorduni əmʉŋ əŋŋə bira ʤohiso. nisaŋ samaaŋ:

"moŋgolde nagsu! əməhə! əməhə!" gɵnɵhəŋ əərirdʉni birani saagidaduni əmʉŋ əthəŋ ilitani:

"nisaŋ, oondi bayta ooso?" gʉnɵhəŋ aŋusa.

"bi ərlig haaŋʤi bahaldime, amakkaŋ doowu yʉʉgʉhə!"

"minidʉ ohoŋ bʉʉnde?"

"ilaŋ unuhaŋ misʉn bʉʉme."

"əʃiŋ oodo. nadan unuhaŋ misun bʉʉkkiʃi yʉʉgʉme."

"oodoŋ, oodoŋ. nadan unuhaŋ misʉn bʉʉme."

tootʃtʃi tari əthəŋ salwi səlimi əmətʃtʃi nisaŋ samaaŋba əŋŋə birawa yʉʉgʉsə. nisaŋ samaaŋ tadu ʤaaŋ unuhaŋ misʉn bʉʉtʃtʃi saaʃihi ʉlisə.

nisaŋ samaaŋ, ərlig haaŋni oddoŋdu eʃetʃtʃi, ʉŋtʉŋbi əmʉŋ mondaʤihini oddoŋni doligu ʉkkʉniŋ noggam tihisə, tootʃtʃi doolohini ərlig haaŋ ʃiggiʃim yʉʉm əmətʃtʃi:

"nisaŋ samaaŋ, bi ʃinidʉ oondi ərʉ baytaya oosu? ohoŋ gʉnɵhəŋ oddoŋbowi noggagande? baytaʃi bikki ʤiŋʤiha gə!" gʉnɵhəŋ gələəsə gʉnəŋ.

"ʃi ohoŋ gʉnɵhəŋ baldu bayinni ʤaaŋ toŋʃihaŋ ʉkkəhəŋniniŋ sʉnsʉbəni əməwʉsəʃe? amakkaŋ bʉʉggihө!"

ərlig haaŋ goddo nəttə ʥʉʉr ʃikkʉlwi əərim əməwʉtʃtʃi:

"sʉ aala sərwʉldipenkʉni sʉnsʉbөni əməwʉsəsʉne." gʉnөhөŋ aŋusa.

"ilaŋ inig ooʥoroŋ."

amakkaŋ bʉʉggihөldʉne! gʉnөhөŋ ərlig haaŋni ʥiŋʥirduni ʥʉʉr ʃikkʉl sərwʉldipenkʉni sʉnsʉbөni nisaŋ samaaŋ bʉʉsө gʉnөŋ. nisaŋ samaaŋ:

"ʃi əri ʉtdʉ oohi nasuŋna bʉʉm gʉŋʥinde?" gʉnөhөŋ ərlig haaŋdihi ʃiiggəŋ tuggam aŋusa.

"ʥaaŋ nasuŋ bʉʉkte."

"əʃiŋ oodo. bəy oriŋ toŋʃidiwi yag aʃe ʉrʉlʃi ootʃtʃi ʥiggam biʥirdʉni əməwʉm gʉnөhөŋ gi?" gʉnөtʃtʃi nisaŋ samaaŋ ʉŋtʉŋbi dahi əmʉŋ mondaʥihini ərlig haaŋni oddoŋniniŋ ʥəəŋgʉ ʉŋtʃʉrniŋ nuggasa. tooddu ərlig haaŋ:

"dahi oriŋ toŋ nasuŋ aawam bʉʉkte." gʉnөsө.

"bəy toŋŋe baatʃtʃidiwi omolewi hʉmʉliteŋ addam ondoʥirduni əməwʉme gʉnөhөŋ gi?" gʉnөhөŋ nisaŋ samaaŋni tuggam aŋurduni ərlig haaŋ mandi uutam:

"tookki dahi oriŋ nasuŋna eewam bʉʉkte. tootʃtʃi naaŋ honnoriŋ ninihinniʃi orduni toŋ nasuŋna, honnoriŋ ʉnugʉŋniʃi orduni toŋ nasuŋna eewam bʉʉtʃtʃi, ʥahoŋŋe toŋʃi ooʃikte." gʉnөsө. oodoŋ.

"ninihinbaʃi ittʉ əəriəŋ? ʉnugʉŋbeʃi ittʉ əəriəŋ?"

"ninihinba too too gʉnөhөŋ, ʉnugʉŋbe hʉʉy hʉʉy gʉnөhөŋ əəriəŋ." gʉnөtʃtʃi nisaŋ samaaŋ ʉliʥihini ninihin ootʃtʃi ʉnugʉŋniŋ tarini amigiʥini ʉttʉliso. toorduni haaŋ:

"too too, hʉʉy hʉʉy gʉnөsʃi əggitʃtʃi əmər yəəmə өntө."

"ninihin ootʃtʃi ʉnugʉŋbi ʉldəm bʉʉhө gə!"

"dahi adi nasuŋna eewam bʉʉnde?"

"dahi ʥaaŋ nasuŋna eewam bʉʉkte. niniihin ootʃtʃi ʉnugʉŋbeʃi ittʉ əərər yəm?"

"ninihinba moŋgowo ʥawatʃtʃi, moo moo! gʉnөhөŋ əərihө. ʉnugʉŋbe oʥʥiwa ʥawatʃtʃi, ʥʉʉ! ʥʉʉ! gʉnөhөŋ əərih!" gʉnөtʃtʃi nisaŋ samaaŋni ʉlirdʉni ninihin ootʃtʃi ʉnʉgʉŋniŋ mətər aaŋim ʉttʉlisə. toodʑihini ərlig haaŋ nisaŋ samaaŋni ʃilbasadʑini əərim dutawusa.

nisaŋ samaaŋni ʉlidʑirdʉni tarini bʉtʃtʃi toŋ ane ooso əthəŋni əmətʃtʃi aʃeniwi ʉŋtʉŋdihini dʑawam gatʃtʃi:

"miniwʉ naaŋ əlbʉhə." gʉnəhəŋ gələəsə.

"əʃiŋ oodo. bəyʃi mʉnʉtʃtʃi sʉt aaʃiŋ ooso. sʉnsʉwəʃi əlbʉsə dʑaariŋ həryə aaʃiŋ."

"ʃi ohoŋ gʉnəhəŋ bʉsə əriŋdʉwi miniwʉ əsəʃi əlbʉrə?"

"tari əriŋdʉ bi samaaŋ ɵntɵ bisʉ. bi samaaŋ ootʃtʃi təliŋ ilakkaŋ ane oodʑime."

nisaŋ samaaŋni əthəŋ ahiŋ dahiŋ ittʉhət nandahaŋ dʑiŋdʑim bʉʉrdʉni əmi gʉʉrʉr, ʉŋtʉŋniniŋ əmʉŋ oldoŋboni hoolitʃtʃi nuudasa. nisaŋ samaaŋ paŋtʃim alerduwi əthəŋbi dʑawam gatʃtʃi bogni sugurdili dʑoldom yʉʉgʉsə.

nisaŋ samaaŋ manaram tihitʃtʃi əmʉŋ inig oordu, bəyniŋ ʃiggiʃim əəkkəsə. narguldipenku tariwa hahurihaŋtʃa ʉʃiwə gadʑihini, nisaŋ samaaŋ əmʉŋ aatʃtʃi niŋanitʃtʃi uha iisə. toodʑihini sərwʉldipenkʉhət uha iitʃtʃi təgəsə. nisaŋ samaaŋni ʉŋtʉŋniŋ hariŋ haltah oldoŋʃi ʉŋtʉŋ ooso bisə.

nisaŋ samaaŋ narguldipenku musurduni baldu bayin baraaŋ yəəməyə bʉʉtʃtʃi irasa.

nisaŋ samaaŋ dʑʉʉdʉwi əməggitʃtʃi, əniŋdʉwi əthəŋniwi məəni ittʉhət nandahaŋ dʑiŋdʑim bʉʉrbəni əmi gada, ʉŋtʉŋniniŋ əmʉŋ oldoŋboni hoolim nuudarduni, paŋtʃim alerduwi bogni sʉgʉrdʉ dʑoldom iigʉsəwi dʑiŋdʑim bʉʉsə. toodʑihini əniŋniŋ bəyni ʉtwʉ ərlig haaŋdihi əməwʉtʃtʃi, məəni ədʉwi əʃiŋ əməwʉr gʉnəhəŋ alem gumdutʃtʃi, ʉgigʉ bogdu yʉʉm hommosdu hatʃtʃesa. hummos:

"hʉhiŋtʃi ʉkkəhəŋbəʃi əlbʉm əʃiŋ ətərwi dʑaariŋ, bogni sʉgʉrdili dʑoldom iigʉr geeŋ aaʃiŋ. məəniwəni naaŋ bogni sʉgʉrdʉ nuudam pawalar hərətʃtʃi. gʉnətʃtʃi yəgiŋ əddʉg dʑaŋdʑʉŋbi aaŋihaŋtʃi, əggigʉ yəttəŋtʃidʉ əwəwʉm nənihəŋtʃi, nisaŋ samaaŋdʑi apaldihaŋtʃa. nisaŋ samaaŋ tatʃtʃaldʑi ilaŋ inig dolob apalditʃtʃi, ʉŋtʉŋniŋ haltaha oldoʃi ootʃtʃi, pəli ʃidalwi manam hummos yəgiŋ əddʉg ʤaŋʤuɲte ʤaan mənəəŋdʉ ʤawawusa. tootʃtʃi hummos yərəəŋ yegiŋ daara hoyoggoʤi nisaŋ samaaŋba buhitʃtʃi, bogni sʉgʉrdili nuudam iigudduni, nisaŋ samaaŋ tigiŋ dərdʉ tʉy tʉy gunəhəŋ tominomi" gunəŋ.

"totʃtʃanam əthəɲtʃə tomiŋ bʉhʉlwi samaaŋ ootʃtʃi bəywə ayaʃilam, ʃikkʉl maŋgiswa tirigine." gunətʃtʃi bogni sugurdu iisə gunəŋ.

tootʃtʃi, taduhi amiʃihi əwəŋkisəldʉ baraaŋ samaaŋ dəggərəsəwi ʤaariŋ, əmʉŋ oldoŋʃi ʉɲtʉɲʃi ʤahaʃi, nisaŋ samaaŋ nəgəəŋ bʉsə bəywə ərlig haandihi əməwʉmi ətərbi uditʃtʃi, hoosoŋ ʃikkʉl maŋgiswa tirim, bəyni ənʉhʉwə ʤuhar ooso gunəŋ.

3. ʉrni bokkoŋ
山神的故事

ayibti əriŋdʉ əddʉg hiŋgaŋni akkaŋdu, amur dooni əyəəggəli, əmʉŋ atʃtʃi ilaŋ digiŋ namaaʤi bəyʃi əwəŋki aymar bisə gunəŋ.

əmʉŋ inig əri ʉrirəŋni əddʉgniŋ baraaŋbi aaɲihanatʃtʃi, əmʉŋ ʉrdʉ bəyʉ ooso gunəŋ. tootʃtʃi attaddi oor əriŋdʉ bəyʉni əddʉgniŋ ʤiŋʤisa bogdu eʃem amram, bəyʉm bahasa yəəməwəl ʤiʤʤirdʉ, bəyuni əddʉgniŋ adi əthəŋsəlwə uruutʃtʃi əmʉndʉ imom ʤimmi əri ʉrdʉ oohi yəəmə biʃiŋ, oondi yəəmə baraaŋ? oondi yəəmə hondo biʃiŋ gunəhəŋ aŋurduni, saar bəy aaʃiŋ gunəŋ. əri əriŋdʉ əmʉŋ goddo bəyʃi giltariŋ goggattaʃi, maŋgilduwi upuruʃi əthəŋ əməʤihini sʉtʤiwəl ilitʃtʃi solim təgəwʉsə gunəŋ.

"amihaŋ! iggigiʤi ittihi ʉliʤinde?"

"əthəŋ bi ʃigedu təgəm, birani mudaŋdʉ biʤime. təliŋ ʉrni orooŋdihi sʉni togwusuni iʃitʃtʃi əməsʉ. bi sʉni bəyʉʃiʤirbəsʉni saatʃtʃi naaŋ əri ʉrdʉ oonditto yəəmə, oohi biʃirbəni sʉt saame!"

"ʤiŋʤim bʉʉtʃtʃe bʉʉnde gʉ!" gunəhəŋ ʉrirəŋni əddʉgniŋ ʤiŋʤisaduni.

"əri ʉrdʉ tasug ʤaaŋ, toŋ miŋgaŋ giisəŋ, toŋ namaaʤi torohi, digiŋ namaaʤi solahi, ilaŋ namaaʤi səŋeŋ, ʤʉʉr namaaʤi olgəŋ, namaaʤi tʉʉggə, toŋŋe ətiggəŋ...... biʃiŋ" gʉnɵtʃtʃi naəŋ oondi hulihəŋ, oondi dəgi oohi biʃirteni ʥinʥim bʉʉsə. tatʃtʃalni olotoŋ biʥirdʉni əthəŋ iʃiwʉrbi udisa gʉnəŋ.

timaaʃiŋniŋ nəəriŋ ooʥilohini gʉggʉltʃtʃi, inig doliŋ amiʃihi bəyʉwi oomətətʃtʃi, bahasa yəəməwəl taŋim iʃisəʃi əthəŋni ʥinʥisaʥini yag təəre ooʥihiniŋ baraaŋʥiwal mandi oloso gʉnəŋ. addasadawal eʃewum gʉnɵhəŋ ʉrirəŋni əddʉgniŋ məəni ularʥi əthəŋbə ʥugdihi bol ʥakka, boldihi tʉg ʥakka oohi gələəhəŋtʃtʃi əsə bahara. tootʃtʃi təliŋ əthəŋbə ʉrni bokkoŋ gʉnɵhəŋ saasa gʉnəŋ.

taduhi amiʃihi əwəŋki ular ʉrni bokkoŋbo ʃitʉr ʥaŋtʃi ootʃtʃi, ʉrni yəəməsəl bikkiwi ʉrni bokkoŋni buyaŋ, tatʃtʃalwa baham gʉnɵkki ʉrni bokkoŋni ayawani bahar hərətʃtʃi gʉnɵhəŋ iʃir ooso. tootʃtʃi, əwəŋkisəl sʉt təgəəŋniwi ʥəəŋ ʥʉlidədʉni, ʃittər latʃtʃiʃi hʉmli nəgəəŋ saalbaŋ yəm gʉ, ʥaddaya mooni bogdihi ilaŋ tawar ʉʉʃihi, halisuŋbani hoolim, giltariŋ nʉʉttʉ、goggatta、samittaʃi ʉrni bokkoŋbo səylətʃtʃi, bəyʉʃiŋsəl ʉrdʉ yʉʉtʃtʃi yəəməyə bahatʃtʃi, əməggirdʉwəl tadu əddʉg neerya oom, bahasa yəəməniwi orooŋʥini tahim, boyiŋa eʃehim bʉʉsəʃi gʉnɵhəŋ addam ʉgim nəəriŋ ooʃiʥiso gʉnəŋ.

4. owoni ʉnʉgʉl
祭祀敖包的传说

noogu əriŋdʉ amigu ʥʉligʉ ʥʉʉr ʉrirəŋni doliŋduni, əmʉŋ boŋgoŋ mob montogor owo bisə gʉnəŋ. əri owo bikkiwi ayitti əriŋbdʉ əggidədʉni əmʉŋ mandi nandahaŋ unagni sʉnsʉni bulawutaŋ biʥiraŋ gʉnəŋ. əri unaaʥ bikkiwi mandi aya ʥeleʃi bisə, awu mogom ʥogokki tari bəywə abugu ʃidalʥiwi ayaʃilam, ohoŋ bikkiwi tariwi bʉʉm, ʥitta imor tətir təggətʃtʃi yəəhewət əʃiŋmulanar mogoʥir ʥogoʥir ulardu bʉʉm bisə gʉnəŋ. totʃtʃi tari unaaʥni baltʃaniŋ nandahaŋ gʉnɵhəŋ nandahaŋ gi, bəyniŋ boggoŋ nəgəəg narikkuŋ bitʃtʃi has sowod nəgəəŋ asakkuhəŋ, ʥʉʉr iisalniŋ nəttəməhəʃiʥir beega nəgəəg nandahaŋ, uduruniŋ nəmikkʉhəŋ bitʃtʃi ulaggaŋ, awu iʃikkiwi awu dorolar bisə.

əri unaadʒ nandahaŋ oodʒihini ular sʉt nandahaŋ unaadʒ gʉnөhəŋ əərir bisə gʉnөŋ. nandahaŋ unaadʒni baytawa ərʉ ʃikkʉlkət ʃilisʉŋbi suggihambitʃtʃi ogeŋ sogeŋ aaʃiŋ əyəʃim, ittoohot aggalam bitʃtʃi əmʉŋ inig nandahaŋ unaadʒwa məəni naalladuwi iigʉm gʉnөhəŋ biʃildim bisə.

nandahaŋ unaadʒ əri ane dʒaaŋ dʒahoŋʃi ooso gʉnөŋ. nandahaŋ unaadʒ bikkiwi amigu dʒʉligʉ dʒʉʉr ʉrirəŋni dʒʉligʉ ʉrirəŋdʉ, əmmə abadʒiwi əmʉŋdʉ təgəm bisə. nandahaŋ unaadʒni abaniŋ bikkiwi əmʉŋ mandi gəbbiʃi məggəŋ bəyʉʃeŋ oorduwi, əri amigu dʒʉligʉ dʒʉʉr ʉrirəŋbə əgər dʒiŋdʒira, əra dakke hawini ʉrirəŋdʉhət ʃikkʉl ʃilmos haaldam əʃiŋ ətər bisə. ʃikkʉl ʃilmos nandahaŋ unaadʒni abani gəbbiweni dooldikki bʉtʃtʃi oohiŋ nəəlim, sonto honnoriŋ saŋaalduwi hudirim əʃiŋ yʉʉm əmər bisə.

dahi dʒiŋdʒikki amigu dʒʉligʉ dʒʉʉr ʉrirəŋni amigu ʉrirəŋdʉni əmʉŋ oriŋ nasʉŋbi eʃesa nanahaŋ dʒalu bisə. əri dʒalu naaŋ baltʃaniŋ nanahaŋ biʃirthi əʃiŋ manar, dʒaŋ baniŋniŋ naaŋ mandi aya bitʃtʃi nomohi tottuŋ, hʉsʉŋ təŋkəniŋ aya, mandi ʃidaltʃi bitʃtʃi gəbbədʉwi aya, bəyʉdʉwi aya, miisaŋduwi aya oorduwi bəysəl sʉt tari dʒaluwa nanahaŋ ʉkkəhəŋ gʉnөr bisə gʉnөŋ. toorduwi amigu dʒʉligʉ dʒʉʉr ʉrirəŋni ular ootʃtʃi dakke hawi ʉrirəŋni bəysəlkət sʉtdʒiwəl nandahaŋ ʉkkəhəŋ ootʃtʃi nandahaŋ unaadʒ dʒʉʉri inaglam, dʒiŋdʒimaʃim, hoda oom, dʒʉʉri məəni dʒʉʉwi iliwutaŋ, dʒol dʒiggaltʃi inig baldirbani irөөm bisə gʉnөŋ. dahi dʒiŋdʒikkiwi, nandahaŋ unaadʒ ootʃtʃi nandahaŋ ʉkkəhəŋ dʒʉʉrihət məəni məəniwi ayawum dʒoonom, dʒʉʉri naaŋ dattaŋ amigu dʒʉligʉ dʒʉʉr ʉrirəŋni doliŋdu bidʒir bota mooni dagalani bahaldir bisə gʉnөŋ. əri baytawa saasa ərʉ dʒeleʃi ʃikkʉl doolowi:

"bi nandahaŋ unaadʒwa ittoosohot naalladuwi iigʉme! həbbb nandahaŋ unaadʒ mini ʉgwʉ əʃiŋ gada, minidʒi əʃiŋ hoda oor bikkiwi, bi tariwa tiim əməwʉm bitʃtʃi gikkiwi ooʃidʒigʉ!" gʉnөm dʒoonotoŋ, nandahaŋ unaadʒni abaniŋ, nandahaŋ ʉkkəhəŋ ootʃtʃi amigu dʒʉligʉ dʒʉʉr ʉrirəŋni bəyʉʃeŋbəl sʉtwөni aŋihanam, goddo ʃigaŋ alindu bəyʉ oonoso dʒəligdʉ, talarni təgədʒir dʒʉʉni dakkeni əmətəŋ, adi inig adi dolob aalaʃitʃtʃi naalla iir dʒawaʃeŋ əsə bahar gʉnəŋ. ʃikkʉl əʃi ittookki aya yəm gʉnəhəŋ ʤogoʤirdʉni, gənəthəŋ nandahaŋ unaaʤ ʤʉʉdihiwi yʉʉm əmətəŋ ʉyithəŋ doothohi ʉlisə. tariwu iʃitʃtʃi ʃikkʉl mandi addam "əʃihʉŋ aya ʤawaʃeŋ əməsə gʉnəkəŋ." tarini amigiʤiŋ naŋa huluhuʤi aaŋim ʉligeer, ʉyitəhəŋ dooni dagalani eʃem əməsə.

nandahaŋ unaaʤ təggətʃtʃiwi luhutʃtʃi, doodu iitʃtʃi, bəywi ʃikkiʤirdʉni, ʃikkʉl dihinəm bisə nəəhini boggoŋ doolohi tutʃtʃanam yʉʉm əməʤiləəhəŋbi nandahaŋ unaaʤni luhuso saŋtʃi təggətʃtʃiwəni naalladuwi ʤawam :

"nandahaŋ unaaʤ! bi ʃiniwə gam əməsʉ, əʃi ʃi mini bəywi oosoʃi! əʃi ʃi miniwə aaŋitʃtʃi ʉlihə!" gʉnəhəŋ, dooni mʉʉdʉ bəywi ʃikkiʤir nandahaŋ unaaʤthahi wakkiram bitʃtʃi ʤiŋʤirdʉni, nandahaŋ unaaʤ olom nəələrte dooni mʉʉdʉ manaratʃtʃi tihisə gʉnəŋ.

əriwə iʃitʃtʃi ʃikkʉl əli addam, dooni mʉʉdʉ tutʃtʃanam iitʃtʃi, nandahaŋ unaaʤwa dooni mʉʉdihi hʉmlim yʉʉgʉm, saŋtʃi təggətʃtʃi yəəheʤiniŋ naalla bəldiir ootʃtʃi bʉhʉl bəywəni ten tendi əkkətʃtʃi, dahi naaŋ ammaduni amma ʤaluŋ orootto ʃiwam, miirdʉwi miirlətʃtʃi, məəni təgəʤir sonto honnoriŋ saŋaalthahiwi ʉttʉlisə.

nandahaŋ unaaʤ əmʉŋ sərisəʃi, məəni ʤub ʤulahiŋ ʃikkʉlni sonto honnoriŋ saŋaalduni hʉləəʤirəŋ. tootʃtʃi tari tutʃtʃanam ilitəŋ tʉlləʃihi ʉttʉlim gʉnətʃtʃi, naaŋ ʃikkʉldʉ ʤawawusa. tootʃtʃi nandahaŋ unaaʤ:

"ʃi ərʉ ʃikkʉl! miniwə amakkaŋ tiinəh!" gʉnərdʉni, ʃikkʉl iʤʤigar iittəwi iʤʤihanam, nandahaŋ unaaʤwa nohonom gʉnərdʉni, nandahaŋ unaaʤ ʃikkʉlni uduruwoni holto hihisa. ʃikkʉl ənʉnərdʉwi nandahaŋ unaaʤwa bogdu nuudasa. bogdu nuudawusa nandahaŋ unaaʤ sampal ilimki ʃikkʉlni saŋaalni hada ʤolowu delawi dəppə mʉggʉlətʃtʃi bəsə. ʃikkʉl nandahaŋ unaaʤni bʉsəwəni iʃitʃtʃi, aggaya aaʃiŋ tarini bəynini ʉldʉwəni adi inig ʤitʃtʃi, təliŋ ʤimmə təgəsə gʉnəŋ.

dahi ʤiŋʤikkiwi, nandahaŋ unaaʤni əmməniŋ unaaʤwi alaaʃitʃtʃi alaaʃitʃtʃi əʃiŋ əməggirdʉni, ʉyithəŋ dooni dagaduni əmətʃtʃi iʃisədʉ, unaaʤiniŋ aaʃiŋ bisə. əmməniŋ ʉyithəŋ dooni nəəhili əli tali gələətʃtʃi, sʉt unaaʤwi iʃim əsə bahara. tootʃtʃi uutam bəədəm, tihim bʉdʉrim ʉligeer, dooni nəəhini iŋa oroonduni tihitəŋ bidʒir iddoŋboni iʃim baham, naaŋ boggoŋni garasuŋdu goholowum urawusa unaadʒniwi saŋtʃini əmuŋ nisuhuŋ bөөsөwөni iʃim baham, naaŋ ʃikkulni ulisө udʒiwani iʃim bahasa. tootʃtʃi əmməniŋ unaadʒwi law əru ʃikkuldu dʒawam əlbuwusө gunөhəŋ saasa gunөŋ.

tootʃtʃi əmməniŋ unaadʒwi nəhəldəm gunөhəŋ, ʃikkulni ulisө udʒiwoni aaŋim, tihim budurim, namattiwi tihiwuhəm, yadaram dʒogonim, dʒəmunəm aŋkəm ulitʃtʃi, unaadʒniwi anaŋ səwəŋwəhət iʃim əsə bahara. əmməniŋ dʒuuduwi əməggitəŋ mənərəm təgədʒirduni, goddo ʃigaŋ aliŋdu bəyu oonoso bəyuʃeŋsəl urirəndulə musum əməggisə. nandahaŋ unaadʒni əmməniŋ soŋoŋ bigeer məəni unaadʒni aaʃiŋ ooso bayta ootʃtʃi məəni iʃisə, bodoso, ulisөwi əmuŋ əmundʒi hokkowoni unaadʒni abauni dʒiŋdʒim buusө. unaadʒni abaniŋ naaŋ namattiwi tihiwuhəm dooldim ətətʃtʃi, əru ʃikkulwu ittoosohot dʒaariŋ dʒawam waam gunөhəŋ ukkudihiwi yuutʃtʃi, nandahaŋ unaadʒni baytawa doolditoŋ uruttom əməsə urirəŋni baraaŋ ulardʒiwi bahaldisa. tootʃtʃi baraaŋdʒiwal nandahaŋ unaadʒwa ʃikkulni naalladihi awaram yuugum, ʃikkulwu dʒawam waam gunөhəŋ, unaadʒni abawani aaŋim, urootʃtʃi hadarli əsu ʃikkulwu gələəm ulisө.

baraaŋdʒiwal ʃikkulwu gələəm uligeer, gəntəhəŋ əmuŋ inig nandahaŋ unaadʒni abaniŋ ootʃtʃi nandahaŋ ukkəhəŋ ootʃtʃi baraaŋ bəyuʃeŋsəl ʃikkulni təgədʒir sonto honnoriŋ saŋaalwani gələəm bahasa gunөŋ. əri inig ʃikkul yag nandahaŋ unaadʒni ulduwөni əmuŋ gudug dʒittəŋ, honnoriŋ saŋaalniwi ammaduni neeŋtʃi taanam hokkiram aaʃinam bisə gunөŋ. nandahaŋ unaadʒni abaniŋ tootʃtʃi nandahaŋ ukkəhəŋ tootʃtʃi baraaŋ bəyuʃeŋsəl ʃikkulwu iʃitʃtʃi, hoddorni əddugdʒi hoddom, hinum hoddoso norwol gappam ulihəŋtʃədu, ʃikkulni deladihi əəkkətʃtʃi bəldiir naallateni sut dʒaluŋ nordu solpo solpo, taw taw, dəlpə dəlpə gappawutʃtʃi, ʃikkul awudu gappawusawi naaŋ saam əsə bahar busə gunөŋ.

nandahaŋ unaadʒni abaniŋ ootʃtʃi nandahaŋ ukkəhəŋ tootʃtʃi baraaŋ bəyuʃeŋsəl amakkaŋ ʃikkulni sonto honnoriŋ saŋaalduni iim, baraaŋdʒiwal nandahaŋ unaadʒwa gələəgeer gələəgeer baharduni, nandahaŋ unaadʒni bəyniŋ hokko giranda ooton bisə gɯnəŋ.

nandahaŋ unaadʒni abaniŋ ootʃtʃi nandahaŋ ɯkkəhəŋ tootʃtʃi baraaŋ bəyɯʃeŋsəl tarini girandawani əmɯŋ naaŋ əsə ɯldər hokkowoni tewem əlbɯtʃtʃi, amigu dʒɯligɯ dʒɯɯr ɯrirəŋni doliŋduni biʃir, nandahaŋ ɯkkəhəŋ ootʃtʃi nandahaŋ unaadʒ dʒɯɯri inaglaldisa bota mooni dagalani bulasa gɯnəŋ.

daduhi əəgilə ane taŋiŋ, nandahaŋ unaadʒni aba ootʃtʃi əmmәniŋ, nandahaŋ ɯkkəhəŋ ootʃtʃi amigu dʒɯligɯ dʒɯɯr ɯrirəŋni ular, nandahaŋ unaadʒni hooroŋduni əməm, unaadʒwa bəgirdihiniŋ nəələm, hooroŋ oroonduni ʃirittaŋ noŋim nəər bisə gɯnəŋ.

tootʃtʃi ane ane aldal aaʃiŋ noŋisa ʃirittaŋniŋ ɯligeer ɯligeer, noŋiwugeer noŋiwugeer, ɯgiʃihi yɯɯgeer yɯɯgeer, əddɯg oogeer oogeer, əmɯŋ nisɯhɯŋkəŋ ɯr nəgəəŋ owo ooso gɯnəŋ. tootʃtʃi naaŋ nandahaŋ unaadʒni aba ootʃtʃi əmmәniŋ, nandahaŋ ɯkkəhəŋ ootʃtʃi amigu dʒɯligɯ dʒɯɯr ɯrirəŋni ular ayahaŋ nandahaŋ inig gɯ, ane sagani inig gɯ ookkiwi, unaadʒni hooroŋʃi nisɯhɯŋkəŋ ɯr nəgəəŋ ooso owoni dagalani əməm, unaadʒki əmɯŋdɯ dʒiggam naggildimɯŋ gɯnəhəŋ, dʒiggam naggildim dʒaandaldim əhiləm təgər bisə gɯnəŋ.

dahi dʒiŋdʒikkiwi, nandahaŋ unaadʒni abaniŋ ootʃtʃi nandahaŋ ɯkkəhəŋ, amigu dʒɯligɯ dʒɯɯr ɯrirəŋni ular, nordʒi gappam waasa ərɯ dʒeleʃi ʃikkɯlwɯ togdʒi iihat aaʃiŋ ootʃtʃi oohiŋ daggataŋ, ɯləsə ɯləttəŋbəni urum, ʃikkɯlni təgədʒisə sonto honnoriŋ saŋaaldihi goro ɯrni əggidəduni əmәwɯm sonto saŋaal maltam bulam, oroonduni naaŋ əddɯg əddɯg dʒolodʒi tiriwɯhənəm nəəsə gɯnəŋ. taduhi amiʃihi ular ʃikkɯlwɯ yɯɯm əməm, bəydɯ niwəl oordihi nəələm ane taŋiŋ əməm dʒolo noŋigeer noŋigeer əmɯŋ nisɯhɯŋ dʒolo owo ooso gɯnəŋ.

əri bikki əwəŋki ularni ʃirittaŋ owo ootʃtʃi dʒolo owoni ɯnɯgɯl oorɔŋ.

5. bulha nisaŋ ʤʉʉri bəyni yəttəntʃiwə iliwusaniŋ
布拉哈与尼桑创世的神话

miiŋ ayitti əriŋdʉ, yettəntʃidʉ bulha gʉnər bokkoŋ bisəgʉnəŋ. tari əriŋdʉ bəyni otʃtʃilaŋ oroondu bəy amitanba əʤi ʤiŋʤir, moo orootto naaŋ aaʃiŋ bisə gʉnəŋ. bulha otʃtʃiloŋbo məndime əddʉ ʤoonoŋ:

ənngəŋ boŋgoŋ otʃtʃilaŋdu ittʉ bəy amitaŋ naaŋ aaʃiŋ yəmə? bi əri otʃtʃilaŋdu bəy amitaŋba oom bʉʉkte gʉnəhəŋ bodotʃtʃi, tuga mʉʉdəridihi talaŋga mʉʉyə ʤʉʉgʉmi, digiŋ taŋkisdihi altaŋ ʃirittaŋ uruum, ʃiwar nuhumi otʃtʃilaŋdu bəy amitaŋ ootʃtʃi tʉmʉŋ bodosyo ooro ooso. yag əri əriŋdʉ numhan mʉʉdəri ʉyirləm, ardan bayar gʉnər hawil mikkim yʉʉm əmmətʃtʃi, bulhani altaŋ ʃirittaŋ ootʃtʃi mʉgʉŋ mʉʉʤi nuhuso ʃiwarwani əggidədʉwi tirim hʉləəsə gʉnəŋ.

aya ʤeleʃi bulha hulihaŋ hʉmihən bəhət əʃiŋ waar ʤahaʃe, ittʉ ənnəgəŋ boŋgoŋ amitaŋba waam niwʉl oorŋ. tarini əttʉ paawi manam biʤirduni ʤəəŋ ʤʉligiʤi dəttəleʃi giltariŋ moriŋʃi nor bəryə iiŋisə bəy dəglihəm oldoŋduni əwəm əmətəŋ gʉnəŋ:

mini gəbbiwi bikkiwi nisaŋ gʉnəŋ. oʃitta orooŋdihi miniwʉ bəyni otʃtʃilaŋdu boyan ooho gʉnəhəŋ ʉlihəŋtʃə. ʃi ohoŋ oor bokkoŋ yəmə?

bi bikkiwi bulha gʉnər abkani bokkoŋ oome. əri otʃtʃilaŋdu bəy amitaŋba yʉʉgəm gʉnəʤirdʉ, ardan bayar gʉnər hawil altaŋ ʃirattaŋ ootʃtʃi mʉgʉŋ mʉʉʤi nuhuso ʃiwarniwi oroonduni hʉləətəŋ, bʉse nəgəəŋ əʃiŋ gʉggʉldə biʤirəŋ.

tari ərʉ ʃikkʉlwʉ bi ʤeeluham bʉʉkte, tootʃtʃi əri yəttəntʃtʃidʉ bəy amitaŋ ootʃtʃi tʉmʉŋ bodoswu yʉʉgʉgəre. hawil mini ʉgwʉ əmi gada, əʃiŋ ʤeelam bʉʉr bikkiwi norʤiwi bʉʉkte.

toosot ʤaariŋ tariwa əʤi waara. waakkiʃi əri yəttəntʃidʉ niwʉl ooroŋ. aggallam bitʃtʃi tariwu nomohoŋ mʉʉdəridʉni musuhoŋkiʃi ooso.

nisaŋ sugeya taanaham ardaŋ bayarni dagalani gappasa nəgəəŋ ninitʃtʃi, baytawi ʥiŋʥim ʥeelam bʉʉnde gʉ gʉnөhəŋ adira ʥiŋʥirduni tos aaʃiŋ. ardan bayar nisaŋba heelbem iʃim gatʃtʃi baytaya aaʃiŋ nəgəəŋ hʉləəʃirəŋ.

"ʃi əʃihi gʉggʉldʉ bikki, bi ʃiniwə gappam waame huŋ."

"waam gʉnөnde, ʃini tari ərʉ hultʃiŋ norʃi mini ʥolo nəgəəŋ təggətʃtʃiwə ittoom ətərəŋ. əri yəttəŋtʃi bikki mini. awu mini yəttəŋtʃidʉ haakkini, bi tariwa ʥittəme. ʃi amakkaŋ saahiʃi ʉlih. əʃikkiʃi morinteʃi əmmʉŋdʉni niŋime."

"bulha gʉnөr abkani bokkoŋni aya ʥeleya aaʃiŋ bisə bikkiwi bi ʃiniwə goddoyo waatʃtʃi nuudasu. bi əʃi ʃiniwə əsəwi waar ʥaariŋ, aaʃilam ətərbi udihame." gʉnөtəŋ nisaŋ samaaŋ hawilni daramduni sʉgʉr aaʃiŋ norʥiwi gappaʥihiniŋ, hawil abka bogwo niggihəmlə hokkiratʃtʃi taŋgathahi tihim, digiŋ bəldiirʥiwi abkawa toggasa gʉnəŋ. tari oohi yʉʉm gʉnөhəŋ buggittotʃtʃi sʉt yʉʉm əsə ətər gʉnəŋ.

nisaŋ tootʃtʃi bulha ʥʉʉri ardan bayarni tirim hʉləəsə ʃiwarʥi bom tʉmʉŋ bəy amitaŋ, əd bodos, moo oroottoyo oom, bəyni yəttəŋtʃiwə iliwuso gʉnəŋ. tootʃtʃi ardan bayarni abkawa tuggasa digiŋ bəldiirniŋ, udaanduwi abkani digiŋ tuggar ooso. tootʃtʃ abka ootʃtʃi bogni ʥakka yʉʉm, iniŋ dolob, ʃigʉŋ beegani uusagganiŋ gətəhʉŋ ooso gʉnəŋ.

toosowi ʥaariŋ ardan bayarni abkawa tuggasa bəldiirniŋ ʃilir əriŋ biʃiŋ gʉnəŋ, toottowi tari digiŋ bəldiirwi əəlʥiləm amrahanaŋ. tarini bəldiirwi haalar taŋiŋ bog gʉggʉldəm, mʉʉdərini mʉʉ taanahanam əmər ooso gʉnəŋ.

bəyni otʃtʃiloŋbo oom ətətʃtʃi, bulha ootʃtʃi nisaŋ məəni məəni otʃtʃilaŋduwal nənʉsə gʉnəŋ.

6. ʃigʉŋ unaaʥ
太阳姑娘神的神话

baraaŋni ʥiŋʥirʥini, otʃtʃilaŋ turtaŋduwi əmʉŋ aw attaddi, gəw gəttəddi jəəmə bisə gɯnøŋ. tari əriŋdɯ abka oroondu hasaŋ haaŋ unaadʑ ʃigɯndʑiwi əmɯndɯ inig baldim bisə gɯnøŋ. ʃigɯŋ unaadʑniŋ səggə bitʃtʃi arukkuŋ dʑeleʃi nandahaŋ unaadʑ bisə gɯnøŋ. ʃigɯŋ unaadʑ nisɯhɯŋdihiwi əri attaddi gəttəddi otʃtʃilaŋba əmɯŋ dʑiggalaŋʃi ooʃim gɯnøhøŋ dʑeleduwi gasa bisə gɯnøŋ. tari ab attaddi otʃtʃilaŋba dʑiggalaŋʃi ooʃir gəbbəwə gəbbəhəŋkə gɯnøhøŋ amiŋdihiwi gələəgeer əməsə. turtaŋduwi mamiŋ əmi daayaalar bisəwi, udʑiduwi unaadʑniŋ gələəm gəŋənitʃtʃi bidʑihiniŋ paaya aaʃiŋ ootʃtʃi, inig taŋiŋ attaddi gəttəddi otʃtʃilaŋdu ilaaŋ ulagɯŋ eʃewur baytaya bɯɯsə gɯnøŋ.

taduhi amiʃihi ʃigɯŋ unaadʑ inig taŋiŋ attaddili yɯɯtʃtʃi,dərəl naallawi bɯdɯr hadar ʃikkitʃtʃi, høømø sewihat abal doligu dʑitʃtʃi, goddo ɯrwɯ yɯɯm, əŋŋə doo birawu ədəldəm, dʑe dʑakkaya aaʃiŋ attaddi gəttəddi otʃtʃilaŋba ilaaŋdʑiwi ilaaŋkam, ulagɯndʑiwi ulawum ɯlim bəsə gɯnøŋ. tarini øttɯ ədədɯwi attaddili yɯɯtʃtʃi oreduwi attiddali əməggirdɯni hasaŋ haaŋni ɯkkɯwøni iʃidʑir bokkoŋsol sɯt doroŋ aaʃiŋ ooso.

əmɯŋ əddə, ʃigɯŋ unaadʑ attaddili dʑəəŋgɯ ɯkkɯwɯ iʃidʑir bokkoŋbo ɯkkɯwi amar naŋim bɯɯhø gɯnøhøŋ, oohiʃiŋ gələəsə dʑaariŋ ukkuwi əmi naŋim bɯɯr hɯləəʃirəŋ.

ʃigɯŋ unaadʑ dʑɯlidødɯni əŋəntətəni:

"əniŋ nəgəəŋ dʑeleʃi
əŋŋə həŋgərʃi bikkiwi
amiŋ nəgəəŋ dʑeleʃi
arukkuŋ deleʃi bikkiwi
əddɯg buhaŋ bokkoŋbi
əri ɯkkɯwi naŋim bɯɯhø gə!

gɯdʑəyə otʃtʃilaŋdu
gəttərniŋ gəttədʑirəŋ
ami sɯt
attaddidu tiriwɯdʑirəŋ

hʉndʉʃi buhaŋ bokkoŋbi
hʉsʉl ʥiggalaŋni ʉkkʉwi naŋim bʉʉhө gə!

otʃtʃilaŋni ularsal
uliriŋ ilaaŋba gələəʥirəŋ
əggəyə aaʃiŋ yəəmsəl
əhʉddi ulaguŋba gələəʥirəŋ
boŋgoŋ buhaŋbi
bokkoŋ ooso ʉkkʉwi naŋim bʉʉhө gə!

nisʉhʉŋ bi
ʥeleʥiwi ʉliʥir өntө
aya abani
ʥiŋʥisaʥini ʉliʥime
amihaŋ buhaŋbi
ami ooso ʉkkʉwi naŋim bʉʉhө gə!"

gʉnөhөŋ soŋom bigeer gələərdʉni buhaŋ oyratʃtʃi ʉkkʉwi naŋim bʉʉsө gʉnөŋ.

ʃigʉŋ unaaʥ buhaŋdu mʉggʉtʃtʃi, ʉkkʉlini yʉʉtʃtʃi əri inigni gəbbəwi əəkkəsə. ular ʃigʉŋ unaaʥni mandi usuŋtʃawani iʃitʃtʃi ʥʉʉdʉwi iiggʉm hөөmө seya ʥikkəm imom gʉnөrdʉni, ʃigʉŋ unaaʥi:

"өntө bogdu naaŋ attaddi biʥirəŋ. talaani ular gəttim miniwʉ alaaʃiʥirəŋ" gʉnөtʃtʃ, hөөmөyө ʥittərwə əʥi ʥiŋʥira, əmʉŋ mohor mʉʉyө naaŋ əmi mohor, otʃtʃilaŋba təhəərəm, ilə attaddi bikkiwi tala nənim, ilə gətti bikkini tala eʃenam, nəəriŋ ilaaŋ əhʉddi ulaguŋbi iraaraŋ gʉnөŋ.

ʃigʉŋ unaaʥ əttʉ əmʉŋ inig ʉligeer usunotʃtʃi, musum əməggirdʉni baraŋgu ʉkkʉwʉ iʃiʥir məggədʉn bokkoŋ, yəddəwi əmʉŋ asuhuŋ gələəkkiwil iigʉr bisə.

əmʉŋ inig ʃigʉŋ unaaʥ noguttewi nəgəəŋ attaddi oosolo əməggiʥihiniŋ, məggədʉn bokkoŋ ʉkkʉwi əsə naɲim bʉʉrɵ. ʃigʉŋ unaadʑ ʉkkʉni dʑakkali ʃegeʃirduni, hariŋ gikkidʑiwi akkiya imom təgəʃirəŋ. tootʃtʃi naaŋ əsə saar nəgəəŋ:

"ʃi oondi bəy yəm? ohoŋ gʉnɵhɵŋ ənnəgəŋ dolobli soletasa nəgəəŋ ʉkkʉwʉ dɵttɵnde? ʉlih saaʃigi!" gʉnɵtʃtʃi, unaadʑni ʉgwɵni əsə dooldir nəgəəŋ, gikkidʑiwi akki mohom təgəʃirəŋ.

doloboŋ doliŋ ooso. unaadʑ paawi manarduwi ʉkkʉni tʉldədʉni əɲəntətəŋ əttʉ dʑiŋdʑiraŋ:

"gʉdʑənər meegaŋ
həŋgərduʃi bikkiwi
əhʉddi səətʃtʃi
əri bəyduʃi bikkiwi
əhəŋdə mandi məggədʉnbi
əddəni ʉkkʉwi naɲim bʉʉhɵ gə!

gəttə bogdu
əhʉddi ulaguŋna iraasu
attaddi bogdu
nəəriŋ ilaaŋna iraasu
bokkoŋ məggədʉnbi
bobi ʉkkʉwi naɲim bʉʉhɵ gə!

əmʉŋ inig
əmʉŋkət dʑəəttəyə əsʉ ammana
nisʉhʉŋ bəywi
tihim gʉnɵdʑirɵŋ
aya dʑeleʃi məggədʉnbi
ahuwusa ʉkkʉwi naɲim bʉʉhɵ gə!

nisʉhʉŋ bi

ʤeleʤiwi ʉliʤir ɵntɵ

haaŋ abani

ʤeleʤini ʉliʤime

alehe məggədʉnbi

amakkaŋ yʉʉʧʃi

ami ooso ʉkkʉwi naŋim bʉʉhɵ gə!"

gʉnɵhɵŋ ʤaandam bigeer gələəsəniŋ ʤaariŋ əʃiŋ golliro. əri əriŋdʉ hasuŋ haaŋ unaaʤniwi doloboŋ doliŋ ooʧʃoohiŋ əʤihini əməggir baraŋgu ʉkkʉli iʃinəm əməʧʃi unaaʤniwi ʤaandaʤirwani dooldiʧʃi, amakkaŋ ʉttʉlim əməsəʃi unaaʤniŋ ʉkkʉni tʉldədʉ tihitəŋ biʤiraŋ. haaŋ ʉkkʉwʉ dəppə pəsəgləʧʃi unaaʤwi hʉmʉlim ʤʉʉdʉni iigʉm, howilgaŋ samaaŋba solim unaaʤiwi səggəwʉhəm gasa.

timaaʃiŋ əddəniŋ haaŋ unaaʤwi əmʉŋ iniŋ amaraha gʉnɵrdʉni, ʃigʉŋ unaaʤ amiŋniwi ʤiŋʤisawani əmi gada ʉlisɵ. tooʧʃi haaŋ məggədʉn ooʧʃi gikkiwəni abkani oddondihi asaʧʃi, haaŋbo gʉnɵr bokkoŋʤi baraŋgu ʉkkʉwi iʃiwʉhəŋʧə.

taduhi amiʃihi ʃigʉŋ unaaʤ innəgəŋ ədiŋʃi、suuggaʃi、uduŋʃi, ʤaariŋ nəəriŋ ilaaŋ əhʉddi ulaguŋbi usunorwi ommom, iniŋ taŋiŋ attaddi gəttəddi oʧʃilaŋdu eʃewum bʉʉʤisɵ. ular ʃigʉŋ uuaaʤ bisələni təliŋ məəniwəl iinihiŋ biʤimʉni gʉnəm, ʃigʉg unaaʤni ayaʤini təliŋ ʤiggalaŋʃi iniŋ baldiʤimuni gʉnɵhɵŋ ʤiŋʤildim, ʃigʉŋ unaaʤwa haaŋ bokkoŋdihi ʉlʉhʉ hʉndʉthəm ayawur bisɵ gʉnɵŋ.

7. ʉgigʉ bokkoŋni unaaʤni sʉnsʉniŋ
天神的女儿之灵魂

ʃodo gʉnɵn boŋgoŋ bayinni nekka unaaʤniŋ gənəthəŋ ʉggʉddi ənʉhʉyə bahasa gunəŋ. ʃodo digiŋ ʥʉg ʥahoŋ bəythəhi məəni bəldiir naallasalwal ʉlihənəm ottoʃəŋ yəəhewʉ solim əmʉsəhət hokko dasam əsə ətər gunəŋ. əʃi ittookkiwi aya gunəhəŋ ʃodo bayin paawi manam biʥirdʉni tarini əmʉŋ tahuraʃəŋniŋ iim əmətʃtʃi:

"əʥiŋbi dooldirdu mʉni ədʉ əmʉŋ aya ottoʃəŋ əməsə gunəŋ."

əriwəni doolditʃtʃi ʃodo maasaŋ bəy ʉlihəŋkənəm tari ottoʃəŋbo məəni ʥʉʉdʉwi solim əmʉsə. ottoʃəŋ, bayindula həəməyə ʥimmə ətətəŋ, ʃihinim gunəhəŋ huriganthahi nəniʥirdʉ, gənəthəŋ hurigaŋ doolo dəggərəsə əmʉŋ bom boŋgoŋ ʃiŋariŋ igga taduhi:

"baraŋgu amigu ʉŋtʃʉrdʉ əmʉŋ bular biʃiŋ, tari bular doolo əmʉŋ boŋgoŋ oshoŋ biʃiŋ, tari boŋgoŋ oshoŋni daramduni bayin əmʉŋ saleerwa tihiwʉsə bisə. sʉ tari bularni mʉʉwəni ʃiggatʃtʃoohiŋ taanataŋ, boŋgoŋ oshoŋni daramduni biʥir saleerwani gatʃtʃi, bulardihi taanasa mʉʉwəl bularni dagalani biʥir nadan ammaʃi saŋaal dooloni yəəkkʉhəldʉne. tookkiwi tari nadan ammaʃi saŋaal doolohi əmʉŋ solahi yʉʉm əmərəŋ. sʉ tayyawa saleerʥi mondam waasala, ʃodo bayinni unaaʥnini ənʉhuniŋ aya oom, bʉdʉrdihi ʥeelam ətərəŋ." gunəhəŋ ʥiŋʥim bʉʉsədʉ, tari ottoʃəŋ mandi geehasa bitʃtʃi mandihat addasa.

tari doolowi əri ʃiŋariŋ iggawa ohoŋ oorboni sog taam bitʃtʃi iʃigte gunəhəŋ, naallawi tarithahi sabbeggasahat ʥaariŋ tari iggawu guʥənətʃtʃi əsə sog taam, amakkaŋ ʥʉʉdʉ iitəŋ, ʃiŋariŋ iggani ʥiŋʥisawa ʃodo bayindu ʥiŋʥisaduni, ʃodo bayin maaʃaŋla bəy ʉlihənəŋ, bularni mʉʉwʉ taanawuhaŋtʃa. bularni mʉʉwʉ taanatʃtʃi əlihiŋ oordu, ʉnənti bularni mnʉni əggiləni əmʉŋ buŋgoŋ oshoŋni daramduni ʃodo bayinni tihiwʉsə saleerniŋ akkiwutaŋ bisə. talar oshoŋni daramdihiniŋ saleerwa taanam gaʥalahini bularni dagalani bisə nadaŋ ammaʃi saŋaalni mʉʉniŋ ʥaluttan, doolohini əmʉŋ solahi mikkim yʉʉm əməsə. ottoʃəŋ tayya oshoŋni daramduni akkim bisə saleerʥi yʉʉm əməsə solahiwa mondam waatʃtʃi, baraaŋ ularʥi əmərəttə ʃodo bayinnidu nənisəʃi, ʃodo bayinni bʉdərni əəgili hʉləəʃim bisə nekka unaaʥniŋ əmʉŋ naaŋ əsə ənʉhʉlər nəgəəŋ aya ootoŋ, əniŋʥiwi ʤʉʉri ʉldʉ ʤimmə təgəʃiʤisə gʉnəŋ.

ʃodoʃeŋ unaaʤwi iinnihiɲtʃə ottoʃeŋbi adi inig adi dolob həndələsə. ottoʃeŋni ʉlir əriŋdʉ ʃodo bayin taduhi ohoŋ gadande gʉnəhəŋ aŋusaduni ottoʃeŋ:

"bi ohoŋkot əʃim gada, əmʉŋlə minidʉ sʉni hurigaŋ doolo dəggərəsə tari əmʉŋ ʃiŋariŋ iggawu gakkiwi ootʃtʃi nəərəŋ." gʉnəsə. ʃodo ootʃtʃi ʤʉʉni ularniŋ hokkoʤowol ottoʃeŋni əttʉ gʉnəsəduni əmʉŋ ashoŋ geehasahat ʤaariŋ, ohoŋkot əsə tʉʉrərə. ottoʃeŋ ʉlirdʉwi tari ʃiŋariŋ iggawa niintəteni gatʃtʃi ʉlisə gʉnəŋ.

toosoʃi, tari ʃiŋariŋ igga hariŋ ʉgigʉ bogni bokkoŋni sʉnsʉniŋ bisə gʉnəŋ. taduhi uʤidu tari ottoʃeŋ, yəttəɲtʃi oroonni bisə baldiŋ yəəməni ootʃtʃi aretaŋ gərəsəŋni ʉgwəni hokko gʉʉrʉm ətər ootʃtʃi samaaŋ oom təgəsə gʉnəŋ.

8. dagini bokkoŋbo tahisaniŋ
祭祀达嘎尼神

ʉgigʉ əriŋdʉ əmʉŋ gaaɲtʃeŋ gʉnər bəyʉʃeŋ bisə.

tari əmʉŋ inig bəyʉm, ʉr hadarli ʉliʤitʃtʃi, atʃtʃathahi əmʉŋ goyo nandahaŋ unaaʤ yʉʉm əmətʃtʃi:

"aha! ʃi miniwʉ aʃe ooʃiham gadande gi?" gʉnəm gələərdʉni, gaaɲtʃeŋ nandahaŋ unaaʤdu:

"ʃini nəgəəŋ ʉr hadardihi gənəthəŋ yʉʉm əməsə bəywʉ awʉ saaraŋ, ʃikkʉl gʉ?! bəy gʉ?! əttoorduwi bi ʃiniwʉ məəni aʃe əʃim ooʃihana!" gʉnəhəŋ ʤiŋʤisa gʉnəŋ.

toorduni tari unaaʤ:

"bi bikkiwi daginini unaaʤniŋ oome!" gʉnəsə.

gaaɲtʃeŋ əmi ooʃir saaʃihi ʉlirdʉ, tari unaaʤ mətər amigiʤini aaŋataŋla ʉlirəŋ.

gaaɲtʃeŋ əmi alaaʃir ʤʉʉdʉwi nənʉtʃtʃi, ahiŋ nəhʉŋ ilani ʤiʤimaʃim, tari unaadʒ law aya yəəmə өntө gʉnөhəŋ dʉŋ bʉʉtʃtʃi waardʒi ooso.

əmʉŋ inig gaaŋtʃeŋ unaadʒwa aleem alaaʃidʒirdu, tari əmədʒiləəhiŋni dʒawam gatʃtʃi nooholwoni pʉr satʃtʃim dʒoldotʃtʃi, dʒʉʉdʉwi əməggisədʉ, tari unaadʒ hariŋ tarini dʒʉlidədʉ dʒʉʉdʉni əmətəŋ alaaʃim təgəʃirəŋ.

gaaŋtʃeŋ gəŋ aleem təggəəŋni dʒʉʉr hʉddʉdʉ ʉyim, səhəərhəm waaraŋ gʉnөsөdʉ, tari naaŋ əsə bʉdө.

"ʃi miniwʉ dʒaawal waam gʉnөdʒinde dʒaha, ʃi miniwʉ təggəəŋni bolduhi bohim ʉyitʃtʃi, mʉʉ doolo dʒoldom əggihəŋkkiʃi təliŋ miniwʉ waam ətənde!" gʉnөhəŋ agga ʃilbam bʉʉsөdʉ, gaaŋtʃeŋ tarini gʉnөsөdʒi ootʃtʃi təliŋ waam ətəsə gʉnəŋ.

daginini unaadʒni bʉsө amilani, ilaŋ nəhəŋ məəŋ məəŋdiwal hʉhiŋ gasadu, hokko ənʉhʉdʉ dʒawawum, dʒogolʃi əggə iggir oosodu, ahiŋ nəhʉŋ ilane samaaŋdu nənim iʃiwʉhəŋtʃəʃi, samaaŋ:

"daginini unaadʒwa mandi gumduhaŋtʃadihi ooso!" gөnөsө.

ədʉhi təliŋ uhaya iim, daginini unaadʒwa dʒogogom waasa nigʉlwi saam, ahiŋ nəhʉŋ ilani mandi gəmrəsə gʉnəŋ.

tari inigdihi daginini unaadʒwa bokkoŋ nəgəəŋ tahisaduhi, ilaŋ hʉhiŋniniŋ ənʉhʉniŋ aya ooso gʉnəŋ. tootʃtʃi gaaŋtʃeŋni dʒʉʉni unaadʒsalniŋ hodadu yʉʉr əriŋdʉwəl, sʉt dagini bokkoŋbo tahir ooso gʉnəŋ.

参考文献

朝克等：《鄂温克族民间故事》，内蒙古文化出版社，1998。

王士媛、马名超、白杉编《鄂温克族民间故事选》，上海文艺出版社，1989。

杜梅整理《鄂温克族民间故事》，内蒙古人民出版社，1989。

敖嫩整理《鄂温克族民间故事集》，内蒙古人民出版社，2008。

黄任远等：《鄂温克族文学》，北方文艺出版社，2000。

汪立珍：《鄂温克族神话研究》，中央民族大学出版社，2006。

汪立珍：《满通古斯民族民间文学研究》，中央民族大学出版社，2006。

卡丽娜：《驯鹿鄂温克人文化研究》，辽宁民族出版社，2006。

乌热尔图主编《鄂温克风情》，内蒙古文化出版社，1993。

乌热尔图主编《述说鄂温克》，远方出版社，1995。

乌云达赉：《鄂温克族的起源》，内蒙古大学出版社，1998。

苏日台：《鄂温克族民间美术研究》，内蒙古文化出版社，1997。

黑龙江鄂温克研究会编《鄂温克族研究文集》第1—11集，1983。

黑龙江民研会编《黑龙江民间文学》第3辑，2006。

内蒙古自治区编辑组《鄂温克族社会历史调查》，内蒙古人民出版社，1986。

鄂温克族简史编写组编《鄂温克族简史》，内蒙古人民出版社，1983。

那云平、杜柳山：《黑龙江鄂温克族村屯地名人物录》，黑龙江鄂温克研究会，2006。

吉特格勒图等：《碧蓝色的宝石——鄂温克民间故事》，民族出版社，

1999。

吴守贵:《鄂温克人》,内蒙古文化出版社,2000。

吴守贵:《鄂温克族社会历史》,民族出版社,1986。

蒙赫达赉:《鄂温克苏木的鄂温克人》,内蒙古文化出版社,2003。

张碧波、董国饶主编《中国北方民族文化史》,黑龙江民族出版社,2001。

史录国:《北方通古斯社会组织》,赵复兴等译,内蒙古人民出版社,1984。

吕光天:《北方民族原始社会形态研究》,宁夏人民出版社,1981。

富育光:《萨满教与神话》,辽宁大学出版社,1990。

富育光、孟慧英:《满族萨满教研究》,北京大学出版社,1991。

孟慧英:《萨满英雄之歌——伊玛堪研究》,社会科学文献出版社,1998。

孟慧英:《中国北方民族萨满教研究》,社会科学文献出版社,2000。

呼伦贝尔盟文联民研会编选《呼伦贝尔民间文学》(汉文),呼伦贝尔盟文联民研会,1984。

后 记

经过五年多时间的艰苦努力,国家社会科学基金重大委托项目"鄂温克族濒危语言文化抢救性研究"的子课题"鄂温克语民间故事"终于定稿,纳入出版计划了。在这特别的时刻,首先非常感谢国家社科基金委员会领导与专家们能够把这一重大委托项目交给我们课题组来完成。在整个项目的实施过程中,课题组成员带着对国家社科基金委员会领导与专家们的深深谢意,同时也带着一种使命感和责任感进行该项重要而艰难的科研工作。正如前言所述,鄂温克族语言文化已经处在严重濒危的前期阶段。特别是十分重要且弥足珍贵的方言土语只有极为少数上了岁数的老人会说。鄂温克族口耳相传的民间故事和神话传说更是没几个人能叙述完整。就是会说,也只能够讲述支离破碎、章节不清、语句不通的故事片段。好在我们前几年就启动了该项子课题,深入鄂温克族较为集中生活、本民族传统文化相对完整,还一定程度上保存并使用母语的鄂温克族草原牧区进行实地调研。为此,还要感谢鄂温克族自治旗、陈巴尔虎旗、莫力达瓦达斡尔族自治旗、阿荣旗、根河市有关领导的协助和积极配合,也感谢讲述故事的鄂温克族老人。同时也感谢将民间故事和神话传说录入电脑的在站科研人员哈森格日乐、锡林两位同学。换言之,正因为有了以上领导和专家学者、民族同胞、发言合作人与研究生的鼎力相助,该项子课题才得以顺利完成。值此,再次向大家表示最诚挚的谢意。

我们认为,在这里搜集整理的民间故事及神话传说仅仅是鄂温克族浩如烟海的精神世界的一小部分。还有许多内容在此未被纳入,从这个意义上讲，这方面要做的工作还有很多。在以后的时间里，我们还要继续进行鄂温克族民间故事及神话传说方面的搜集整理工作，尽可能搜集整理更多的材料，留给后人更加丰富、更加精彩、更加感人肺腑的精神文化宝藏。

图书在版编目(CIP)数据

鄂温克语民间故事 / 朝克编著. -- 北京：社会科学文献出版社，2017.10
ISBN 978-7-5201-1362-5

Ⅰ.①鄂… Ⅱ.①朝… Ⅲ.①鄂温克族-民间故事-作品集-中国 Ⅳ.①I277.3

中国版本图书馆 CIP 数据核字（2017）第 220482 号

中国社会科学院创新工程成果
国家社科基金重大委托项目

鄂温克语民间故事

编　　著 / 朝　克

出 版 人 / 谢寿光
项目统筹 / 宋月华　袁卫华
责任编辑 / 孙美子

出　　版 / 社会科学文献出版社·人文分社（010）59367215
　　　　　地址：北京市北三环中路甲29号院华龙大厦　邮编：100029
　　　　　网址：www.ssap.com.cn
发　　行 / 市场营销中心（010）59367081　59367018
印　　装 / 三河市东方印刷有限公司

规　　格 / 开　本：787mm×1092mm　1/16
　　　　　印　张：11　字　数：176千字
版　　次 / 2017年10月第1版　2017年10月第1次印刷
书　　号 / ISBN 978-7-5201-1362-5
定　　价 / 78.00元

本书如有印装质量问题，请与读者服务中心（010-59367028）联系

▲ 版权所有 翻印必究